DE SULFUREUX CAUCHEMARS

LA REINE DES DAMNÉS

MAGIE, DESTIN ET DAMNATION
TOME QUATRE

KEL CARPENTER

Aux personnes qui sont à nos côtés dans les moments difficiles...
Car le meilleur reste à venir.

L'orgueil conduit à la faillite et l'arrogance à la ruine

Proverbe 16 : 18

I

Qui aurait pensé que les portes de l'Enfer se trouvaient dans un magasin de donuts?

D'accord, pas un magasin de donuts à proprement parler. Le tristement célèbre café français était beaucoup moins classe que ça. Cependant, les choses couvertes de sucre glace dans mon assiette étaient vraiment des donuts frits, pour être totalement honnête. Comme nous n'étions pas chez Martha, je n'allais pas refuser des donuts et du café noir comme dernier repas sur Terre.

— Alors, comment ça va se passer? demandai-je en croquant dans le morceau de pâte sucrée. Nous passons juste les portes et boum… nous y sommes?

Bandit se pencha par-dessus mon épaule et piqua un beignet dans mon assiette et le fourra dans sa gueule avant que je ne parvienne à le lui reprendre. Je lui lançai des regards de travers qu'il prétendit ne pas remarquer en sautant sur la table pour se jeter sur Laran. Je secouai la tête lorsqu'il se mit à le caresser entre les oreilles. Gros nul.

— À peu de choses près, répondit Rysten en hochant la tête et en picorant son propre déjeuner. Normalement, il y a la queue pour passer les portes, mais vu qui tu es et que nous sommes les Cavaliers de l'Apocalypse, ils feront une exception.

Je hochai la tête pendant qu'il parlait, essayant de tout enregistrer.

— Sans parler de mes super ailes, intervint Moira.

Elle caressa la pointe de ses ailes bleues et marbrées puis les replia. Bien qu'elle ne soit pas redevenue comme elle était avant de se retrouver piégée dans le sous-sol de Le Ban Dia, elle allait mieux. Il lui faudrait du temps pour digérer ce qu'il s'était passé. Je respecterai son choix de ne rien raconter de ce qu'elle avait vécu dans cet endroit... du moment qu'elle aille mieux.

— On ne voit pas tes ailes, lui rappelai-je en prenant une gorgée de café.

Chaud et amer. Tout à fait comme je l'aimais.

— Comme c'est dommage.

Rysten leva les yeux au ciel en entendant son ton méprisant, mais elle s'arrêta là. Nous restâmes silencieux quelques minutes, finissant tranquillement notre petit déjeuner pendant que je réfléchissais à comment formuler ma prochaine question.

— Donc, quand nous arriverons en Enfer...

Je m'interrompis et grignotai le bord de mon beignet. J'avais l'estomac noué par l'angoisse.

— Comment exactement cela va-t-il se passer ?

Une autre gorgée de café. Je haussai un sourcil, en regardant les personnes à table, de Julian... assis stoïque à ma gauche... jusqu'à Moira qui s'était installée à ma droite.

— Ne me regarde pas, dit-elle en levant les mains. Tu en sais autant que moi.

Un point pour elle. Je me tournai pour regarder Rysten qui soupira et s'intéressa soudain à ses donuts comme s'il cherchait ses mots. Ce fut Laran qui parla.

— Lorsque nous avons quitté l'Enfer, notre mission était de t'exfiltrer le plus rapidement possible et revenir pour que les Péchés puissent te juger. Ça aurait dû prendre moins d'une semaine.

Je fronçai les sourcils.

— Mais j'avais une vie...

Compréhensif Laran acquiesça d'un hochement de tête.

— C'est vrai, reconnut-il. Mais tu es l'héritière de Lucifer. Ni les Péchés ni ton père n'ont jamais pris en compte la vie que tu aurais pu construire dans leur agenda. Ils ne t'ont pas prise en compte. Tu es née pour gouverner, pour eux ça s'arrête là. Tout comme elles ont été les hôtesses élues, nous avons tous présumé que tu accepterais ton rôle sans causer trop de... problèmes.

Bandit se déplaça sur son épaule, se perchant dangereusement près du plateau que tenait un serveur. Un coup de patte alors que le serveur passait, et un beignet disparut sans que personne ne s'en aperçoive. Bandit l'engouffra et se tourna. Ses joues étaient gonflées de manière comique lorsqu'il me regarda.

— Qu'es-tu en train de dire, exactement ?

— Il est en train de dire, intervint Julian en s'adossant dans son siège, ses yeux vert foncé me fixant avec insistance. Que nous étions censés rentrer avec toi en moins d'une semaine et cela fait deux mois.

Je pris une autre gorgée de café et l'avalai.

— Eh bien, oui... mais il fallait que je fasse ma transition et puis il y a eu toute cette histoire avec le nain...

— Les Péchés ne sont pas connues pour leur patience, dit Allistair. Un jour sur Terre équivaut à une semaine en Enfer. Pour elles, ça fait plus d'une année que Lucifer est mort. Elles doivent penser que soit nous n'avons pas voulu t'amener...

— ... soit je n'ai pas voulu venir, finis-je pour lui.

Allistair m'adressa un sourire forcé et hocha une fois la tête.

— Eh bien, ça aurait pu être pire. Je pourrais être morte.

Laran s'étouffa sur son beignet.

— Ça n'arrivera jamais, lança Julian avec beaucoup d'assurance.

J'avais envie de balancer quelques banalités du style « l'orgueil conduit à la faillite », mais après voir faillit mourir si souvent, ça n'était pas aussi amusant que ça l'avait été.

— Quoi qu'il en soit, l'interrompit Moira en passant une main dans ses tresses vert foncé. Elle n'est pas morte et nous sommes ici, aujourd'hui. C'était quoi le plan original ?

— Les Péchés ont l'intention de te tester. Vérifier que tu es digne de régner, répondit Allistair.

Je remarquai que Julian paraissait préoccupé et absent, près de moi, pourtant les nerfs de sa mâchoire tressautaient, me donnant l'impression que ce n'était pas aussi simple.

— Lorsque nous passerons les portes, nous atterrirons dans la province de la Luxure. Ensuite, tu rencontreras l'actuelle Péché de la Luxure et elle te lancera un défi qui prouvera tes capacités à régner sur sa province si elle devait tomber, si quelqu'un d'autre n'a pas déjà repris sa Marque pour la remplacer. Une fois que tu auras réussi, nous passerons chez l'autre Péché, puis l'autre, jusqu'à ce que tu réussisses chacun des défis.

— Honnêtement, chérie, tu es à demi succube. Tu devrais t'en sortir, dit Rysten avec un clin d'œil.

Étrangement, cela n'atténua pas le nœud qui se formait lentement dans ma poitrine. De l'inquiétude. De ne pas être à la hauteur. D'échouer. Que la superbe illusion de ce qu'ils m'avaient dit, ne soit que cela. Un rêve qui ne se réaliserait jamais.

— Je devrais.

Il fallait que j'apprenne à maîtriser mon ton mordant.

— Cela ne signifie pas que ce sera le cas. Que se passerait-il si j'échouais ? leur demandai-je.

Personne ne me répondit. Ils étaient trop occupés à communiquer entre eux mentalement, et malheureusement... à cause de Sin et de sa rune du silence... je n'arrivais plus à les entendre.

— Nous avons un plan de secours, dit finalement Julian.

Je plissai les yeux.

— C'est censé vouloir dire quoi ?

— Ça signifie, dit Rysten en s'asseyant au fond de son siège et en fouillant dans ses poches, que nous ne laisserons rien t'arriver.

Il sortit quelque chose et tendit la main. Je fronçai les sourcils lorsqu'il ouvrit ses doigts.

Dans sa paume se trouvait un anneau en argent moucheté d'or.

— Euh…

Je restai sans voix.

— Si c'était supposé être un genre de demande officielle, tu arrives un peu tard.

Laran inclina la tête en arrière et éclata d'un rire, suivi par le grondement du tonnerre et le vent se leva dehors. Ça devait être étrange d'être un Être Élémentaire, et qu'une chose aussi simple qu'un rire pouvait déclencher des changements atmosphériques. À La Nouvelle-Orléans, il y en avait tellement de réunis au même endroit et donc peu de jours de soleil.

— Ce n'est pas une demande officielle, chérie. Nous sommes ta carte Sortie de prison.

Rysten fit tomber la bague dans ma paume et plongea la main dans sa poche pour en sortir une autre avant de la tendre à Moira. Elle la fit glisser sur l'annulaire de sa main droite, et nous la regardâmes tous les deux rétrécir jusqu'à lui aller parfaitement.

— Tu as entendu parler de *la Divine Comédie* ?

Je gloussai.

— Est-ce une question ? demanda Moira en ricanant dans son café.

— Dans ce cas, vous connaissez tout sur les cercles de l'Enfer, répondit Allistair.

Eh bien, en fait ce n'était pas exactement ce que j'avais dit...

Je regardai de côté en me mordillant la lèvre. J'arrêtai et ma lèvre se libéra de mes dents en apercevant la lueur amusée dans ses yeux.

— Il y en a neuf, répondis-je plutôt sûre de moi jusqu'à ce que tous les quatre se mettent à rire et que je me souvienne que c'était la version humaine. Euh... sept ?

Le bras musclé de Julian s'enroula autour de mes épaules tandis qu'il accrochait ma chaise avec le pied pour la rapprocher de la sienne.

— Premièrement, il y a six provinces, expliqua Julian. C'est seulement à cause de ce satané poème que tout le monde les appelle des cercles.

Il tendit sa main libre, attrapa le petit objet en argent dans ma main et le tint en l'air. Je compris mon erreur juste avant qu'il ne le dise.

— Deuxièmement, les cercles dont il parlait sont *ceux-ci.*

Je ressentais ses yeux verts acérés posés sur mon visage, et la proximité entre nous en public devrait être plus large s'ils voulaient que j'aie les idées claires.

— Je pense qu'elle a compris, dit Allistair.

La commissure des lèvres de Julian se releva jusqu'à ce qu'il remette la bague dans ma main, mais ne fit aucun mouvement pour mettre plus de distance entre nous.

— Dante a été le seul humain connu à avoir été emmené en Enfer et à avoir aussi réussi à en revenir, par contre après cela son esprit était totalement brisé. La Divine Comédie ressemble plus aux vestiges brumeux d'un rêve flamboyant qu'à l'Enfer lui-même. Les anneaux sont le moyen de circuler d'une province à l'autre. L'Enfer est si vaste, et seul un petit pourcentage de personnes possède cette forme de téléportation, alors les Unseelie ont créé des anneaux avec du sang et du soufre. Pour la plupart des démons, leur bague leur permet de les emmener partout dans leur province de naissance. La tienne t'emmènera dans n'importe laquelle des six provinces dont les Péchés s'occupent.

— Six ? Ça n'est pas logique. Mais je pensais qu'il y en avait sept... attends, viens-tu de dire que les démons peuvent normalement aller où ils veulent en Enfer ? demanda Moira, et le ton de sa voix suggérait clairement combien cette idée lui déplaisait.

— Non, répondit Rysten après avoir pris une gorgée de son café au lait. La plupart des démons sont nés et meurent dans la même province. À moins qu'ils n'aient l'argent ou le pouvoir pour faire autrement.

— Dur, siffla Moira.

— Il y a pire, dit Rysten en haussant les épaules de manière évasive.

— Comme quoi ? répondit-elle du tac au tac.

— Être né sur Terre, balbutia Allistair pour marquer son désaccord.

— Qu'y a-t-il de si mal à propos de la terre ? Je préfère être née ici plutôt que d'être née esclave, dit amèrement Moira.

— La terre te dépouille de ta magie, alors que l'Enfer en fourmille, dit Allistair. Seuls les démons les plus puissants ou les Faes peuvent s'épanouir ici parce que le sol lui-même draine ton pouvoir.

— Nous sommes plus forts en Enfer, acquiesça Laran d'un hochement de tête.

Ils continuèrent à discuter des avantages à vivre en Enfer plutôt que sur la planète aride qui était le seul foyer que j'avais jamais connu. Je me demandai vaguement si mes dons s'amplifieraient en Enfer et frissonnai à cette idée. Les flammes étaient déjà assez destructrices comme elles l'étaient.

Je tournai l'anneau entre mes doigts, ressentant le moindre atome de pouvoir, pas si différent du mien, qui en irradiait. D'une certaine manière, il m'était presque familier...

— Comment cela fonctionne-t-il ? demandai-je en tournant l'argent dans la lumière afin de lire les gravures à l'intérieur.

— Pense à l'endroit où tu souhaites te rendre et tournes une fois l'anneau, expliqua Allistair, un petit sourire entendu sur les lèvres tandis que Moira tourna son anneau et que rien ne se produisait.

— Le mien est cassé, se plaignit-elle.

Bandit laissa échapper un rire grinçant.

— Non, il n'est pas cassé.

— Si, il l'est.

— Ils ne fonctionnent pas sur terre.

— C'est une conception idiote, dit sèchement Moira.

Je levai les yeux au ciel en réfléchissant à ce qu'il avait dit. La plupart des démons naissaient et mouraient dans la même province, mais j'étais née en Enfer et arrivais dans un nouveau monde. Je pouvais tout aussi bien être un autre genre de démon, car je n'arrivais pas à comprendre un monde où je n'avais même pas le choix de vivre.

C'était mes derniers instants sur Terre, l'endroit où j'avais grandi, le monde où j'avais été élevée. Bien sûr, les Cavaliers de l'Apocalypse pouvaient me l'expliquer, mais à la fin, je n'en saurais rien avant d'y être. C'était presque irréel de se retrouver assise sur cette chaise en bois bancale, tout en sachant et ignorant en même temps ce qu'il allait se passer.

Il n'y avait pas deux mois que ces quatre hommes étaient entrés dans ma vie, et je sus alors que ce ne serait plus jamais pareil. Si quelqu'un m'avait dit que je serais littéralement assise devant les Portes de l'Enfer, à boire du café et à manger des donuts avec les quatre Cavaliers de l'Apocalypse... que j'avais marqués comme mes partenaires... eh bien, je leur aurais demandé ce qu'ils fumaient et où j'aurais pu en avoir. Jamais, dans mes rêves les plus fous, je n'avais imaginé que ma vie prendrait ce tournant, mais je n'en changerais pour rien au monde.

J'avais trouvé le bonheur avec ces quatre hommes dont je connaissais si peu de choses. Je ne voulais pas dire que je n'étais pas heureuse avant, quand je vivais avec Moira et Bandit… mais c'était une autre sorte de bonheur. Cette douleur dans ma poitrine était totalement différente du genre d'émotions pures que je ressentais pour mes proches. Là où ils s'apparentaient à une douce brise un jour d'été, mes quatre partenaires tenaient plus du cataclysme. Une magnifique et redoutable catastrophe naturelle qui me laissait à bout de souffle et je m'interrogeai sur le moyen de survivre.

Peut-être que je ne survivrais pas. Je tournai l'anneau, en laissant mes pensées vagabonder. Ils avaient appelé ce petit bout de métal « ma carte Sortie de prison », comme si, d'une manière ou d'une autre, il pouvait me sauver du courroux des Péchés si je devais échouer. Alors que je la regardais à la lumière, quelque chose attira mon attention.

— Quand les as-tu fait faire ? demandai-je.

Je connaissais trop cette touche de bleu, ce ne pouvait être que mes propres cheveux. Dans celui de Moira, il devait également y avoir ses cheveux.

— Comment sais-tu que nous les avons fait faire ? demanda Laran.

Je levai les yeux et remarquai seulement alors les cinq paires d'yeux posées sur moi.

— Eh bien, il n'existe pas vraiment d'usines qui les produisent à la chaîne, et même si vous les aviez faits quand j'étais bébé, dis-je en indiquant Moira du pouce, elle, vous ne l'aviez pas prévue. Donc, vous les avez obligatoirement créés après être venus sur Terre. Pas vrai ?

Lara hocha lentement la tête, en me regardant curieusement.

— Nous les avons fait faire hier, répondit Rysten. Après ta transition. Une fois que nous avons su que vous ne possédiez, ni l'une ni l'autre, le don de téléportation sous quelque forme que ce soit.

La seule évocation de ma transition m'échauffa légèrement le sang. Je poursuivis, choisissant de me concentrer sur le besoin de savoir plutôt que sur le désir jamais rassasié en moi.

— De la magie de sang, dis-je, songeuse, essayant toujours de réprimer ce sentiment tenace en moi.

Ce n'était qu'un anneau. Moira en avait un, elle aussi... alors pourquoi avais-je l'impression qu'il y avait quelque chose d'étrange avec le mien ?

— J'imagine que vous ne les avez pas faits vous-même ?

Je formulai cela comme une question, espérant obtenir une forme de confirmation d'une manière ou d'une autre. Allistair me regarda attentivement.

— Non. Un vieil ami à moi les a fabriqués, dit-elle doucement.

— Quelque chose ne va pas ? demanda-t-il.

Son regard passait de moi à l'anneau, que je n'avais toujours pas glissé à mon doigt, et il s'interrogeait sur l'étrange chemin qu'avait pris mon interrogatoire.

— Je suis simplement curieuse, répondis-je en souriant.

— Tu devrais l'essayer, dit soudain Julian.

Je déglutis péniblement, sans trop savoir pourquoi j'étais si nerveuse pour commencer. Aucun d'entre eux ne me ferait jamais de mal. Enfin, rien qui ne me blesse vraiment. Le regard doré d'Allistair me transperça tandis qu'il me regardait l'enfiler lentement.

Il glissa le long de mon doigt et rétrécit à la bonne taille. Je retins ma respiration et patientai, mais rien ne se produisit. Une infime touche de magie m'envahit, mais si légère comparé à ce que j'avais déjà en moi, que je ne frissonnai même pas. À la fois étrangère et familière, je connaissais la magie de la bague autant que je connaissais ceux qui l'avaient créée, mais j'avais l'impression que mes peurs… au moins pour ça… ne comptaient pas.

Ma réponse à cela était la raison pour laquelle elle m'avait ensorcelée pour commencer, et à présent je pensais que je me comportais étrangement pour rien. Je posai mes mains sur mes genoux, me forçant à me détendre.

Julian me caressa l'épaule, tripotant doucement le tissu. Je me figeai, m'oubliant un instant, car ce geste était étrange venant de lui. Julian s'interrompit.

— Quelque chose ne va pas ?

Ses lèvres effleurèrent le creux de mon oreille et je battis des paupières, luttant contre l'envie de me laisser aller dans ses bras. L'unique chose qui m'arrêta fut les yeux plissés de mes trois autres partenaires.

— Non…

— Prête ?

La voix était grave et avait le ronronnement subtil du vieux sud. Debout, le bras droit plié dans le dos comme un parfait serveur, le démon avait la peau sombre, de longues dreadlocks tressées d'or et des yeux de chat du Cheshire mauve vif.

Enigma. Les démons du chaos.

Ils n'étaient pas nombreux sur Terre, en partie à cause de leur incapacité à s'intégrer aussi bien que les autres races. Les Enigmas étaient incapables de revêtir des charmes à cause du chaos qui les habitait et qui imprégnait l'atmosphère, provoquant le malheur partout où ils allaient... généralement en semant la destruction. Deux tables plus loin, un serveur trébucha. Trois tasses de café tombèrent du plateau, tout droit sur les genoux d'un rubrum. En seulement quelques secondes, un poing vola et le café sombra dans la folie.

Je déglutis et le bras de Julian lâcha mon épaule.

— Nous devrions y aller pendant qu'ils sont distraits, dit l'Enigma.

Je balayai du regard la scène où de nombreux démons devaient se jeter sur le rubrum pour tenter de le maîtriser. La plupart des autres démons ne levèrent pas le petit doigt pour participer à la crise.

Comme s'ils percevaient mon hésitation, des doigts frais me caressèrent la joue. Je me tournai contre Julian tandis qu'il prenait mon menton entre le pouce et l'index.

— Nous te protégerons.

Ses yeux sombres s'attardèrent un instant de trop sur mon visage avant de lâcher mon menton et de repousser sa chaise. Il se leva et tendit la main, attendant que je la prenne et le suive.

D'habitude, je me serais levée et l'aurais planté là,

mais aujourd'hui je ne me sentais ni insolente ni courageuse.

Je pris sa main et il m'aida à me relever. Sans ajouter un mot, l'Enigma se tourna et traversa le café devant nous. Mes paumes de main commencèrent à transpirer lorsque nous nous arrêtâmes devant une porte noire en métal éraflée par endroits. La peinture était vieillie et laissait apparaître des reflets argentés sous les marques de griffes. L'Enigma nous lança un grand sourire par-dessus son épaule avant de pousser la porte pour l'ouvrir.

Je m'arrêtai net, la bouche grand ouverte.

Je n'étais pas sûre de ce que je m'attendais à voir, mais ce n'était certainement pas un trou de trois mètres plongeant dans le vide. Le béton patiné se transformait en une sorte d'amas de pierres noires à mesure que l'on approchait l'abysse.

— Bon sang, que fais-tu ici, Jax...

— Je suis en mission, l'interrompit l'Enigma.

Un éclair malicieux traversa ses yeux mauves.

— On ne peut rien faire, répondit le même garde qui l'avait interpellé en avançant. Nous avons des ordres stricts. Personne n'est censé franchir ces portes.

Il fit un mouvement du menton vers les Portes et vint se placer directement devant Jax. L'Enigma sourit à l'autre démon, de toute évidence pas impressionné le moins du monde.

— Dans ce cas, tu te chargeras d'expliquer aux Péchés la raison pour laquelle je n'ai pas pu escorter l'héritière de Lucifer et les Quatre Cavaliers de l'Apocalypse en Enfer, dit Jax.

Le démon pâle haussa les sourcils et tourna son regard vers moi. La bête s'afficha pour sourire froidement au démon qui rougit.

— Le spectacle te plaît ? demanda-t-elle d'une voix neutre, éteinte.

Rysten se posta devant moi pour bloquer la ligne de mire de l'homme. Il laissa échapper un grognement rauque, ce qui parut plaire à la bête. Je repris le dessus en levant les yeux et elle s'effaça avec un petit sourire sournois.

— C'est sa fille ? demanda le garde d'une voix sourde. Je pensais que ce n'était qu'une rumeur, qu'elle avait été à Nola…

— Tu comptes nous laisser passer les Portes ou tu préfères rester ici à mater ma partenaire ? demanda doucement Rysten.

Ce ne fut pas la caresse de sa voix qui me tira de mes cauchemars, mais le murmure de mort et de pourriture.

— Et si tu choisis la deuxième option, tu ne vas pas rester faire de vieux os.

Moira gloussa et tous ses charmes s'effacèrent. Les autres gardes autour des Portes lui lancèrent des regards méfiants tandis qu'elle souriait impitoyablement, repliant ses ailes comme un étalon plastronnant. La pointe d'une des ailes frappa l'arrière de la tête de Rysten, puis elle les claqua, sifflant pour elle-même tandis qu'il l'examinait. Que n'aurais-je pas donné pour voir son visage ?

— Qui est-elle ?

Le même garde qui me fixait un instant plus tôt regardait à présent Moira avec intérêt. Elle haussa un sourcil vert foncé et passa une main dans ses cheveux, les repoussant en arrière afin que brille la marque sur son front. Le casque à corne et des ailes noires.

— Personne, grogna Rysten.

— Trop bien pour toi, lança Moira en même temps.

Ses lèvres se pincèrent en un rictus en voyant l'expression de Rysten, ne remarquant même pas comment les gardes la regardaient.

— Pas d'importance, répondit Jax en croisant les bras sur sa poitrine.

Il hocha la tête vers les Portes et dit :

— Alors, Levi, que choisis-tu ?

Le garde nous regarda tous, semblant peser le pour et le contre. Les Cavaliers de l'Apocalypse paraissaient tout à fait à l'aise, et j'eus l'impression que s'il nous refusait l'entrée cela n'aurait peut-être pas d'importance. Il était peu probable qu'il survive assez longtemps pour prendre cette décision. Levi dut le comprendre également, car il recula de quelques pas et fit un geste du bras vers la fosse pour nous inviter à approcher. Alors que nous approchions du gouffre, mon estomac se noua.

— Par curiosité, dit Levi, songeur, quelle Péché vous a envoyé ?

L'Enigma s'arrêta au bord de la pierre. Ses yeux mauve vif brillaient légèrement dans la faible lueur alors qu'il regardait dans l'abîme qui paraissait sans fin.

— À ton avis ?

Il laissa échapper un sombre ricanement.

— La seule avec qui j'ai été assez stupide pour passer un marché.

Il franchit le bord sans la moindre appréhension. J'aurais aimé pouvoir dire la même chose, mais même la bête ne pouvait me donner assez de courage. Une main chaude se glissa dans la mienne et je levai les yeux vers Moira.

— Ça va aller, Ruby.

— Tu dis ça tout le temps, me moquai-je.

L'angoisse montait lentement en moi. Nous y étions. Mon dernier moment sur Terre, et la peur me paralysait rapidement. Des griffes acérées me piquèrent la jambe quand Bandit tenta de s'accrocher à mon jean pour se hisser dans mes bras. Je me penchai en avant pour le porter. Il enroula ses petites griffes autour de mon cou comme s'il comprenait ce qu'il se passait.

— Je le dis parce que je le sais, dit-elle en se tapotant la tempe de sa main libre et en jetant un coup d'œil vers l'abîme. Nous nous en sortirons, et tu réussiras les défis et tu auras ta couronne. Tu es née pour ça.

Je frissonnai. *Si seulement ça pouvait être aussi simple.*

Mes bras se couvrirent de chair de poule en sentant la douce chaleur émanant des Portes. Cette énergie me semblait familière. Presque comme... chez moi.

Sans me laisser le temps d'y penser à deux fois, je saisis la main de Moira et serrai Bandit plus fort... puis je franchis le bord pour me lancer vers mon avenir.

Ma vie sur Terre était finie.

Ma vie en Enfer... ne faisait que commencer.

2

Le souffle du vent me secoua les os tandis qu'un cri me racla la gorge.

Le jour où Allistair m'avait poussé d'une falaise me parut si lointain, et j'avais trouvé ça éprouvant. Mais c'était sans compter qu'il pouvait y avoir pire. Au moins, le lac au fond permettait de voir les étoiles quand je pensais sauter vers ma mort. Cet abîme n'était que néant.

Pas de lumière. Pas d'étoiles. Sans fin.

De ce que j'en savais, nous étions peut-être en chute libre vers notre mort. Non que je le croie vraiment, car Jax avait sauté sans aucune peur, comme s'il l'avait déjà fait une centaine de fois, et même si je ne pouvais me retourner pour regarder, je sentais bien que les Cavaliers de l'Apocalypse tombaient derrière nous.

Un léger contact dans mon dos me fit tressaillir alors qu'une main chaude attrapait le dos de mon tee-shirt. Je tendis le cou sur le côté tandis que des flammes s'échappaient de mes mains. Des cheveux blonds teintés de bleu brillaient dans la faible lueur, et ma terreur se dissipa un peu. L'obscurité réconfortante de Rysten m'enroba, m'enveloppant comme un doudou. Moira serra la main qu'elle tenait fermement, sa paume devenait moite dans la chaleur étouffante des Portes.

De minuscules gouttes de sueur flottaient derrière elle alors que la force qui nous attirait vers le fond devenait de plus en plus chaude. Moira ouvrit la bouche et hurla avec un abandon désinvolte comme si elle s'amusait comme jamais, oubliant la puissance que je ressentais et ignorant la température écrasante.

La pression augmentait et me faisait mal aux oreilles. Rysten hurla quelque chose qui se perdit dans la crevasse et se mit à résonner contre la surface rocailleuse autour de nous. Bandit suivit avec un grognement sauvage, ses griffes s'enfonçant dans mon dos comme les serres d'un démon alors que la chaleur et la pression devenaient insupportables.

Un bruit sec résonna dans mes oreilles, comme si je passais le mur du son, et soudain nous ne chutions plus... mais nous remontions. Ça commença comme une minuscule trace de bleu dans l'obscurité sans fin. Une lueur où il n'y avait aucune lumière, et ce point continua à grandir. Un trou apparut au-dessus de nous, d'une couleur azur incroyable, presque comme le ciel, mais étrangement plus lumineux. Je plissai les yeux pour discerner ce dont il s'agissait alors que des gouttelettes d'eau m'éclaboussaient le visage. J'entrouvris la bouche. Je compris que cette petite tache de bleu n'était en fait que l'autre côté des Portes lorsque nous atteignîmes le bord. Nous traversâmes sur six mètres un jaillissement d'eaux vives pour ressortir à l'air libre.

Une brise fraîche aux parfums de fumée et de cendre me frappa. J'atteignis un pic dans mon ascension, me retrouvant en apesanteur l'espace d'un instant avant que la gravité ne reprenne ses droits. Les doigts de Rysten se détachèrent de mon tee-shirt ample tandis qu'une force soudaine m'empêchait de chuter, et il fut écarté brusquement. Moira planait au-dessus de moi, agrippant ma main avec une force que je ne lui connaissais pas, tout en battant des ailes pour ralentir notre descente.

Bon sang, me dis-je. C'est l'Enfer.

Tel un bijou, le ciel revêtait des teintes bleu-saphir, améthyste intense et rouge profond. Des nuages gris et vaporeux flottaient au-dessus de nos têtes, attirant mon regard vers la chaîne de montagnes et des panaches de fumée au loin. Mais ça restait à bonne distance, et entre ici et là-bas il y avait toute une étendue de feu de forêt. Des arbres si hauts qu'ils devaient mesurer trente mètres, leurs branches grêles s'étendaient vers le ciel. Ceux qui n'avaient pas encore été dévorés par les flammes avaient perdu leurs couleurs originales, chaque centimètre de leur tronc jusqu'à l'extrémité des branches luisaient de cendres noires. Des flammes si sombres et dévastatrices dansaient par zones où ne restaient seulement que ces cendres, gagnant du terrain sur les arbres à la beauté envoûtante.

— Que s'est-il passé ici? demandai-je, à peine mes

pieds avaient-ils touché la bande de plages couvertes de cendres.

— Tu es partie, répondit Jax avant que Rysten ne puisse le faire. Lucifer est mort, et sans pouvoir pour maintenir les frontières, notre monde a commencé à s'effondrer.

— Ce n'est pas vraiment comme si j'avais eu mon mot à dire, répondis-je laconiquement.

Le courroux de la bête se réveilla en entendant ce qu'il sous-entendait. Comme si c'était notre faute. Lola, Lucifer et les Cavaliers de l'Apocalypse nous avaient enlevées de chez nous. C'était eux qui nous avaient laissées vingt-trois ans sur Terre.

— Tu m'as demandé ce qu'il s'était passé. Si tu n'aimes pas la vérité, eh bien, change-la.

— Elle ne pouvait pas revenir à temps, connard, dit sèchement Moira.

Elle s'approcha de moi, les ailes déployées, montrant les dents vers le démon du chaos avec une férocité que même un cerbère ne pouvait mobiliser.

— Pourquoi crois-tu que je suis ici ?

Jax me regarda avec attention.

— Je te l'accorde, il faut avoir du cran pour entrer en Enfer alors que les Péchés sont en colère après toi. Reste à voir si tu parviendras à tout arranger ou non.

Je déglutis, ravalant mes paroles. Il était inutile de discuter avec lui, car ce n'était pas lui que je devais convaincre. Jax n'était rien de plus qu'un garçon de courses, ceux qui tiraient les ficelles étaient ailleurs... dans les profondeurs brûlantes de l'Enfer.

Je me détournai du paysage en feu pour regarder les rivages de sable où nous avions atterri. La plage s'étendait sur des kilomètres dans la direction opposée. Du sable mélangé de cendres qui lui donnait un effet marbré noir et blanc. Le flux et le reflux de la marée s'approchaient de mes chaussures, mais jamais à plus de quinze centimètres.

— Qu'est-ce que c'est ? demandai-je en désignant un tas de rochers. L'eau se fracassait contre les roches, libérant des embruns qui reflétaient des arcs-en-ciel à dix mètres dans la mer. L'eau de l'océan était une des plus claires que je n'avais jamais vue, ce qui rendait d'autant plus troublante la façon dont elle luisait au soleil alors que des particules de cendres flottaient dedans.

— Les Portes, répondit Rysten.

Julian apparut dans les rochers, comme un évent, me dis-je alors qu'il filait dans le ciel tel un dieu de légende. Ses cheveux blancs étincelaient avec les mêmes cendres qui imprégnaient l'air et la mer, et la moindre partie de cette terre abandonnée des dieux. Alors qu'il atteignait le sommet d'un bond, ses jambes s'étendirent vers l'avant et il toucha le sol puis se mit à courir, beaucoup plus gracieusement que le roulé-boulé qu'avait effectué Rysten sur le sable.

— Tu as déjà oublié les techniques d'atterrissage, mon frère ? demanda Julian lorsqu'il s'arrêta.

Rysten leva les yeux au ciel alors qu'Allistair et Laran faisaient irruption des Portes, provoquant une gerbe d'eau scintillante de trois mètres de haut qui s'écrasa à quelques centimètres de nous. Bandit choisit ce moment pour s'élancer de mes bras dans les vagues limpides. Si près de la rive, l'eau n'avait que quelques centimètres de profondeur, mais cela n'empêcha pas Bandit de se rouler dedans, baignant sa fourrure de sable et de sel.

— Vous ne devriez pas laisser vos proches s'éloigner trop, dit Jax derrière eux.

Bandit avança en se dandinant quelques mètres de plus, là où la marée lui arrivait à la poitrine.

— Pourquoi donc ? demandai-je en hésitant à retirer mes chaussures pour le rejoindre.

À peine cette idée me traversa-t-elle l'esprit qu'un tentacule sombre s'enroula autour du corps de Bandit et l'entraîna par le fond. Je me précipitai en avant pour l'attraper au moment où Bandit laissa échapper un cri confus de désarroi, aussitôt étouffé par les vagues.

— Le Kraken.

— Quoi ? hurlai-je. Tu veux dire qu'un putain de Kraken vient de...

Je n'eus pas le temps de finir ma phrase. Une masse immense sortit de l'eau, éclaboussant des litres et des litres d'eau de mer de chaque côté. Des tentacules... au nombre de huit... avaient la taille d'un bus et étaient dotés d'énormes ventouses de la taille de ma tête. L'un d'entre eux retenait Bandit par la patte.

Je serrai les dents pour ne pas hurler et au lieu de cela, j'appelai les flammes de l'Enfer. Cette pieuvre allait se transformer en calamars.

Une boule bleue ardente apparut dans ma main lorsque Moira attrapa mon poignet.

— Que fais-tu...

— Cette chose est immense, et les vagues sont violentes. Si tu la tues, elle pourrait tomber sur Bandit et le noyer, dit Moira.

— Si je ne la tue pas, il pourrait finir dans son estomac !

Bandit laissa échapper un gémissement craintif tandis que le monstre marin ouvrait la bouche et hurlait. Une langue, aussi grosse et épaisse que les tentacules, s'agita lourdement dans les airs, des dents acérées aussi grandes que mon raton laveur remplissait sa gueule. Je dégageai mon bras de la main de Moira, désespérée sous la poussée d'adrénaline. Le feu lécha mon bras droit tandis que je lançai une boule de feu bleu. Elle transperça directement la partie charnue du tentacule qui retenait Bandit. Le monstre battit l'air de douleur alors que les flammes se propageaient et lui dévoraient la peau. Bandit chuta. Sous la poussée rapide des ailes de Moira, un souffle me percuta quand elle bondit dans le ciel et s'élança pour le rattraper. Un autre tentacule porta un coup dans sa direction, et la fraction de seconde qu'il lui fallut pour plonger et retrouver son équilibre suffit à Bandit pour sombrer dans les profondeurs de l'océan scintillant de noir.

— Non, criai-je, mais alors que ma voix résonnait par-dessus les vagues, quelque chose de fou se produisit.

Une deuxième masse s'éleva de l'eau à l'endroit où Bandit venait de tomber. Une masse avec des dents et des griffes. Il faisait plus de dix mètres, de l'eau ruisselait sur son corps tandis que sa queue rayée bleu et noir s'agitait de gauche à droite.

— Par Satan…, se mit à jurer Rysten.

Le grognement qui sortit du corps de Bandit l'interrompit et mon raton laveur se tenait sur ses pattes arrière et levait ses pattes avant en l'air, poussant un hurlement qui transperça la peur qui m'étreignait le cœur. Du feu s'échappa de sa bouche, et il manqua Moira de quelques centimètres alors qu'elle plongeât sur le côté, les muscles de ses ailes s'appuyant sur les souffles du vent, pour essayer de s'éloigner le plus possible de la colère de Bandit. Une pluie de feu s'abattit sur le Kraken, le réduisant en morceaux tandis que des griffes le lacéraient férocement. Le Kraken tenta d'enrouler un épais tentacule autour du museau de Bandit pour tenter de lui fermer la bouche et interrompre la gerbe de flammes qu'il soufflait.

Ce fut un mouvement malheureux pour le monstre. Bandit se jeta en avant, fermant rapidement ses mâchoires sur l'appendice charnu. Il le mordit et les flammes dévorèrent la chair humide, dégageant une odeur de poisson et de brûler, alors que les tentacules tombaient de son corps, l'un après l'autre.

En quelques instants, il ne resta plus du grand monstre marin, que des cendres dans les vagues.

Moira descendit en piqué et atterrit sur la plage, près de moi, paraissant aussi choquée qu'elle l'était.

— Rappelle-moi la prochaine fois que je l'appellerai panda glauque, qu'il pourrait me dévorer, murmura-t-elle.

Je me précipitai à toute vitesse dans l'eau.

— Attend, Ruby ! s'écria Rysten.

— Bon sang ! grogna Julian.

L'eau giclait derrière moi, mais je n'y prêtais aucune attention tandis que Bandit s'approchait pour m'attraper. Il se mit à ronronner, me posa sur son épaule et revint vers la rive. Oh, quel revirement de situation. Je plongeai mes deux mains dans sa fourrure mouillée, m'accrochant fermement alors que mon corps bougeait d'avant en arrière à cause du vent et du trottinement de Bandit. Il marchait toujours aussi pesamment comme s'il pesait treize kilos et non pas treize mille.

— Mais, regarde ce qu'il a fait..., commença Rysten.

Moira lui donna un gros coup de coude et croisa les bras sur sa poitrine.

— Ne dis rien. Il pourrait ne jamais la rendre simplement pour te contrarier, dit-elle de manière appuyée.

Rysten se tut, regardant de côté vers ma meilleure amie.

— Ruby, demande-lui de te poser au sol, lui demanda Julian.

— Pourquoi ? Je pourrais juste aller rencontrer la première Péché Capitale comme ça, sur son épaule.

Je ne parlais pas sérieusement, mais le regard noir qu'il me lança me fit ricaner. Les grandes épaules de Bandit se secouèrent quand il émit un son retentissant et tomba sur le côté. Je compris trop tard qu'il riait et je perdis l'équilibre. Portée par l'air à peine une seconde, mes fesses s'écrasèrent brutalement sur le sable humide, à quinze centimètres de la marée qui montait.

— Argh, grognai-je.

— Tu as vu ça ! Cette vermine l'a presque blessée, dit Rysten.

Il se précipita pour m'aider à me relever. J'ignorai l'invitation et me redressai toute seule.

— Mauviette, lâcha Moira entre ses dents, ce qui me fit pouffer de rire.

— Les gars, vous êtes vraiment ridicules parfois, dis-je en me frottant les mains pour me débarrasser du sable.

Bandit se jeta de côté et le sol trembla un instant quand il se mit à se rouler dans le sable à nouveau, retrouvant progressivement une taille normale.

— Complètement ridicules, marmonnai-je en secouant la tête.

— Vous feriez bien d'écouter les mises en garde de vos partenaires, mon enfant, dit une autre voix derrière eux.

Jax arriva d'un pas tranquille au bord de l'eau, les mains dans les poches et une expression lasse sur le visage.

— Bandit a littéralement tué le Kraken. Je pense qu'il est assez juste de dire que je suis en sécurité avec lui, répondis-je de manière plutôt solennelle.

Bandit fit le beau en entendant mon compliment, assis tranquillement alors qu'il retrouvait sa taille initiale. Je souris et le pris dans mes bras alors qu'il gloussait joyeusement.

— Et si pour une raison ou une autre je ne l'étais pas, je peux me défendre toute seule. Mais, merci pour l'info.

— Attention à votre fierté, Jeune Morningstar. Les Péchés ne sont pas très férues de ce vice en particulier.

J'ouvris la bouche, mais refermai aussitôt les mâchoires.

— En parlant des Péchés, tu n'es pas censé nous emmener rencontrer l'une d'entre elles ? demanda brusquement Moira.

Il sourit amèrement et fit un geste vers la forêt en feu.

— Vous voulez ouvrir le chemin ?

À en juger par son expression, il n'était pas au courant que Moira était immunisée contre les flammes.

— Je n'aime pas l'attitude de ce gars. Pouvons-nous nous débarrasser de lui ?

Jax jeta un coup d'œil par-dessus son épaule et laissa échapper un rire grinçant.

— Pourquoi ris-tu ? demandai-je, totalement exaspérée, alors que nous venions à peine d'arriver.

— Vous pensez que je voulais faire ça ? J'ai été envoyé par une des six Péchés. Ce n'est pas comme si j'avais le choix, dit Jax.

Je regardai vers les Cavaliers de l'Apocalypse qui semblaient évaluer la valeur de l'Enigma.

— Quelle Péché t'a envoyé ? demanda finalement Allistair.

— Luxure.

Le péché de ma mère.

— Bordel, dit Allistair.

Oui, ça résumait plutôt bien la situation.

— On ne refuse pas un cadeau de Luxure, elle n'est pas du genre à bien le prendre, expliqua Rysten.

— Bien sûr que non, maugréa Moira. Parce que ce serait trop facile.

— J'ai une dette envers la Luxure et c'est ainsi qu'elle m'a demandé de la rembourser. Vous escorter jusqu'à Inferna est aussi simple que cela sera avec elle...

— Inferna ? demanda Laran en fronçant les sourcils.

— Ai-je bredouillé ? rétorqua l'Enigma, ce qui fit éclater de rire Moira.

— Luxure t'a peut-être envoyé, démon, mais tu oublies à qui tu t'adresses, grogna Laran.

— Inferna n'était pas l'endroit où nous devions commencer, n'est-ce pas ? demandai-je, ressentant un poids sur l'estomac.

— Non, répondit Julian, une main sur la mâchoire. C'est exact. Mais bon, l'enfer n'aurait pas dû commencer à brûler non plus.

— Alors, pourquoi cela s'est-il produit ? demandai-je.

Personne ne semblait non plus avoir une réponse à cette question.

— Y a-t-il un moyen de tester le démon du chaos pour savoir si Luxure l'a vraiment envoyé ? intervint Moira.

— On pourrait lui arracher les ongles des doigts, l'un après l'autre..., commença Laran, tout à fait sérieux.

— Ou peut-être pas, coupai-je, car j'étais clairement la seule voix de la raison par ici.

Laran haussa les épaules.

— Je vous entends, cria Jax.

— Bien ! répondit Moira. Peut-être seras-tu moins con vu qu'elle est la seule à les empêcher de t'arracher les ongles.

Elle se retourna et siffla.

— Connard.

Je les ignorai totalement.

— Ne pouvons-nous pas simplement nous téléporter par le feu jusqu'à Inferna et que ce soit fini ? demandai-je en regardant Laran.

— Non, dit Julian.

Il se tourna vers la forêt et regarda quelque chose dans le lointain qu'aucun de nous ne pouvions voir.

— Si l'Enfer est en feu, cela signifie que les frontières se fragilisent et que le paysage lui-même est en train de changer. À partir de maintenant, nous ne pouvons plus utiliser la téléportation pour nous déplacer.

Je serrai le poing et le plaçai contre mes lèvres, frustrée, et le métal froid de l'anneau me rentra dans le menton.

— J'imagine que les anneaux ne vont pas fonctionner non plus ?

Ce n'était pas certain, mais il fallait quand même que je le demande.

Rysten secoua la tête.

— Ils ne peuvent te déplacer qu'à des endroits où tu es déjà allée physiquement, et puisque nous les avons faits faire sur Terre, ils ne peuvent t'envoyer nulle part ici, pour le moment.

— Et même s'ils le pouvaient, nous pourrions atterrir à tout un tas d'endroits vu comment sont les choses, peut-être même dans le ventre d'un monstre, répondit Laran.

— C'est de la merde, déclara Moira.

Elle n'avait pas tort. Toute forme de téléportation

était hors de question, ce qui signifiait que nous allions devoir le faire à l'ancienne.

— On dirait que nous allons devoir marcher jusqu'à Inferna, dans ce cas.

Je fis rouler mes épaules, me remis d'aplomb sur le sable mou. Julian continuait à fixer le lointain, mais les trois autres échangeaient des regards gênés.

— À moins que vous ayez une meilleure idée, les gars...

Je m'interrompis et haussai un sourcil, les yeux remplis d'espoir.

— Ce n'est pas ça, soupira Allistair. Ne sachant pas tout ce que nous sommes susceptibles de rencontrer en voyageant sur le terrain, le seul chemin pour se rendre à Inferna passe par le Colisée.

— Le Colisée ?

Moira s'approcha, paraissant beaucoup trop intéressée. Allistair acquiesça d'un signe de tête.

— L'idée que se fait Hela du contrôle démographique, dit Rysten.

Il mima des guillemets avec ses doigts, les joues tendues de dégoût.

— Y a-t-il une autre option ? demandai-je.

Personne ne répondit, car personne ne voulait le dire qu'en vérité... non... il n'y en avait pas. Si nous ne pouvions nous y rendre en usant de magie, nous devions trouver d'autres moyens, ce qui signifiait marcher dans la forêt.

— Vous croyez vraiment que je serais ici, s'il y en

avait une ? nous demanda Jax d'une voix débordante de sarcasmes.

— Là n'est pas la question, coupai-je en me concentrant sur les Cavaliers de l'Apocalypse.

Un vent chaud soufflait vers la côte faisant voler mes cheveux de mon visage. Bandit laissa échapper un petit cri de joie en tentant d'attraper les mèches qui flottaient en l'air de ses minuscules pattes.

— Je pense…, commença Rysten, que nous n'avons pas d'autre choix. Luxure aura déjà évacué sa province si elle l'a envoyé pour t'escorter.

— Je ne comprends pas, dit soudain Moira. Vous quatre vous êtes âgés de quoi ? Un million d'années. Vous devriez savoir comment y aller aussi bien que ce gars.

Elle fit un geste de la main en direction de Jax.

— Si nous mourons, nous n'y arriverons pas, dit doucement Laran.

Je me figeai à cette idée.

— L'Enfer est très dangereux, et Lucifer avait énormément d'ennemis. Les Péchés ne vont pas vouloir prendre de risques pour son retour, avec ou sans nous.

Il détourna le regard et ses yeux taisaient quelque chose. Une inquiétude qu'il ne voulait pas que j'aperçoive.

— Personne ne va mourir, dis-je sévèrement.

Non que mon cœur m'écoute. Mon pouls s'accéléra et les paumes de mes mains s'échauffèrent à l'idée de perdre l'un d'entre eux… un arc de feu traversa le ciel et je me figeai.

— C'était quoi, ça ?

Jax regarda en l'air en plissant les yeux.

— Si je devais faire une suggestion : toi.

— Moi ? répondis-je en posant une main sur ma poitrine alors que Bandit enroulait fermement ses petites pattes autour de moi.

— Sûrement, acquiesça Allistair d'un signe de tête. Si l'incendie dévore l'Enfer c'est parce que la magie qui sécurisait les frontières a échoué, et c'est la même magie qui coule dans tes veines. Je ne serais pas surpris si tout cela était lié à toi.

Il ouvrit grand les bras en direction de la forêt.

— Tu penses que je pourrais circonscrire l'incendie ? demandai-je.

— C'est possible. Même s'il faudrait énormément de contrôle pour l'éteindre et ne pas le propager encore plus vite, répondit Allistair en inclinant la tête.

— Ça vaut le coup d'essayer, dit Laran, sa hache apparaissant de nulle part.

Il la fit fendre l'air d'un mouvement léger.

— En fait, ce n'est pas comme si nous avions une autre alternative, ajouta Rysten. La forêt brûle et nous devons la traverser pour arriver à destination.

— Alors, sommes-nous d'accord ? Nous marchons jusqu'à Inferna ?

Les quatre Cavaliers éclatèrent de rire.

— Marcher ? demanda Julian en se tournant vers moi, n'affichant l'expression de son visage qu'une fraction de seconde. Tu sais qu'il y a une raison pour qu'on nous appelle les Cavaliers, n'est-ce pas ?

— Eh bien, oui, dis-je en riant nerveusement. Je me

suis dit que c'était parce que, tu sais… aucune importance.

Je m'interrompis lorsque quatre énormes étalons apparurent, venus de nulle part. Moira laissa échapper un petit cri qui fit trembler la forêt.

— C'est bien ce que je crois que c'est? demanda-t-elle à bout de souffle.

— Tu les vois aussi?

Elle hocha la tête.

— Par tous les diables, ce n'est pas que moi. La transition était assez folle pour toute une vie, merci beaucoup.

Un des chevaux à la robe châtain-roux sombre avança en trottant, agitant la queue de manière affectueuse. Sans attendre que je tende la main, il se pencha pour me donner un petit coup de museau.

— Eh, salut toi, murmurai-je en tenant Bandit d'une main et en caressant le cheval de l'autre.

Je m'attendais à ce que mon raton laveur s'élance pour le mordre, pourtant il était étonnamment docile pour une fois.

— Oh, bien sûr, c'est le proche de Guerre qui se dirige vers elle et le panda glauque sans aucune réserve, grommela Rysten.

— Proche? demandai-je.

Rysten hocha la tête en signe d'assentiment et Laran rayonnait comme s'il était très fier.

— Vous quatre avez des chevaux comme proches? répétai-je.

Allistair haussa les épaules, mais ce fut Julian qui

attira mon attention. Son cheval était immense, il devait faire plus de deux mètres cinquante, une robe tachetée de gris et une crinière argentée. Il était magnifique. Julian lui tapota affectueusement le flanc sans un mot et j'observais cet échange privé entre eux.

— Techniquement, ce sont des proches héréditaires, expliqua Rysten

— Hein ? demandai-je en le regardant.

Il était d'un blanc pur et sa crinière scintillait presque.

— Que veux-tu dire par proche héréditaire ?

— Nous sommes nés avec eux, répondit Allistair en caressant sa bête d'un noir immaculé.

Il leva la tête et ricana, aussi fier que l'homme qui était lié à lui.

— Techniquement, ils font partie de nous et c'est ainsi que nous pouvons évoluer dans ton monde sans eux, et lorsque nous sommes ici, nous pouvons communiquer avec eux sur de grandes distances.

— Ils peuvent se téléporter ? demandai-je en regardant Bandit.

Le pouvait-il, lui ?

— Oui, répondit Laran, s'approchant du cheval roux qui me donnait toujours des coups de naseaux. Les nôtres peuvent se téléporter jusqu'à nous, mais tes proches sont différents. Ils n'agiront pas de la même manière.

Quelle poisse ! Ça aurait été chouette si Bandit avait pu le faire.

— Comment s'appelle ton cheval ? lui demandai-je pendant qu'il essayait de brouter mes cheveux.

Je fis un mouvement en arrière.

— Epona, répondit-il avec chaleur en frottant ses phalanges sur son flanc.

— C'est une jument ?

Guerre avait un proche et c'était en fait une proche ? J'avais un raton laveur. Qui étais-je pour juger ?

— Oui, c'est une jument, tout comme le proche de Mort, Rhiannon.

En entendant son nom, la jument argentée s'approcha et baissa la tête. Au lieu de me donner de petits coups de museau, elle attendait que je la caresse. Intense et pleine d'espoir, tout comme Julian. Je tendis la main et lui toucha la tête.

— Je déteste interrompre cette petite réunion, coupa Jax d'un ton tout sauf sincère, mais nous gâchons du temps de soleil, si nous prévoyons d'y aller à cheval.

Laran laissa échapper un ricanement sombre.

— Qui a dit que toi, tu devais aller à cheval, Enigma ?

3

Il s'avéra qu'il ne plaisantait pas. Si les proches des Cavaliers de l'Apocalypse avaient l'air de m'apprécier et de tolérer Moira, ce n'était pas le cas avec l'Enigma. Jax ne pouvait s'approcher à moins d'un mètre cinquante de l'un d'entre eux sans qu'ils se mettent à s'ébrouer et ruer pour l'assommer.

— Il doit y avoir un moyen de le faire, grognai-je.

Nous n'avions pas accompli tout ce chemin pour tout remettre en question à cause d'un connard et de chevaux réticents.

— Quelqu'un aurait une bouteille ? demanda Moira.

Je haussai un sourcil.

— Pourquoi ?

— C'est un Enigma, précisa Moira comme si ça expliquait tout.

— Et..., dis-je d'une voix traînante en attendant un éclaircissement.

Moira soupira en passant sa main sur une de ses

cornes. Elle agita ses ailes flamboyantes avec mauvaise humeur.

— Ils peuvent voyager dans des objets creux. Ce qui signifie qu'il peut profiter de la balade sans que les chevaux pètent les plombs, dit-elle en pointant son pouce par-dessus son épaule en direction de l'homme costaud aux yeux améthyste.

— Tu ne peux pas être sérieuse, commença Jax.

— De quelle autre manière pourrions-nous l'emmener avec nous ? dit-elle d'un ton cassant.

Son estomac se mit à gargouiller bien que nous venions de prendre le petit déjeuner. Une Moira affamée était dangereuse.

— Personne n'aurait une bouteille ou une lampe dans laquelle je pourrais glisser un auto-stoppeur, alors…

— En fait, dit Allistair avant de s'interrompre.

Il se frotta les mains et fit une moue qui se transforma en un sourire sensuel.

— Nous avons tout ce dont nous avons besoin.

Il fit à nouveau un grand geste de la main et cette fois-ci des selles apparurent sur les chevaux, et dans la main de Moira un flacon en verre.

— Tu veux dire que tout ce temps-là tu pouvais faire ça ? lui demandai-je.

— Quand je suis en Enfer, je peux le faire.

— Mais sur Terre ? demandai-je avec curiosité.

— Ma magie n'est pas aussi puissante sur Terre. Ici, je peux rendre les charmes réels, expliqua-t-il en balayant le monde qui nous entourait d'un geste calme. Plutôt pratique, si je peux me permettre.

Il sourit.

— Peux-tu changer mes vêtements ? demandai-je.

Ses lèvres esquissèrent un sourire.

— Les tiens, je peux. Que veux-tu que j'enlève ?

Sous son regard doré, mes lèvres s'enflammèrent.

— Ne pourrions-nous pas éviter ces discours graveleux « préliminaires ou pas préliminaires » quand vous êtes à portée de voix ? grogna Moira. Sa transition était suffisamment compliquée et je n'étais même pas là.

Ce qui me dégrisa immédiatement.

— Je suis désolé, Ruby, simplement je...

— Non, ça va, dis-je avec un petit geste de la main.

Ce n'était pas de sa faute si j'étais légèrement vexée, et surtout pas à cause de cela. Je retournai toute mon attention vers Allistair. La flamme dans son regard ne s'était pas le moins du monde atténuée, mais j'étais vraiment gelée dans ces vêtements humides et mes chaussures détrempées.

— Pourrais-tu sécher mes vêtements et me procurer de meilleures chaussures si je dois monter à cheval ?

Ce fut fait d'un geste de la main. Non seulement mes vêtements étaient secs, mais en plus ils sentaient le propre, et les chaussures m'allaient parfaitement.

— D'accord, dis-je en avançant sur la plage. Sommes-nous prêts à y aller ?

Je me retournai, les mains sur les hanches. Jax et Moira se jaugeaient du regard alors qu'elle tenait le flacon.

— Vous allez bien, tous les deux ?

— Non, répondit Jax.

— Oui, répondit Moira en même temps.

— Parfait, alors, dis-je d'une voix traînante. Plus vite, tu rentreras dans la bouteille, plus vite nous serons à Inferna et tu en auras fini avec nous.

Ce qui me valut un autre regard de sa part.

— Vous devrez me laisser sortir dès que nous nous arrêterons, lui dit-il.

— Oui, oui, je ne vais pas te garder enfermé dans une bouteille comme une connasse sadique. J'en suis une… mais ce n'est pas mon style.

Elle continua en lui expliquant tout ce qu'elle ferait à la place, ce qui n'arrangeait pas nos affaires.

— Moira, contente-toi de lui promettre de le laisser sortir que nous puissions nous mettre en route. Une fois ça fait, nous partirons d'ici et nous pourrons chercher à manger.

Elle s'exécuta et, son génie dans une bouteille, nous nous mîmes en selle sur nos redoutables montures et nous dirigeâmes vers la forêt comme s'il s'agissait d'un conte de fées et non d'un satané cauchemar.

Même si c'était mieux et plus rapide que marcher, aller à cheval n'avait rien d'aussi amusant qu'on le disait quand on n'a jamais fait d'équitation et qu'on se retrouve soudain assise à califourchon sur une créature en mouvement, tout en essayant d'éteindre les flammes de l'Enfer. Nous commençâmes au pas pour que Moira et moi ayons le temps de nous habituer à

Nessus, le proche d'Allistair. Après quelques heures à serrer plutôt gauchement la taille de Moira... à cause de ses ailes... j'en maîtrisais la nouveauté. Elle nous conduisit aussi en douceur que possible, corrigeant parfois sa prise pour suivre les instructions de Laran. Je me concentrais sur la forêt, et plus particulièrement sur les flammes.

Lorsque nous étions à La Nouvelle-Orléans, la bête avait entrepris de m'enseigner comment enfin contrôler le feu maudit qui ne répondait qu'à moi. Je n'avais pas considéré ce don particulier comme une bénédiction, sauf quand j'étais d'humeur assassine. Le feu c'était la destruction. La Mort. Le moyen ultime d'arrêter et de devenir totalement autre chose.

Mais ça me procurait également le pouvoir de faire cesser la destruction.

L'Enfer brûlait, mais je pouvais y mettre un terme.

Je fis un geste pour appeler les flammes, levant la main vers elles pour les guider. Je pinçai les lèvres, fermai les yeux, et envoyai une touche de magie... ne faisant que goûter au pouvoir qui émanait de la forêt et qui flottait paresseusement dans les sous-bois comme une brume lourde... et l'Enfer répondit.

Mes yeux s'ouvrirent d'un coup alors que la magie s'échappait du sol et que le feu jaillissait autour de nous. Les chevaux laissèrent échapper un hennissement de crainte et Nessus se cabra. Je serrai un peu plus les cuisses contre ses flancs, agrippant Moira de toutes mes forces tandis qu'elle serrait fort les rênes.

Des flammes noires légèrement teintées de bleu

s'élevèrent autour de nous et je regardai dans toutes les directions.

— Doucement ! lança Allistair d'une voix qui franchit les deux mètres qui séparaient son proche de celui de Laran.

Nessus s'immobilisa sous l'ordre de son proche, reposant ses sabots au sol.

— Euh, Ruby, s'écria Moira par-dessus son épaule. Je ne sais pas si tu as remarqué, mais tu as aggravé l'incendie...

— J'en suis tout à fait consciente, merci, grommelai-je entre mes dents.

Sur Terre, c'était difficile de contrôler la magie parce qu'il n'y en avait aucune qui flottait dans l'air autour de moi. Cela m'avait appris à la faire ressortir et l'utiliser comme une extension de moi-même, mais ici... ici ma puissance était déjà *partout*.

Je n'avais pas besoin d'utiliser la moindre parcelle de moi pour y avoir accès.

— Fais vite, bébé, souffla Moira.

Même si Nessus ne tentait plus de nous désarçonner après le rappel à l'ordre d'Allistair, il n'était pas exactement heureux non plus. Il hochait sa tête noire d'avant en arrière, ce qui faisait tressauter son corps et glisser ma concentration.

— Nous y sommes presque, répondis-je, ne voulant pas perdre plus de temps alors que les langues sombres des flammes s'approchaient déjà des jolis sabots de Rhiannon, juste devant nous.

Au lieu de lancer ma propre énergie pour la rechercher, je la renfermai, et même lorsque la moindre goutte de ma propre magie fut totalement verrouillée jusqu'à m'étouffer... je continuai à l'absorber. Mes mains se serrèrent comme si j'agrippai de mes poings nus des fouets de flammes et je les absorbai en moi, même s'il n'y avait plus de place où les mettre.

— Tu vas bien ? demanda Moira tandis que le cheval faisait une embardée en avant. Ses sabots frappèrent le sol avec une violence qui me secoua les os et faillit me désarçonner malgré la poigne d'enfer avec laquelle je serrai la taille de Moira.

— Bien, répondis-je.

Je ne voulais pas en dire plus alors que la magie se tordait sous ma peau, tentant encore de s'échapper. Ils avaient dit que je pourrais peut-être la contrôler, et ils avaient raison, mais le pouvoir qui à présent s'agitait en moi ne m'appartenait pas en propre. C'était juste familier, comme l'empreinte d'un souvenir ressentit il y avait très longtemps.

À l'inverse de ma propre énergie, elle ne se posa pas ni ne s'installa, mais au lieu de cela, elle s'agitait sauvagement comme un animal tentant de sortir d'une cage à coups de griffes, puisant la moindre faiblesse en moi. L'intrusion me fit grincer des dents, j'espérais, je priais un démon déjà mort d'avoir déjà suffisamment enlevé de la forêt pour pouvoir nous rendre où nous devions aller.

Cette prière resta sans réponse lorsque quelque temps après nous tombâmes sur plus de flammes et je dus renouveler l'opération. Cette fois-ci ce fut plus facile, mais les retenir en moi devenait plus compliqué.

Au lieu d'enrouler mes bras autour de la taille de Moira, je posai mes mains sur mes genoux, les poings serrés, les ongles s'enfonçant dans mes paumes jusqu'à percer ma peau.

Une note de cuivre caressa mes narines et me fit grimacer, mais ça fonctionnait. La douleur me permettait d'y voir plus clair, atténuant l'énergie qui bouillonnait dans mes veines, s'agitait sous ma peau, menaçant de libérer sa force foudroyante.

Je respirais lentement, posément, pour relâcher les muscles tendus de ma cage thoracique, tandis que le soleil commençait à se coucher à l'horizon.

— Eh, nous allons bientôt faire une halte? Mes cuisses me font horriblement souffrir, mentis-je.

Enfin, pas complètement. J'avais vraiment mal aux cuisses, mais la pression que je ressentais sous ma peau empirait et j'avais peur de ne plus pouvoir absorber de flammes si nous en croisions encore en chemin avant de nous arrêter pour la nuit.

— Bientôt, dit Julian loin devant.

Je serrai les dents et me concentrai à respirer par le nez. Ça allait mieux, mais pas assez vite. Et le balancement constant n'aidait en rien.

J'avais l'impression que cela faisait une éternité quand je demandais :

— Nous sommes bientôt arrivés?

Moira arrêta Nessus et se retourna pour me regarder par-dessus son épaule.

— Tu vas bien? demanda-t-elle sans détour.

— Oui, oui, je vais bien… répondis-je d'une voix traînante alors que des points noirs apparaissaient devant mes yeux.

Trop de pression...

— Tu n'as pas l'air bien.

Elle plissa les yeux dans le soleil couchant alors que le cheval se balançait de gauche à droite. Toutes les torsions et contorsions s'étaient enfin calmées, ne me laissant qu'une impression de lourdeur quand les flammes se tassèrent enfin.

— Bien sûr... je vais bien, dis-je.

Ma voix semblait déformée, comme si elle venait loin. Il y avait comme un écho entre mes mots, ce qui augmentait les silences qui résonnaient encore et encore dans mon crâne.

— Ruby ? m'appela une voix.

J'essayai de la reconnaître. De la relier au visage devant moi.

De dire à la jeune femme à la peau verte que je n'allais pas bien, parce que je n'avais compris que trop tard pourquoi l'obscurité s'agitait en moi.

Mais c'était là, sur le bout de ma langue et la nuit m'enveloppa soudain et le soleil glissa derrière l'horizon.

4

Je grognai en ressentant une torsion désagréable aux côtes. Je roulai sur le côté et frottai mes yeux gonflés de sommeil, clignant des yeux pour tenter de comprendre ce qu'il s'était passé. Puis les images me revinrent à l'esprit aussi rapides et claires que j'étais étendue là, haletante pendant un moment.

— Où suis-je ? demandai-je enfin.

Je tâtonnai à l'aveugle autour de moi, cherchant quelque chose à saisir. Des bords grossiers me picotèrent les paumes et mes mains étaient sales.

Par tous les diables, que s'était-il passé, cette fois-ci ?

Je reposai les mains sur les rochers sous moi et me redressai, ignorant la douleur pinçante.

— Ouah, Ruby...

— Que se passe-t-il ? soufflai-je.

Ma tête se mit à tourner tandis que la gravité aidait à me relever et des mains puissantes m'attrapèrent sous les bras.

— Doucement, chérie, murmura une voix derrière moi. Tu t'es évanouie. Si Moira ne t'avait pas surveillée, tu serais tombée de toute la hauteur de Nessus.

Je déglutis et sentis un goût d'iode et de poussière.

— Je me suis évanouie ?

— Ouaip, répondit Moira en exagérant le « P ».

Elle se retourna et me tendit une bouteille d'eau. Je tendis la main pour la saisir, hochant la tête pour la remercier.

Le bouchon craqua lorsque je l'ouvrai à la va-vite et descendit la bouteille en quelques longues gorgées. Le plastique se froissa en heurtant le sol. Je m'essuyai la bouche du dos de la main.

— Il faut vraiment que j'arrête de faire ça, dis-je.

— De jeter tes déchets par terre ? demanda Moira de manière appuyée avec une moue.

— De m'évanouir, gloussai-je.

Moira me fusilla du regard.

— Mon travail serait certainement plus facile si c'était le cas. En l'état actuel des choses, je suis la personne qui s'assure que l'Enigma ne nous mijote rien de... louche.

Deux grondements résonnèrent derrière moi et Moira leva les yeux au ciel.

— C'était quoi ? demandai-je, incertaine de vouloir la réponse.

— Des problèmes.

Moira soupira légèrement en regardant par-dessus mon épaule. Une conversation silencieuse sembla s'engager entre elle et la personne qu'elle regardait. Les doigts autour de mon avant-bras se resserrèrent, alors j'eus une idée assez précise de qui ça pouvait être.

— Il faut que j'aille vérifier ce que fait Jax et m'assurer qu'il n'ait pas d'envie de suicide.

Je haussai un sourcil et elle me regarda avec un rictus suspicieux avant de se lever et sortir de…

— Sommes-nous dans une grotte ? dis-je en essayant de me tourner pour voir ce qu'il se passait derrière moi.

Non que ça aurait fait une différence, car tout était plongé dans l'obscurité. Un plafond de grotte s'étendait d'un bord à l'autre, rugueux, rocheux et inégal. Devant moi, la légère lueur d'un feu éclairait les ombres sous le clair de lune.

— Pas tout à fait, dit une autre voix.

Du miel, de la séduction et une touche de scotch embaumèrent l'atmosphère. Je clignai des yeux vers Allistair. Ses cheveux noirs semblaient absorber la nuit et encadraient sa peau pâle d'une sauvagerie insoumise qui ne lui ressemblait pas. Au lieu de l'habituel costume que j'avais appris à connaître et à aimer, il avait enfilé un jean taille basse et un tee-shirt moulant que j'avais entrevu avant de partir pour Inferna.

— C'est censé vouloir dire quoi ? demandai-je d'une voix plus rauque que je ne l'aurais souhaité.

Plus affamée qu'avant.

— Nous sommes dans un tunnel à la frontière de la province de Luxure, répondit Rysten derrière moi.

Ses doigts se détendirent autour de mon avant-bras et glissèrent le long de mes épaules. Je me penchai contre lui.

— D'accord, répondis-je. Pourquoi sommes-nous dans un tunnel à la frontière de la province de Luxure ?

— Parce que nous sommes en Enfer, répondit Allistair comme si cela avait une signification.

Je haussai les sourcils et il inclina la tête, ses lèvres sensuelles trop près pour être si loin.

— De sales choses se produisent la nuit. À moins d'être dans une ville, tu ne veux pas être surpris dehors quand le soleil s'est couché.

Je fronçai les sourcils et jetai à nouveau un œil critique au tunnel parce que ça ne me paraissait pas beaucoup mieux.

— Un Kraken a failli dévorer Bandit seulement dix minutes après que nous ayons franchi les Portes de l'Enfer. J'ai l'impression que de mauvaises choses sont sous-entendues dans le nom.

Ma voix était beaucoup plus cassante que ce que je ressentais. Je venais d'ici. Après seulement une seule journée, je me rendais déjà compte combien cela dépassait mes compétences.

J'avais envie de me mettre à genoux, tête basse, et de supplier pour rentrer à la maison. Leur dire que j'abandonnais. La sécurité de Bandit et Moira était le plus important. Nous pourrions partir vivre sur une île déserte au milieu de nulle part le temps que cette apocalypse se règle d'elle-même... mais je n'avais pas cette option. Il n'y avait pas de « se régler d'elle-même » possible sans la bête et moi.

Aussi, même si c'était vraiment effrayant et que le

premier jour ici était plus que décourageant… j'étais Ruby Morningstar… la seule et unique enfant de Satan.

— Peut-être sont-elles sous-entendues, dit Allistair en hochant la tête en guise d'assentiment.

Un sourire ironique se dessina sur ses lèvres, agissant bizarrement sur ma libido.

— Mais il y a aussi beaucoup de belles choses… si tu prends la peine de les chercher.

— Euh euh, dis-je lentement en luttant pour réprimer le petit sourire qui menaçait de s'afficher. De quel genre de belles choses sommes-nous en train de parler ?

J'avais le souffle court. Allistair se pencha en avant, me volant un baiser, les lèvres légères avant de s'écarter en gloussant.

— Tu verras.

— C'est quoi ce genre de réponse ? grognai-je, le vrombissement dans ma tête se rappelant à mon bon souvenir.

Je m'écartai de Rysten et me relevai. Étrangement, je ne me sentais pas très faible après cela… tout bien considéré. J'étirai mes bras en l'air et mes articulations craquèrent comme si un gamin tirait sur une canette de coca avec un pistolet à air comprimé. Je secouai mes membres et me retournai pour faire un clin d'œil aux deux Cavaliers de l'Apocalypse qui se tenaient derrière moi, appréciant de toute évidence le spectacle.

— Le spectacle vous plaît ? ronronnai-je, pas gênée le moins du monde.

Quant à moi, j'appréciais vraiment ce que je voyais de là où je me trouvais.

Pourtant, ce n'était pas le petit sourire sexy d'Allistair qui me fit céder, mais les yeux doux de Rysten.

— Toujours, murmura-t-il avec conviction.

Je souris timidement, sentant l'émotion m'envahir.

Innommable, comme elle se devait d'être.

Derrière eux, quelque chose bougea dans l'ombre. Je me figeai, les yeux plissés vers les mouvements lourds… nullement réguliers. Me souvenant de la mise en garde d'Allistair, je levai la main pour appeler les flammes… lorsque j'aperçus Laran.

— Tu ne peux pas me brûler.

— Eh bien non…, dis-je avant de m'interrompre pour passer mon pouce sur ma lèvre inférieure, puis croisai les bras. Mais je pourrais mettre le feu à la grotte, ce qui altérerait l'intégrité structurelle de la roche et l'affaiblirait assez pour qu'elle risque de s'écrouler sur toi…

Je me tus lorsqu'ils se mirent à ricaner.

— Quoi ?

— Eh bien, c'est juste que…

Rysten cessa de parler quand je haussai un sourcil.

— D'habitude, on ne voit pas ton côté plus… calculateur, dit rapidement Allistair.

Je ricanai.

— Parfois, j'oublie que tu es la jeune femme qui gardait un bidon de chloroforme dans son bureau.

— Ah, dis-je en souriant tendrement en me souvenant tatouer le visage de Kendall. Tu ne devrais jamais l'oublier. Tout au plus, j'ai évolué.

Je levai une main en faisant danser une minuscule flamme au-dessus de mes doigts.

— Où as-tu appris cela ? demanda Laran en avançant lentement vers moi.

Ses cheveux noirs étaient ramenés en arrière en une queue de cheval tombant sur sa nuque, dévoilant une petite cicatrice qui entaillait l'arche de son sourcil droit.

— Moira, murmurai-je en éteignant le feu. Quand elle a commencé l'université, elle comptait étudier le génie civil. Elle écoutait ses vidéos pendant que je dressais une liste de clients en tatouant des personnes dans le studio que nous partagions avant que j'achète la maison que j'ai fait exploser.

— Tu as appris ça simplement en écoutant ? demanda Laran.

J'acquiesçai d'un signe de tête en me grattant l'arrière de la tête.

— Je n'étais pas très portée sur les études parce que je trouvais l'environnement étouffant. Certaines personnes peuvent apprendre massées dans une pièce et à partir d'un manuel, mais je n'en fais pas partie, dis-je en haussant les épaules avant de retirer une feuille accrochée à ma chemise. J'ai beaucoup appris quand elle était à l'école.

Aussi ironique que cela pouvait paraître, j'avais sûrement plus appris pendant ses quatre années que pendant les dix-huit dernières années, entre ses vidéos et mes ex. J'avais rencontré beaucoup d'hommes avec des métiers différents en passant le temps, certains avaient été plus utiles que d'autres.

— Pourquoi a-t-elle bifurqué vers le commerce ? demanda Allistair.

Ses yeux glissèrent derrière moi pour regarder Moira. J'avais senti un changement dans ses émotions dès qu'elle était entrée. Cette excitation désordonnée et cette vacherie exagérée quelle affirmait avec fierté.

— As-tu déjà étudié le génie civil ? demanda-t-elle d'une voix proche d'un hurlement.

Depuis sa transition, elle semblait osciller sur la frontière ténue entre le hurlement d'une… eh bien banshee… et parler comme une personne normale.

— Elle s'en est lassée, répondis-je brièvement.

Il cligna les yeux en reconsidérant Moira.

— Lassée ? D'étudier le génie civil ? demanda-t-il, sceptique.

— S'ennuyer en étudiant le génie civil. C'est super drôle. En plus, les autres étudiants étaient tous des cons qui avaient un balai dans le cul.

J'étouffai un éclat de rire alors qu'elle approchait d'un pas nonchalant près de moi.

— Elle réussissait *très* bien et les autres gars de sa classe étaient intimidés par elle, expliquai-je alors qu'elle faisait passer ses cheveux vert foncé par-dessus son épaule.

— J'ai changé pour le commerce pour pouvoir monter mon entreprise avec Ruby. J'avais tout prévu et nous commencions tout juste. Avec mon cerveau et ses doigts, nous allions avoir une retraite de millionnaire, siffla Moira.

Tous les trois parurent extrêmement surpris.

— Je ne sais pas pourquoi vous êtes tous si choqués. Je possède peut-être un droit de naissance, mais elle, c'est un vrai génie, dis-je en posant un bras sur l'épaule de Moira alors qu'elle enroulait un bras autour de ma taille.

Derrière nous, une voix grave de baryton émit un toussotement de dérision.

— Si vous avez terminé de parler, de remémorer comment vous avez gâché vos vies pendant que l'Enfer brûlait, j'aimerais savoir ce que Guerre a découvert, plaisanta l'Enigma.

Je me figeai, hésitant entre dire quelque chose et laisser tomber lorsque Moira haussa les épaules.

— Il est un peu con, lui murmurai-je.

— Tu n'en as pas idée.

Était-elle en train de rougir? Impossible. Je fermai la bouche d'un coup au moment même où je l'ouvrais, puis me tournai vers Laran.

— Que cherchais-tu? demandai-je.

Les poings serrés de Laran attirèrent mon attention alors qu'il regardait entre moi et l'ouverture du tunnel. La colère émanait de lui. De l'agression et... de la possession.

— Laran, dis-je d'un ton léger, feignant de ne pas remarquer qu'il aurait pu étrangler Jax pour m'avoir parlé comme si j'étais responsable de la fin de son monde.

Enfin, je l'étais... mais ce n'était qu'en partie de ma faute. Je ne revendiquais pas la responsabilité d'avoir été évincée quand j'étais bébé, peu importait qui tentait de me faire croire ces conneries.

— Laran, répétai-je.

Il ne me regardait pas et il avançait déjà. Je pris la décision en une fraction de seconde et laissai la bête surgir.

— *Guerre.*

Il suffit d'un mot pour qu'il s'arrête net. Se tournant pour regarder par-dessus son épaule, la bête le fixa à nouveau et attendit.

— Ta partenaire t'a posé une question. Tu ferais bien de te rappeler ce dont elle est capable si tu ne réponds pas.

Ses paroles étaient glaciales. Imperturbables. Sans interruption, la bête s'estompa avec aisance et je levai les yeux vers lui. Je commençai à maîtriser nos passations de pouvoir.

— Bien sûr, répondit-il doucement.

Laran tourna le dos à l'Enigma, me réservant son attention entière et indivisible. Du coin de l'œil, je ne manquai pas le regard scrutateur du démon du chaos, ou Julian debout derrière lui... Bandit perché sur son épaule.

— Ils t'ont expliqué pourquoi nous sommes venus ici ? demanda-t-il.

— Allistair prétend que le croque-mitaine sort la nuit...

— Ce n'est pas vrai, grogna-t-il.

— C'est de la paraphrase.

— On pourrait aller de l'avant... commença Jax, comme s'il avait été un peu trop loin.

Les yeux de Laran s'assombrirent, effaçant toute trace de blanc, alors que sa fureur sauvage et ses urgences territoriales eurent finalement raison de lui. Il leva la main sans se retourner, et l'Enigma se souleva du sol.

Il porta ses mains à sa gorge, mais il n'y avait personne.

— Mec, je t'ai déjà sauvé les miches une fois. Tu n'apprends jamais, pas vrai? commençai-je en croisant les bras sur ma poitrine.

— Il est long à la détente, dit Moira, ne paraissant pas le moins du monde préoccupée en shootant dans un caillou.

Dans sa nonchalance, elle loupa le regard paniqué que Jax lui adressa.

— Tu t'es évanouie aujourd'hui, dit lentement Julian. Doucement. Avec hésitation.

— Quand tu as absorbé le feu, tu accumulais beaucoup trop d'énergie, n'est-ce pas?

Je ne répondis pas. Ils n'eurent pas ma réponse comme ils refusaient de me donner la leur.

— Tout va bien, Ruby. Nous ne sommes pas en colère après toi parce que tu as trop pris sur toi, mais nous n'avons pas remarqué à temps que tu commençais à te refermer.

L'émotion me serra la gorge, m'empêchant de respirer. Je déglutis cette boule, et me dressai droite comme de l'acier.

— Nous cherchons un autre itinéraire pour aller à Inferna pour que tu ne te sentes pas obligée d'éteindre le feu. Une fois que nous y serons… si les Péchés ont vraiment tout rassemblé… alors nous trouverons une solution dès que tu auras pris ton trône.

Il continua de parler, mais je ne l'écoutai pas. Je passai devant Laran et avançai fièrement vers l'ouverture du tunnel. J'évitai Jax, qui eut enfin le bon sens de ne rien dire, et je ne regardai même pas Julian en passant.

Une main s'immisça pour me saisir le poignet, m'arrêtant net.

— Lâche-moi, dis-je d'un ton cassant, m'en prenant à lui avec une virulence à laquelle il ne s'attendait pas.

— Non.

— Bon sang, Julian, grognai-je.

Un feu sombre et léthal jaillit de mes mains.

— Éteins-le, ordonna-t-il.

— Va te faire foutre, crachai-je. Tu n'as pas à me donner d'ordres.

Je me crispai, me souvenant de ma transition, même si certaines parties demeuraient floues.

— Tu as cinq secondes pour me lâcher.

— Hors de question que tu ailles dans les bois…

— Un, dis-je simplement.

Ses yeux se glacèrent. Féroces.

— Je l'écouterais si j'étais toi, Julian, le mit en garde Moira.

— Deux.

Julian resserra sa poigne sur mon bras.

— Elle va se faire tuer…, commença Laran.

Il savait que j'allais ruer dans les brancards si Julian ne faisait pas marche arrière.

— Trois, dis-je.

Mes bras se mirent à trembler et mes jambes à flageoler sous l'effet du désir de courir.

— Bon sang, Mort. Tu ne veux pas connaître sa fureur...

Moira parlait plus vite, à présent, tentant de le faire céder et essayant de m'atteindre.

— Quatre, grognai-je en montrant les dents.

L'énergie s'accumulait. Elle m'envahit et explosa en un craquement tonitruant. Toute cette pression d'avant... je compris alors qu'elle ne me désertait pas quand je dormais. Elle *s'incorporait*.

Étrangement. D'une façon ou d'une autre... je l'absorbais et elle me rendait plus *forte*.

Tout comme je l'avais fait avec Sin et sa magie de sang.

J'inspirai profondément, me préparant pour la ligne que je ne voulais pas franchir, lorsque...

— S'il te plaît.

Je me figeai. Il relâcha sa poigne.

Puis il dit la seule chose qui pouvait apaiser l'énergie.

— Je suis désolé, mais je t'en prie, ne pars pas.

Ses yeux étaient toujours ardents, mais son souffle glacial. Ses émotions étaient comme une tempête de glace : houleuses et violentes.

Mais il faisait un effort.

— Cette nuit, nous campons ici et demain nous partons à cheval. Ce sont mes conditions.

Je fis simple, car je n'étais pas d'humeur à jouer. Nous étions partenaires, bon sang. Je portais sa marque et il portait la mienne. S'il n'arrivait pas à prendre de décisions en fonction de moi avant de s'en prendre à lui-même... si aucun d'entre eux ne le pouvait... je trouverais un moyen de gouverner l'Enfer toute seule.

Il n'avait pas besoin d'être parfait. Il fallait juste qu'il comprenne qui il avait marqué, bon sang.

— Ruby...

Il serra les dents.

— Non, Julian. Je ne suis pas en colère parce que tu t'inquiètes. J'en ai trop fait aujourd'hui, je le comprends, et je vais y travailler... mais tu n'as pas à prendre de décisions pour moi, dis-je en me retournant pour regarder les autres avec insistance. C'est valable pour vous tous. Comment pouvez-vous croire qu'on me prendra au sérieux en tant que reine si même vous ne semblez pas y croire ?

Ils ne répondirent rien à cela.

Mais ça allait. Je ne voulais pas de jolies paroles. Je voulais des actions.

— Soit tu acceptes, soit tu t'en vas, Julian. Fais-moi confiance ou va-t'en tout de suite.

Sa mâchoire se crispa et j'étais consciente de ce que cela lui coûtait, mais j'allais gagner cette bataille avant même qu'elle ne commence. Il fallait que tous étouffent ces conneries dans l'œuf, surtout lui.

Finalement, il comprit.

— Ce soir, nous campons. Demain, nous partons à cheval, accepta-t-il. Mais cette conversation n'est pas terminée. Compris ?

Je réprimai le sourire qui menaçait de s'afficher sur mes lèvres.

— Compris.

— Bien, grogna-t-il. Cette nuit, tu dors avec *moi*.

Je crispai mes orteils dans mes chaussures, en prévision. C'était un compromis que j'étais plus que volontaire de faire.

5

Les yeux cernés de fatigue et ayant grand besoin d'une douche, je me hissai sur le proche de Rysten, Arion et m'installai pour le voyage. Après avoir chevauché le cheval toute la journée et Julian toute la nuit, seule mon immortalité me retenait de pleurer comme un bébé chaque fois que ma monture se balançait avec impatience.

Il m'avait fessée plus de fois que je ne saurais compter, et même si sur le coup j'avais adoré la moindre claque, à présent ce n'était plus vraiment le cas.

— Pourrions-nous nous mettre en route? grommelai-je, dissimulant une grimace avec peine lorsque Rysten grimpa derrière moi.

Ses cuisses musclées se collèrent contre les miennes et il disposa mollement ses bras autour de moi, une main posée sur mon ventre.

— Nous attendons juste ta proche et son génie,

chérie, ronronna-t-il à mon oreille et provoquant un petit cri de la part de Moira.

— Ce n'est pas *mon* génie ! hurla-t-elle.

— Je ne suis le génie de personne, merci beaucoup, maugréa Jax.

Elle croisa les bras sur sa poitrine et le fixa.

— Rentre dans la foutue bouteille, lança-t-elle avec humeur.

— Pas si tu la gardes encore entre tes seins, répliqua-t-il d'un ton ferme.

— Oh, bon sang, grognai-je. C'est toi qui te plains parce que nous n'avançons pas, Enigma. Rentre dans cette satanée bouteille !

Moira leva le menton pour lui décocher un petit rictus.

— Tu ne le mets pas entre tes seins. Range-le dans la sacoche de selle. J'ai mal au crâne et Bandit est chiant parce que je n'ai plus de sardines.

Nous nous tournâmes pour regarder le raton laveur qui s'était transformé en raton satanique, assis fièrement sur l'épaule de Laran. Il avait vraiment l'air démoniaque avec ses yeux portant la marque et sa fourrure bleue. Il leva la tête et émit un cri sonore en attrapant les cheveux de Laran, qui devait être un putain de saint, car s'il m'avait fait cette connerie je lui en aurais collé une. Mais Guerre prit sur lui.

— Elle n'a pas tort. Le panda glauque se comporte comme une petite merde, ce matin. Mais ce n'est plus à moi de m'en occuper, alors, saute dans la bouteille, intervint Moira en la débouchant avant de la tendre vers Jax.

— Dans la sacoche de selle ? demanda-t-il attendant qu'elle confirme.

Moira leva les yeux au ciel, mais s'exécuta.

— Je te rangerai dans ma sacoche de selle, juste à côté des préserv…

Avant même qu'elle ne puisse finir sa phrase, il s'évapora en un nuage de fumée qui fut immédiatement aspiré dans la bouteille. Quand il n'y eut plus aucune trace de son essence, Moira la reboucha et me lança un petit sourire en coin.

— Sacoche de selle ! lançai-je en désignant celle qui pendait sur le flanc de Rhiannon.

Après mon petit fiasco de la veille, aujourd'hui j'allais faire le trajet avec Rysten et elle serait avec Julian.

— Je suis obligée ? grogna-t-elle.

Je lui lançai mon regard signifiant « ne m'emmerde pas ». Je n'avais pris ni café ni bacon. Elle soupira et glissa la bouteille dans la sacoche sans plus de jérémiades. Je dus tourner les yeux lorsque Julian lui prit la taille, même si c'était tout à fait innocent, pour l'aider à grimper en selle.

C'est une de tes proches. Reprends-toi ! me réprimandai-je.

C'était d'ailleurs l'unique raison pour laquelle elle pouvait être si près de lui sans que je pète les plombs. Je savais qu'une fois que Julian et moi, nous serions totalement accouplés, ce ne serait plus jamais pareil. Je devais monter à cheval avec Rysten, car sa magie était sensorielle, aussi pouvait-il ressentir si j'allais m'évanouir à nouveau. Cela ne laissait plus que Julian, le seul autre partenaire ayant complètement accompli le rituel des marques, avec qui Moira pouvait chevaucher, malgré le léger agacement qu'éprouvait la bête à l'idée qu'une femelle... même étant une de nos proches... puisse chevaucher avec l'un d'entre eux. Il était le seul qu'elle accepterait, car aucun des deux autres ne lui avait encore apposé leur marque. En ce qui la concernait, cette période était toujours délicate, jusqu'à ce que nous ayons achevé le protocole des marques.

Ce qui expliquait que j'étais encore plus sur les nerfs.

Les cuisses douloureuses... et d'autres parties de mon corps. Pas de café. Pas de bacon. Ma meilleure amie montant à cheval, collée contre *mon partenaire*, et pour couronner le tout, j'avais besoin d'une douche.

Regardant devant moi, je me forçai à me détendre sur la selle lorsque nous nous mîmes en route pour la province d'Avarice.

Nous n'étions partis que depuis vingt minutes quand Moira commença sa propre version de *On est bientôt arrivé ?*

— Alors, commença-t-elle. Nous sommes toujours dans la province de Luxure, oui ?

— Oui, répondit Rysten derrière moi.

— Elle est gouvernée par la Péché Capitale Luxure ?

— Oui, répéta-t-il.

Ses lèvres caressaient ma tempe, ce qui me provoqua un léger sourire malgré mon humeur sombre.

— Avant c'était la province de la mère de Ruby ?

— Oui, répondit Rysten, mais plus lentement cette fois-ci.

— Dans ce cas, Ruby ne devrait-elle pas être la nouvelle Péché Luxure et cela ne devrait-il pas être sa province aujourd'hui ? demanda Moira, comme si c'était tout à fait logique.

— Non, dit Rysten en secouant la tête.

Il tira sur les rênes pour que Arion se positionne à côté de Rhiannon.

— Les Six Péchés, qui étaient aussi le harem de Lucifer, ont été élues pour gouverner en Enfer. Si l'une d'entre elles devait être détrônée, c'était de son ressort de prévoir une personne en amont pour lui succéder. Si elle ne le faisait pas, les Péchés restantes et le chef de l'Enfer s'en chargeraient, mais Lola avait choisi quelqu'un, expliqua-t-il.

— D'accord, dit Moira. Alors, cette nouvelle nénette a-t-elle rejoint le harem à la mort de la première Luxure ?

Si j'avais ressenti autre chose que de la curiosité au sujet de ma mère, cette conversation aurait pu me blesser, mais après avoir pensé que ma mère biologique m'avait abandonnée parce qu'elle s'en foutait de moi, et ensuite avoir appris qu'elle était morte en me cachant, cela changeait tout. Je ne la détestais plus, pourtant je ne savais pas comment aimer quelqu'un que je ne connaissais pas.

— J'en doute, intervint Julian. Lucifer et les Péchés ont établi leur relation à l'aube de l'Enfer. Lorsque Ruby est née, il était très attaché à elles, surtout à Lola. Même si sa province avait été transmise à une autre, j'aurais du mal à croire qu'il se mettrait en couple avec une autre après la perte qu'il avait subie.

— À t'entendre, on dirait qu'il l'aimait, me surpris-je à commenter.

— C'est exact, répondit Julian avec sincérité.

Je lui lançai un regard en coin, en me mordillant l'intérieur de la joue.

— Il a eu un enfant avec elle, tout en sachant que cela scellerait sa fin. Je pense que pour lui, il n'y avait pas plus grand amour que Lola.

Ses yeux se posèrent sur moi avec une telle intensité que je rougis. Pas besoin d'être un génie pour comprendre avec qui il s'identifiait dans cette histoire.

— Et Lola ? demanda Moira.

— Quoi, Lola ? répondis-je, étrangement sur la défensive.

Moira haussa les épaules.

— Tu n'as pas envie d'en apprendre plus sur elle ? Je veux dire, ton père était peut-être Satan, mais ta mère était une Péché Capitale... la seule autre Péché à avoir eu un enfant était Lilith, et elle n'était même pas une vraie démone, répondit Moira, presque envieuse.

— Eh bien, je ne sais pas, dis-je en cherchant mes mots. C'est une succube et je suis une succube. Je ne vois pas ce qu'il y a d'autre à savoir.

— Elle était plus qu'une succube, corrigea Laran en s'approchant.

— Que veux-tu dire ? demandai-je plus que sceptique.

— Sous de nombreux aspects, elle était la Péché la plus puissante. Et certainement la plus compatissante. Même si ses dons n'étaient pas aussi exubérants que ceux de Hela… ou aussi terrifiants que ceux de Sara-phine… elle avait toute sa place avec elles, grâce à son esprit. Ta mère était une femme brillante, dit Laran avant d'ajouter. Exactement comme toi.

— Et les autres Péchés ? demandai-je, parfaitement consciente de détourner la conversation de Lola.

Il était tôt le matin, et je n'étais pas prête pour une discussion aussi sérieuse.

— Que veux-tu savoir sur elles ? demanda Rysten.

— Qui sont-elles ? Que sont-elles ? Y a-t-il des choses que je devrais savoir sur elles ?

Jusqu'à ce que nous arrivions ici, je ne m'étais jamais rendu compte que je ne savais presque rien sur l'Enfer, même après en avoir franchi les portes.

— Eh bien, commença Rysten en frottant ses lèvres sur ma pommette.

Sa barbe naissante gratta ma peau et me fit frissonner.

— Après Lola, il y a Saraphine, la Péché Avarice. Elle est terrible.

— En tant que démone ou en tant que personne ? demandai-je.

— Les deux, gloussa Laran.

— C'était en partie pourquoi j'espérais pouvoir éviter d'aller dans la province d'Avarice aussi tôt, murmura Julian. Elle risque de ne pas être indulgente si son royaume a brûlé autant que celui de Luxure.

— Qui vient après Avarice ? poursuivis-je sans relever son commentaire.

J'avais déjà suffisamment à m'inquiéter, inutile de

me stresser à propos d'une démone que je ne connaissais pas.

— Ça dépend de l'angle sous lequel tu regardes les choses, répondit Allistair. La province de Paresse s'étend au-dessous de tout l'Enfer. Elle s'opposerait à Saraphine pour ce territoire s'il ne se trouvait pas en sous-sol, et que de ce fait, personne n'en veut.

— Pourquoi personne n'en veut ?

— Parce qu'il se trouve en sous-sol, répondit-il comme si c'était logique.

Je fronçai les sourcils, mais ne posai pas à nouveau la question, me disant que je le découvrirais bien assez vite.

— Si ce n'est la province d'Ahnika, alors ce serait Gourmandise. Tu vas l'aimer, dit Allistair en souriant. Avec Lamia tout n'est qu'alcool, bacon et sang.

Je ne savais pas trop si je devais sourire ou faire la grimace.

— Je veux aller dans sa province, marmonna Moira.

— Comme tout le monde, répondit Rysten en faisant lentement glisser sa main sur mon ventre.

Je me tournai pour le regarder par-dessus mon épaule, le confrontant à son impudence quand il se mit à jouer nonchalamment avec le bouton de mon jean. Mon visage s'enflamma alors que je me tournai sur ma selle, regardant devant comme si de rien n'était. Il ne pouvait quand même pas...

— Inferna est divisée en son milieu. La moitié constitue Gourmandise et l'autre moitié est Colère... la province d'Hela, poursuivit Allistair. En revanche, ne te méprends pas sur le nom. Ce n'est pas aussi mauvais que cela paraît.

Si seulement je prêtais attention à eux et non à ce bouton qui venait de s'ouvrir et à ce doigt qui titillait lentement le bord de ma petite culotte...

Dans le lointain, des lueurs bleues attirèrent mon regard tandis que nous approchions le premier incendie de la journée. Les flammes n'étaient pas aussi denses et hautes qu'hier, ce qui m'allait tout à fait, mais cela gâcha ce que Rysten avait à l'esprit...

— Juste quand les choses devenaient intéressantes, hein chérie ?

Il sourit contre ma tempe et je souris pour moi-même lorsque Moira se tourna et cria :

— Allez, Ruby, à toi de jouer !

Je réprimai un grognement quand Rysten ricana.

— Tu l'as bien cherché !

— Ne m'en parle pas.

Quand Arion s'arrêta enfin, le soleil avait plongé dans l'horizon scintillant comme un joyau, juste au-dessus des montagnes au loin. J'avais passé la majeure partie des dernières huit heures à éteindre des incendies, même si elles diminuaient de plus en plus, les flammes de l'Enfer semblaient ne jamais finir. Au moins, je ne m'étais pas évanouie cette fois-ci. C'était une maigre consolation, mais qui dans ce monde pouvait me l'accorder, cela me dépassait. Ce n'était pas comme si Dieu en avait quelque chose à faire.

— À quelle distance se trouve la province d'Avarice ?

demandai-je en tentant de dissimuler la tension dans ma voix.

Entre la journée à cheval et l'épuisement qui me guettait, j'aurais pu me déshabiller là tout de suite et m'endormir sur un rocher. Malheureusement, mes Cavaliers de l'Apocalypse avaient d'autres plans.

— Nous sommes juste à la frontière, mais le capitole d'Avarice est encore à une demi-journée de cheval et nous ne voulons pas entrer dans la ville des Accumulateurs la nuit tombée. Si Saraphine est partie à Inferna, la ville aura sombré dans le chaos aujourd'hui, expliqua Julian.

Il était trop laconique dans ses réponses à mon goût, surtout en voyant l'humeur de Moira qui se dégradait plus ils passaient de temps proches l'un de l'autre.

— La ville des Accumulateurs ? demanda Moira.

— Les démons qui peuplent Avarice, sont des espèces de collectionneurs, répondit Julian, une grimace sévère se dessinant sur ses lèvres.

— Que collectionnent-ils ? demanda Moira.

— De tout.

— Et qu'est-ce que ça veut dire pour nous, cette nuit ? dis-je pour changer de sujet avant qu'une bagarre n'éclate.

Nous avions tous épuisé notre patience pour le moment.

— Nous campons, répondit-il en grognant.

— Sérieusement ? dit sèchement Moira. Après toutes tes plaintes et jérémiades sur le fait de rester dehors la nuit, nous nous arrêtons au milieu d'une satanée forêt ?

Julian serra les dents en arrêtant net Rhiannon juste devant nous. Il se laissa glisser de sa selle, laissant Moira se débrouiller pour descendre du cheval anormalement haut.

— Tu vois une grotte quelque part ? demanda-t-il en faisant un geste autour de lui. Ou bien un tunnel… ou mieux encore, un vrai bâtiment ?

Moira pinça les lèvres en le fixant.

— Non ?

Si les regards pouvaient tuer, il serait mort, même si aucune de ces deux options n'était possible.

— J'imagine alors que nous allons devoir faire avec ce que nous avons.

— Qui a chié dans tes Cocos puffs…

Elle n'eut pas le temps de finir sa phrase que je sautai déjà d'Arion, tombant lourdement au sol sur mes pieds et chancelant lorsque mes jambes se bloquèrent douloureusement.

— Les gars, vous allez tous les deux prendre un calmant.

À ma grande surprise et satisfaction, ils fermèrent tous les deux leur bouche et se séparèrent.

— Je vais explorer les alentours, dit Julian sans me regarder.

Je ressentis une petite pointe au cœur, mais je me tournai de l'autre côté sans y prêter attention.

— Ne te laisse pas atteindre par son attitude de merde, dit Rysten derrière moi.

C'était plus facile à dire qu'à faire quand il s'agissait

de Julian, mais je savais qu'il valait mieux éviter le sujet jusqu'à ce qu'il soit prêt à en parler.

— Je vais m'occuper de Jax, dit Moira de l'autre côté de la clairière.

Elle attrapa le flacon en verre renfermant les volutes de fumée contenant l'essence de l'Enigma. Elle trifouilla le bouchon maladroitement avec son pouce pendant un instant avant qu'un gros bruit sec résonne dans la clairière. La fumée s'échappa lentement du flacon et forma une ombre d'où se matérialisa un démon. Des yeux violets se posèrent sur Moira dont les joues se mirent à rougir.

Laran descendait juste de selle lorsque Bandit laissa échapper un petit cri excité à l'idée du dîner à venir. Il roula sur le dos d'Epona, tomba de côté dans la sacoche de selle quand Laran l'ouvrit.

— Tu vas bientôt faire une balade ? demandai-je, désireuse de me concentrer sur autre chose que le mal de tête qui commençait à se réveiller à la base de mon cou, que mes cuisses douloureuses ou que les regards noirs que se lançaient Moira et son nouvel étalon.

La tension était à son comble.

— En effet, dit Laran. Mais à te voir, on dirait que tu as besoin de plus qu'une promenade.

Je clignai des yeux, surprise. Il ne mâchait jamais ses mots, et même si j'appréciais cela, le rouge sur mes joues me trahit. Mon Cavalier Guerre émit un gloussement rauque.

— Ce n'est pas ce que j'avais à l'esprit.

Laran me décocha un sourire pervers et sortit

quelque chose de sa sacoche de selle. J'aperçus l'instrument gris aux lignes pures moucheté de jaune et compris ce qu'il tenait.

— Attends... tu vas me laisser m'entraîner ?

Je me frottais les mains en me balançant d'un pied sur l'autre afin d'activer la circulation de mes jambes engourdies.

Laran hocha la tête. Je ne pus m'empêcher de sautiller en le suivant dans les bois à l'écart du camp.

— Après l'épisode du Kraken, je me suis dit que tu pourrais avoir besoin de nouveaux moyens de défense... en plus des flammes.

Comme je fronçai les sourcils, il s'expliqua :

— Les flammes étaient très efficaces pour tuer, mais parfois tu ne veux pas risquer les dommages collatéraux qu'elles pourraient engendrer. Même si cela reste ton arme de dernier recours, je veux que tu puisses disposer d'autres méthodes.

— En commençant par l'arbalète ?

Il acquiesça d'un hochement de tête.

— Tu as besoin d'aide pour le nouer autour de ton bras ?

— S'il te plaît, répondis-je les joues douloureuses à cause du large sourire qui éclairait mon visage.

Rapidement, Laran m'expliqua chacune des lanières et comment les fixer.

— Assure-toi de bien replier tes doigts sur celle-ci... voilà... exactement ainsi.

Je souris timidement pendant qu'il vérifiait ma poigne. Il plissait légèrement les sourcils et ses lèvres charnues étaient serrées pendant qu'il tournait ma main dans tous les sens pour vérifier.

— Je crois que tu as compris, dit-il finalement.

Je levai lentement le bras, le tournant dans les deux sens.

— Comment fais-je pour tirer? demandai-je en faisant attention à la flèche armée de l'arbalète.

— Tu vois ce figuier? demanda-t-il en le désignant d'un petit mouvement du menton. Pointe ton arme vers un des fruits et fais en sorte que la flèche soit pointée dessus...

Il me donna une tape sur le bras lorsque je plissai les yeux et me déconcentrai.

— Bande tes muscles. Tu n'as pas besoin de serrer au point de te contracter, mais un autre démon ne devrait pas réussir à dévier ton bras d'un coup trop facilement.

Suivant ses instructions, je levai à nouveau le bras et le maintins fermement.

— C'est ça.

Il sourit quand je serrai les dents en attendant le feu vert pour tirer.

— Pour tirer, tout ce que tu as à faire c'est de faire un mouvement rapide du poignet.

— Pourquoi tu ne l'as pas dit tout de suite?

Pour toute réponse, il me lança un sourire diabolique alors que les derniers rayons du soleil filtraient à travers les branches, illuminant les mèches rousses de ses cheveux. J'expirai et fixai la figue accrochée haut dans l'arbre.

— Une inspiration et tu bloques. Quand tu expires,

fais-le lentement, et essaie de ne pas trop bouger ton bras.

Je pris une rapide inspiration, la retins pendant trois secondes avant d'expirer lentement. Je baissai mon poignet d'un coup sec et la flèche se mit à voler puis... tomba.

J'étais si fascinée par la flèche que je remarquai l'instant où elle s'arrêta en l'air et que la gravité reprit ses droits.

J'ouvris la bouche pour demander si c'était normal, mais hésitai en voyant la lueur espiègle dans ses yeux noirs. Je fermai aussitôt la bouche, dents serrées.

Nous nous fixâmes un instant et mon agacement et son amusement se transformèrent lentement en quelque chose de différent.

— Essaie encore, dit-il.

Le vent se mit à souffler, relevant le bord de ma chemise et couvrant mon ventre nu de chair de poule. Les yeux de Laran s'enflammèrent en apercevant la zone de peau pâle.

J'avalai la boule qui se formait dans ma gorge et levai à nouveau le bras. Alors que j'allais saisir l'arme, des doigts chauds s'enroulèrent autour de mon bras tandis qu'il me calmait.

— Il faut que le fût...

Je m'interrompis en constatant que l'éclat argenté était déjà en position et armé pour tirer.

De la magie. De la magie Seelie. Je laissai donc faire, m'arrêtai, visai et inspirai. Retins ma respiration. Expirai.

Au petit coup sec du poignet, je regardai la flèche s'envoler et à nouveau tomber n'importe où.

Je fronçai les sourcils. Ce n'était pas normal, et cela ne pouvait venir que de moi ou de l'arbalète. Ou bien ce fichu truc était cassé… ou, plus logiquement… c'était à cause de moi.

— Qu'est-ce que je fais de travers ?

J'avais parlé d'une voix sensuelle, plus rauque que je ne m'y attendais. Je grognai contre ma main, espérant pour la énième fois de ne pas avoir eu l'air trop en manque. Je préférerais être capable de tirer sur un homme plutôt que de le baiser. Ce serait faire preuve d'un vrai talent.

L'un d'entre eux demandait des efforts.

— Tu ne te concentres pas assez, répondit Laran.

Ses yeux descendirent sur mes lèvres et, instinctivement, je passai ma langue le long de mes dents avant de me reprendre et de me mordiller la lèvre pour cacher cette langue démoniaque. Lorsqu'il s'agissait des Cavaliers de l'Apocalypse, on aurait juré que parfois elle agissait de manière complètement autonome.

— Pas assez ?

Ma voix ronronnait et je baissai le regard sur son jean avant de remonter sur son corps. Laran émit un petit grognement.

— Concentration, Ruby.

Un petit rictus se dessina sur mes lèvres quand je détournai les yeux vers ma cible. *Concentration.* J'inspirai profondément, fermai les yeux, retins ma respiration puis rouvris les yeux, et expirai... et je laissai partir la flèche.

Elle s'envola et mon sourire s'agrandit en la regardant s'approcher de la cible... mais elle tomba. Encore.

— Bon sang, jurai-je entre mes dents.

— Concentre-toi sur la cible, non pas sur la flèche.

Le souffle de Laran caressa mon oreille. Je haletai et me retournai pour le regarder. Des doigts forts effleurèrent ma mâchoire pendant que Laran me tourna la tête en avant.

— Concentration, murmura-t-il.

J'avais le souffle court en levant mon bras et en visant à nouveau la cible.

Des doigts calleux se posèrent sur mes hanches, injectant de la chaleur sous ma peau à travers le tissu épais. Des gouttes de sueur perlèrent sur mon front tandis que ses mêmes doigts s'insinuaient sous ma chemise et remontaient, s'aventurant le long de mes côtes vers...

— Concentration, grogna-t-il.

— J'essaie, répondis-je sèchement. Difficile à faire quand tu ne peux pas t'empêcher d'avoir les mains baladeuses.

La chaleur disparut instantanément lorsqu'il retira ses mains et s'écarta. Se déplaçant vers le fruit que je visais, il attendait plein d'espoir. En colère après lui pour s'être éloigné de moi et en colère après moi-même pour le lui avoir demandé, je visai le fruit et inclinai le poignet, cependant toute mon attention allait vers Laran.

La flèche se libéra, fendit l'air en une large courbe et

siffla. Elle défia toutes les lois de la physique, visa Laran et se planta dans le muscle de son bras. Je lâchai un petit cri étranglé, baissai le bras et me précipitai vers lui. Laran ne cilla pas, pas un battement de paupière, et il soutint mon regard en faisant un geste pour attraper la flèche qui dépassait et qu'il arracha.

— Laran, m'écriai-je en me précipitant.

Je retirai ma chemise pour l'appuyer contre la plaie sanguinolente de son bras. Pendant ce temps, Guerre se contentait de sourire comme si tout cela était très amusant.

— Ça va aller, Ruby, dit-il doucement. Ça va guérir.

— Tu n'en sais rien, répliquai-je obstinément.

— Oh, mais si, sourit-il encore. Retire la chemise.

— Non.

— Comme tu le veux, grogna-t-il.

M'attrapant par la taille, il m'attira à lui et ses lèvres se posèrent sur les miennes. Laran embrassait avec une sauvagerie ardente. Ses lèvres écartèrent les miennes sans forcer, sa langue me goûta. Ni hésitants ni provocateurs, les baisers de Laran n'exigeaient rien… ils donnaient. Il mit dans ce baiser tout ce qu'il était. Et me l'offrit.

Je me cambrai contre lui, tenant fermement la chemise sur sa plaie tout en enroulant mon autre bras à la base de son cou. Laran s'écarta en grognant, me suçant la lèvre inférieure au passage. D'un coup, il lâcha mes hanches et ses mains remontèrent et glissèrent sous mes seins qui déjà brûlaient d'être touchés, puis elles descendirent sur mon ventre vers le V de ma taille. Ses phalanges effleurèrent ma peau sensible, juste en dessous du bord de mon maillot, alors je sursautai en lâchant un petit cri.

— Que fais-tu ? lui demandai-je, le souffle court.

Les yeux mi-clos je regardai autour de nous, mais il semblait n'y avoir personne.

— Je te motive.

D'un bras, Laran me maintint fermement contre son torse, ma tête posée dans le creux entre son cou et son épaule. Il se pencha sur moi, ses lèvres parcourant ma gorge tandis que ses dents me mordillaient, provoquant de petits éclairs de plaisir qui me transperçaient. Des doigts vigoureux s'insinuèrent entre nos corps, pesant sur la couture de mon jean. Il les faisait glisser d'avant en arrière, trouvant mon renflement charnu au travers du tissu épais et tordit son bras pour poser sa paume contre moi. Après à peine deux secondes, je haletais déjà.

— Oh, bon Dieu...

— Il n'y a pas de dieux ici, bébé. Que toi et moi.

Il grogna lorsque je me frottai contre lui. Un gémissement rauque franchit mes lèvres.

— C'est très très mal, dis-je en gémissant. Tu es blessé.

En disant cela, je continuai d'appuyer plus fort sur la chemise, sans m'arrêter. Laran appliqua son autre main sur mon dos, précipitant mes ondulations tandis que toutes les tensions du voyage s'effaçaient. Je recherchais mon plaisir, inclinant la tête en arrière, lèvres entrouvertes, comme suppliante.

— Laran, je vais...

Il s'écarta avant que je ne puisse finir ma phrase. Son tee-shirt maculé de sang glissa d'entre mes doigts. Sans la chaleur de son corps, il faisait trop froid, mais aussi trop chaud. De désir. J'aurais baissé mon jean et me serrai penchée en avant là, tout de suite, s'il me l'avait demandé. Mais il ne le fit pas. Il arrêta, malgré le léger goût de Kama sur mes lèvres et les particules rouges qui flottaient en l'air.

— Concentration, mon bébé.

Ses yeux flamboyaient malgré ses mots posés, et mon corps tout entier le désirait.

— Je te veux, soufflai-je.

— Prouve-moi que tu peux atteindre une cible et je te prends, dans toutes les positions que tu souhaites.

Un défi? Oh, mince, je n'avais réussi à ne rien toucher, à part son bras.

— Et si je n'y arrive pas ? demandai-je.

— Alors, tu devras te satisfaire toute seule, répondit-il.

Ses yeux s'embrasèrent. Ombres et lumières s'y bousculaient, côte à côte. Je pris une longue et profonde inspiration avant de viser.

Mes yeux se focalisèrent sur le fruit, cependant mon attention allait vers ce superbe mâle à genoux devant moi qui défaisait les boutons de mon jean, un sourire prédateur sur les lèvres.

Mon pantalon n'eut pas le temps de toucher le sol que déjà sa bouche était sur moi.

Laran ouvrit mes plis et posa sa langue contre ce faisceau de nerfs. Mes jambes se mirent à trembler quand il commença à me lécher, glissant deux doigts dans la zone humide entre mes cuisses. Laran suça mon bourgeon et le mordilla violemment, déclenchant un gloussement saccadé de sa part lorsque mes genoux cédèrent.

— Hmm, je savais que tu savais viser. Je commençais à avoir faim.

Il ne parlait pas du fruit.

6

Il me fit jouir deux fois avec sa langue avant que je ne me mette à califourchon sur lui dans l'herbe. Je le chevauchai encore, savourant comment il me faisait bouger sur son sexe jusqu'à ce que nous nous effondrions tous deux, dans un enchevêtrement de membres flasques et couverts de sueur. Nous terminâmes l'entraînement à viser complètement nus puis remîmes nos vêtements et ramassâmes les figues pour le dîner. Même si Allistair pouvait faire apparaître tout ce dont nous avions besoin, nourriture et eau incluses, il y avait quelque chose d'excitant à partager le fruit de mon travail, littéralement parlant.

Nous rentrâmes au camp les bras chargés et souriants, comme un couple de lycéens et non pas comme une Reine et son consort. Avec Laran tout était facile, simple. Notre relation n'était pas aussi tumultueuse qu'avec Julian, ou équilibrée comme avec Allistair, ni même incertaine comme avec Rysten... car si Peste m'aimait vraiment, il était aussi acharné que les autres quand il s'agissait de ma sécurité. Ils étaient tous très possessifs avec moi, mais en plus de cela, nous étions toujours en train de travailler sur la confiance mutuelle. Laran et moi avions déjà passé ce stade. Il me l'avait prouvé dès le départ, m'aimant assez pour me traiter comme son égale et ne mâchant pas ses mots. En retour, j'étais plutôt certaine de l'aimer, lui en premier.

Je me figeai en y pensant.

Je... les aimais.

Mon cœur explosa, comme l'écho d'un orage, en prenant conscience de cette énorme vérité, car dès que l'on aimait quelque chose, cela devenait une faiblesse. Mes ennemis avaient déjà utilisé deux d'entre elles, et aujourd'hui... je déglutis et levai la tête, croisant les yeux noirs de Laran qui me demandaient silencieusement si j'allais bien.

Je souris malgré le poids sur mon estomac qui me plombait. Le sentiment qui circulait dans mes veines, bien que fort, profond et sûr... me faisait également flipper.

Alors, je restai silencieuse et l'imitai comme si tout allait bien et que mon cœur ne se serrait pas de rancune contre les ennemis de mon père qui me forçaient à me montrer si froide avec mes partenaires. Ils me protégeaient et s'occupaient de moi. Ils me donnaient tout ce qu'ils étaient.

Pourtant, je n'avouerais jamais cela avant que nous ne soyons en sécurité.

Je ne laisserais pas plus saigner mon cœur, car s'ils

répétaient ces mots et que quelque chose se produisait... cela pourrait m'achever.

Aussi, remisai-je ces mots au plus profond de moi, jusqu'à ce que nous soyons en sécurité. Un jour, un jour bientôt, je les prononcerai.

Mais aujourd'hui, ce n'était pas le bon jour.

— Qu'est-ce qui vous a pris autant de temps ? demanda sèchement Moira.

Ses bras verts et frêles croisés sur la poitrine, elle était adossée à une bûche, car l'un d'entre eux avait déjà construit une cabane en bois et allumé un feu, même s'il faisait chaud qu'en... qu'en Enfer, en fait.

Je gloussai discrètement, amusée par cette pensée, cependant, à part Laran, personne ne sembla trouver cela amusant.

— Est-elle en train de délirer ? demanda Jax.

Sans en être certaine, j'étais convaincue qu'il était sérieux.

— Aurais-tu des tendances suicidaires ? demanda Moira, retournant sa colère contre lui. Tout le monde sait que moi seule peux me montrer insolente sans en subir les conséquences. Mets-toi au diapason, génie !

L'Enigma serra les lèvres et ses yeux s'embrasèrent. Si je ne savais pas que Moira pouvait lui botter les fesses, la bête et moi aurions pu nous inquiéter pour elle. Mais aujourd'hui, Moira était une Légion, et pas du tout préoccupée par un Enigma furieux de sa façon de le pousser à bout.

— Je ne suis pas un génie, maugréa-t-il, les poings

serrés le long de son corps. Je suis un Enigma, et l'un des plus puissants, et tu ferais bien de t'en souvenir.

Gardant le dos tourné, Moira fit voler ses cheveux en arrière. Personne ne savait se montrer condescendant comme elle. Elle irradiait cette vibration d'être supérieure à tout le monde, surtout à ceux qu'elle semblait prendre plaisir à agacer. Cependant, comme elle avait le dos tourné, je n'arrivais pas à voir le sourire satisfait illuminant son visage tandis qu'il lui lançait un regard noir.

— Tu m'écoutes ?

Soudain, sa voix se mit à gronder et il commença à grossir et sa peau changea.

— Par tous les diables, que se passe-t-il... demandai-je, les figues s'échappant de mes bras, car tout arrivait toujours en même temps.

Pétrifiée, je regardais la scène comme si elle se déroulait au ralenti.

Les arbres s'agitèrent tandis que de légers bruits de pas nous encerclaient. Venus de nulle part, des personnes... des démons... portant des masques en bois gravé et grossièrement peints, surgirent de la forêt. Ils tenaient de longs bouts de bois terminés par une pointe de flèche, une sorte de lance archaïque. La tension s'abattit sur la clairière alors qu'ils avançaient rapidement pour nous encercler.

Jax montra les dents aux démons masqués. Sa peau frissonnait, se brouillant alors qu'elle se déformait et se transformait en quelque chose de différent devant mes yeux. Quatre pattes aux pieds crochus surgirent, et des poils aussi noirs que sa peau jaillirent. Ses dents grossirent, plus acérées, et son visage se transforma en celui d'un prédateur. Une fois sa transformation accomplie, un cerbère se tenait là dont seuls les yeux mauves incandescents le rendaient reconnaissable. Il lança un regard appuyé vers Moira... comme pour lui dire de ne pas bouger... puis se tourna contre ces démons inconnus qui à présent les cernaient.

— Lâche ton arme ! cria une voix que je ne reconnus pas.

Un coup me frappa dans le dos.

Putain. De. Mauvaise. Idée.

Je chancelai en avant et la main de Laran agrippant mon bras m'empêcha de tomber. Des éclairs zébrèrent le ciel. Un avertissement du Cavalier Guerre.

— Ouah, merde, dit Moira d'une voix traînante en s'interposant. Tu as vraiment fait ça !

—Lâche-la ! ordonna la même voix dans mon dos.

Les yeux de Laran s'assombrirent tandis qu'il me rapprochait de lui. Je l'arrêtai d'une petite tape de la main sur ses doigts fermes.

—Je m'en occupe, murmurai-je.

Il s'écarta légèrement pour me laisser la place de réagir sans s'interposer. Je lui fis un clin d'œil et la bête en moi se réveilla pour jouer.

Elle appela le feu qui remonta le long de ses bras et se tourna sur ses talons pour attraper l'extrémité de la canne dont on s'était servi pour me pousser comme du fichu bétail.

— Voyons, voyons, chantonna-t-elle avec un rire

rauque à la fois charmeur et terrifiant. Est-ce une façon de traiter votre Reine ?

Le bout de la canne prit feu dans sa main et l'homme masqué qui la tenait se mit à frissonner. Ses doigts tremblaient à mesure que les flammes dévoraient le bois en s'approchant de lui. Elle se cambra, le frappa à la tête une fois avec le bout pas encore brûlé de la canne. Il s'écroula rapidement à terre et elle siffla, enflammant le reste de la lance au passage. En quelques secondes, des cendres noires s'envolèrent au vent. Ils se turent tous.

— Je vous avais prévenus, cria Moira derrière moi.

La connaissant bien, je savais qu'elle n'était pas vraiment inquiète. Pas quand Jax le cerbère la protégeait. Ceux qui s'en prenaient à nos proches ne survivaient pas.

— Reine ? demanda un des démons sans visage.

Le nouveau porte-parole du groupe fit un pas en avant, enjambant sans hésiter le corps avachi de leur ami.

La démone portait un pantalon en cuir marron, des chaussures type mocassins et une chemise ample confectionnée dans un matériau sombre indéfini. Sa lance était plus large que celle des autres et décorée d'un bout de tissu à l'extrémité, qui ondulait légèrement lorsqu'elle bougeait.

— Elle n'a pas été claire, bordel ? lança sèchement Moira, dans son dos.

La bête ne cilla pas en entendant cet éclat, car elle préférait observer cette étrange femme.

— Qui êtes-vous ? demanda la voix étouffée derrière

le masque, ce qui la rendait plus grave, avec un ton plus animal qu'humain.

Si la démone souhaitait être intimidante, cela ne fonctionna pas sur la bête.

— J'ai plusieurs noms, répondit la bête d'une voix énigmatique. Choisis !

Le silence pesa entre eux pendant que les démons semblaient réfléchir. J'aurais presque pu entendre leurs conversations télépathiques, si à cause de Sin, je n'avais pas perdu ce don.

—Je crois qu'elle ment ! cria une voix dans la foule.

S'en suivirent des applaudissements, certains pour, certains contre, mais ils se turent tous lorsque l'étrange femme passa deux doigts sous son masque pour siffler violemment.

— Son feu est bleu. Ses cendres sont noires. Si elle est vraiment la progéniture de Satan, revenue pour éteindre l'incendie, je... déjà... veux pas mourir aujourd'hui.

Une autre salve d'applaudissements à la fois pour et contre, s'éleva, mais cette fois-ci ils semblaient en ma faveur.

— Euh, je déteste être porteur d'une mauvaise nouvelle, intervint Moira derrière moi. Mais les gars, vous avez un peu perdu le droit de prendre des décisions.

Toutes les têtes, sauf les nôtres, se tournèrent vers la jeune femme qui se tenait à présent près de moi.

— Le gars ici, dit-elle en dirigeant son pouce vers la droite, c'est Guerre, et il est beaucoup plus gentil que votre Reine lorsqu'elle est de mauvais poil.

J'aurais bien gloussé, mais la bête fixait stoïquement,

ne les voyant tous que comme des objets et non des créatures de chair et de sang, des pions qu'elle évincerait s'il le fallait.

— En présumant que, d'une façon ou d'une autre, vous réussissiez à éliminer Guerre, vous n'arriverez jamais à survivre à ses trois autres partenaires.

Elle fit un mouvement ample vers l'arrière de la foule, où se trouvaient Rysten, Allistair et Julian.

— Aussi connus comme les Cavaliers de l'Apocalypse : Peste, Famine... et le gros costaud au milieu... c'est Mort, et il n'apprécie vraiment pas que quelqu'un lui donne un coup de bâton.

S'ils n'avaient pas peur avant, maintenant ils avaient toutes les raisons d'être terrifiés.

Nous avions affronté bien d'autres batailles. J'avais tué plus de démons avec beaucoup moins de dons que je possédais aujourd'hui. Ils ne gagneraient pas dans une lutte à mort.

Cela fut un vrai choc lorsque la démone masquée inclina la tête en arrière et se mit à caqueter.

Elle retira son masque, dévoilant une crinière de cheveux dorés que j'aurais pu envier si j'avais manqué de confiance en moi. Déjà, la bête se retint de tout jugement... jusqu'à ce qu'elle se tourne et se dirige droit vers Rysten. Il la fixa, encore et encore, jusqu'à ce qu'elle lui dise :

— Depuis le temps, enfant prodige. Ça fait un moment, nous deux.

Puis elle l'embrassa.

7

J'ai vécu beaucoup de choses dans ma vie. J'ai vu beaucoup de choses. J'ai fait beaucoup de choses. J'ai mis le feu à beaucoup de choses... et mes doigts me démangeaient pour qu'elle soit la suivante.

Je n'avais jamais considéré le meurtre de sang-froid pour quelque chose d'aussi futile qu'un baiser, mais lorsqu'elle se dirigea vers Rysten et enroula ses bras autour de son cou, attirant vers son... rouge. Je vis rouge.

Un bourdonnement sourd résonna dans mes oreilles alors que le monde ralentissait pour se calquer aux battements de mon cœur. Seul existait le bruit dans ma tête. J'avais très envie de m'avancer et de l'écarter, mais une dernière once de bon sens me poussa à rester là où je me trouvais et à observer. À écouter.

Je regardai fixement l'arrière de sa tête. J'attendais qu'il réponde. J'attendais qu'il réfute ce que je venais de voir. Qu'il la reprenne. Qu'il la repousse. Qu'il fasse quelque chose.

Je n'étais pas le genre de femme à me battre pour ça, et après tout ce que nous avions traversé, il aurait dû le savoir. Je n'étais pas non plus une femme à se laisser ronger par la jalousie, comme un poison. Je faisais trop attention à moi pour le faire, et lui aussi aurait dû en avoir conscience, car je portais sa marque dans le cou.

Pourtant, je patientai.

Le silence de Rysten l'avait sûrement choquée, elle aussi, car elle s'écarta, juste assez pour que je puisse apercevoir son visage. Apercevoir ses sourcils froncés et ses yeux plissés quand il la regardait.

— Iona ? demanda-t-il.

D'après le ton de sa voix, il était clairement surpris. Une main fraîche me prit le coude, m'attira plus près. Je savais que c'était Moira. Elle m'attirait plus près, espérant que son contact m'apaise comme c'était souvent le cas. Mais j'étais aussi paralysée par elle que par la scène devant moi. Je restai donc là... et patientai.

On se ridiculise souvent à faire des hypothèses.

N'était-ce pas ce que les gens disaient ?

Mais apparemment, personne n'avait pensé à dire combien cela pouvait faire mal. Combien on pouvait *souffrir* lorsque l'on prenait les choses à cœur. Son silence était dur, mais son premier mot ? C'était encore plus dur.

Je faisais vraiment beaucoup d'efforts pour ne pas présupposer ce que tout cela signifiait... parce que ces premiers mots n'avaient rien d'une rectification. Ce n'était pas une excuse. Ils ne m'étaient même pas adressés.

Ils étaient pour eux.

Un coup de poignard dans la poitrine aurait été plus doux.

Je serrai les poings le long de mon corps, mes ongles s'enfonçaient dans la paume de mes mains. Le monde paraissait s'être figé en attendant qu'ils parlent. Et moi plus encore.

Parce que je ne voulais pas le croire. Je ne pouvais pas. Pas après tout ce que nous avions traversé...

— Iona, je te croyais morte. Je t'ai vu mourir, dit-il avant de reculer.

Ses cheveux dorés s'embrasèrent comme le soleil couchant. Ses yeux scintillaient comme des joyaux, mais il y avait quelque chose de dangereux, sous-jacent. La sombre puissance qu'il gardait soigneusement verrouillée en lui commençait à filtrer. Les veines sous son teint hâlé étaient devenues noires à force de contrôler ses émotions.

—Je suis désolée...

Elle refit un geste vers lui, mais il fit un bond en arrière.

— Non, j'ai assisté à ta mort, répéta-t-il.

Il secoua la tête, mais il semblait vraiment sûr de lui.

— Je suis presque morte, murmura-t-elle en déglutissant.

Je voulais détourner le regard, car j'avais l'impression d'assister une dispute d'amoureux. Une querelle dans laquelle je n'avais aucune place.

— De toute évidence.

Rysten afficha à nouveau un masque impassible, dissimulant à tous ses émotions, à tous sauf à moi. Malgré le léger charme dont il usait pour camoufler ses vrais sentiments, le lien qui nous unissait me permettait de passer outre, et de voir et ressentir ses sentiments. Il souffrait à l'intérieur.

— Tu n'es pas heureux de me voir, Rys ? demanda-t-elle.

Il y avait dans sa voix une légère plainte qui me poussa à fermer les yeux et à me retourner. Je ne savais pas ce que je regardais se dérouler devant moi, pourtant j'étais certaine de ne pas vouloir y prendre part.

— De voir que tu es vivante après mille ans ?

Je ressentais ses réactions. La façon dont son cœur réagissait comme le mien un peu plus tôt.

— Je t'ai cherchée. Je t'ai pleurée, et tu faisais quoi pendant tout ce temps ? Tu te cachais ? Tu travaillais ?

— Ce n'est pas aussi simple, bébé…

C'est alors que je me mis à marcher.

— Ne m'appelle pas comme ça ! rugit-il. Je ne suis plus rien pour toi. Tu m'as quitté.

Une boule de poils à mes pieds me força à m'arrêter. Bandit tira sur mon jean et je me penchai pour le prendre dans mes bras. J'avais les yeux emplis de larmes, mais il était hors de question que je pleure pour ça. Rysten possédait déjà une partie de mon cœur. Il n'aurait pas mes larmes en plus.

—J'ai *survécu* grâce à toi, dit-elle sèchement. Lorsque mon corps était brisé et que je saignais, je pensais à toi. Il a jeté ce qu'il restait de moi dans le lac, mais j'ai survécu grâce à *toi*.

Je m'accrochai à Bandit en m'éloignant. Tous les regards semblaient dirigés sur le couple qui se disputait. Tous sauf le mien.

Je n'avais aucune envie de voir comment cela allait finir.

Passant en trombe devant un autre feu de camp en préparation et un Enigma transformé en cerbère, je me frayai un chemin entre quelques démons masqués qui se trouvaient de l'autre côté du camp, puis je continuai. Jusqu'à ce que je ne puisse plus entendre les accusations de Rysten et les excuses de cette femme. Jusqu'à ce que le lien qui nous unissait ne soit pas aussi intense. Jusqu'à l'endroit où les dernières lueurs du soleil plongeaient derrière l'horizon et où le ciel aux teintes chatoyantes devenait gris.

Me concentrer sur le ciel délavé était plus facile que faire le tri dans les douleurs dans ma poitrine et la douleur qui me serrait le cœur. Un vent violent agita les arbres autour de moi. Les branches fouettaient l'air, les arbres tanguaient et un froid déconcertant me gifla le visage. Je touchai ma joue et mes doigts étaient humides de larmes que je n'avais même pas eu conscience de verser.

Je fixai l'eau sur mes doigts. Des larmes mêlées de sueur, de poussière et de miettes de mon cœur.

— Mais putain, jurai-je en essuyant ma main sur le pantalon moulant que je portais.

Bandit se lova un peu plus tandis que je relevai le bord de mon tee-shirt pour me nettoyer le village.

Ce qu'il s'était passé là-bas était vraiment compliqué, et j'y avais réagi, mais au moins je ne l'avais pas brûlée vivante. J'étais beaucoup de choses, même une meurtrière, mais cela ne signifiait pas que je devais agir comme telle. Au fond de moi, la bête se tordait de rage et de sombres promesses. Elle souhaitait punir la blonde pour avoir touché Rysten, mais comme je le voyais... ce n'était pas la faute de la blonde. Iona. C'était son nom.

Je n'étais pas liée à elle. Elle n'en avait sûrement aucune idée.

C'était à Rysten de la raisonner, et même s'il était plutôt choqué de la voir... à juste titre d'après ce que j'avais entendu... ça ne l'excusait pas. Ça ne la rendait pas responsable.

La bête ne pouvait critiquer cette logique, mais elle aurait été beaucoup plus indulgente avec lui si l'autre démone était morte. Quelque chose là-dedans me tira de ma propre stupeur et me fit lever les yeux au ciel. C'était tellement typique de la bête.

Notre lien nous unissait de manière que je voulais éviter en ce moment. Je sentais que ses émotions ressortaient. La trahison était bien visible. La culpabilité. Je n'arrivais pas à savoir d'où venaient les sentiments, ou pourquoi, seulement qu'elles étaient là et étrangement, elles avaient atteint une fréquence stupéfiante en dépit de la plus grande distance.

Leur dispute arriva à son point culminant au même

moment où je retrouvais des idées claires et que ma soif de sang s'atténuait.

Bandit se serra plus fort contre moi et il montra les dents vers la forêt, pourtant il n'y avait rien. Que de la poussière et des arbres et du gris. Détournant le regard de l'horizon au loin, toujours hors de portée, je regardai vers le camp.

Je soupirai.

— Nous devrions sûrement rentrer, dis-je à Bandit.

Il remua les oreilles, mais ce fut sa seule réponse. Non que je m'y attende vraiment.

Alors que je me commençais à marcher, une sensation étrange m'envahit. Presque... non, ça ne pouvait pas être vrai. Je me frottai les bras pour lutter contre la chair de poule qui me couvrait la peau sous ma chemise. Puis les poils de ma nuque se dressèrent.

C'était silencieux. Beaucoup trop silencieux.

Je ralentis le pas en approchant l'orée du bois. De l'autre côté, il y avait la clairière où étaient censés se trouver les Cavaliers de l'Apocalypse, Moira, Jax, les quatre montures et tous les démons masqués.

Pourquoi sentais-je des yeux posés sur moi ?

Je regardai droit devant tandis que le vent caressait le sol de la forêt.

Une brindille craqua.

Je me retournai, mais ce fut une erreur. Une main se posa sur ma bouche. Je paniquai.

Sous le coup de l'adrénaline et de l'instinct de survie, je donnai un coup de pied en arrière sur le pied de mon aspirant kidnappeur. La poigne était ferme pourtant, et une odeur florale m'envahit.

— Écoute-moi attentivement parce que je ne vais pas me répéter, me chuchota à l'oreille une voix féminine.

Rauque et profonde. Un parfum de sang et de lys m'enveloppa.

— Tu cours un grand danger, ici. Mon maître nous surveille toutes les deux.

Un frisson me parcourut les reins et me glaça. Sin était presque aussi grande que moi et ses doigts minces et aussi calleux que ceux des Cavaliers de l'Apocalypse. Elle passa ses doigts rugueux le long de ma gorge, comme un avertissement.

— J'essaie de t'aider, mais j'ai les mains liées quant à ce que je peux faire. Ton chemin est déjà tout tracé, il ne te reste plus qu'à le suivre.

Dès qu'elle retira sa main de ma bouche, je me tournai vers elle. Ses yeux couleur mercure me regardaient avec un calme savamment étudié. Cette femme était une prédatrice à la hauteur de ma bête, sauf que l'une d'entre elles était née de manière naturelle et que l'autre... je ne pouvais qu'imaginer.

J'apaisai la colère qui enflait en moi en me rappelant à qui je m'adressais. Sin n'était pas du genre à déconner quand elle voulait quelque chose. Elle ne comprenait rien aux conneries comme les frontières. Bon sang, elle m'avait dépouillée de ma télépathie d'un claquement de doigts. Rien que cela aurait dû calmer la bête, mais il n'en fut rien. Heureusement que la bête ne dirigeait rien ici, ou Sin aurait déjà été brûlée.

Les commissures de ses lèvres se relevèrent en une ébauche de sourire.

— Tu es une jeune femme intelligente. Comme l'était ta mère.

— Bon sang, tu parles de quoi, Sin ? Mon chemin est tracé ? Quel chemin ?

J'inclinai la tête en arrière et fermai les yeux, appuyant ma main à plat sur mon front. Je pris une profonde inspiration et dis :

— Ne peux-tu pas parler simplement ? J'en ai marre de tous ces petits jeux.

Une grimace se dessina sur ses lèvres.

— Nous le sommes tous. Ce monde se meurt, et nous sommes obligés de laisser cela aux mains d'une enfant. Si je pouvais parler simplement et t'expliquer exactement comment agir, je le ferais... mais certaines choses sont en marche, des choses que tu ne sais pas et que tu ne comprends pas encore.

Je secouai la tête et je baissai les mains.

— Pourquoi es-tu venue, Sin ? Tu sembles n'apparaître que quand je vais mourir ou que je meure déjà, et comme actuellement ce n'est pas le cas, ton apparition soudaine me fait penser que ces démons dans les bois pourraient changer la donne.

Je levai les yeux vers la cime des arbres, scrutant pour apercevoir si des yeux nous observaient, pourtant nous étions seules. Aussi seules que l'on puisse l'être dans une forêt remplie de monstres.

— Ils ne sont pas qui ils prétendent être, dit-elle en regardant par-dessus mon épaule comme si elle apercevait quelque chose au loin. Le temps et le désespoir… les ont changés.

Je reculai sur mes talons et passai mon pouce sur ma lèvre inférieure.

— Génial. Donc ils essaient *vraiment* de nous tuer, dis-je.

Ma voix était étrangement posée, considérant la panique que j'aurais dû ressentir. Il fut un temps où un démon pur-sang m'aurait effrayé, mais ce temps était révolu. J'avais tué des hommes, des douzaines d'hommes, sous couvert de détruire le mal et venger mes proches. Je les avais immolés par le feu sans y penser à deux fois et regardé leurs corps brûler jusqu'à ce qu'il ne reste que des cendres noires, et ce, sans jamais ciller.

Les démons masqués, même s'ils demeuraient un problème, n'étaient pas ma principale inquiétude.

— Qui n'essaie pas ? se moqua Sin en scrutant le sommet des arbres au-dessus de nous.

— Ce n'est pas la vraie question, murmurai-je, plus pour moi qu'autre chose.

Sin haussa un sourcil en me regardant, puis soupira.

— Qu'est-ce qui les a changés ?

Sin ne réagit pas, ce qui en soi était déjà une réaction. Cette réponse détachée était trop sereine. Trop… convenue. Sa façon de ne pas éviter mon regard, mais sans pénétrer mon âme. Quand nous nous rencontrions, elle gardait un visage impassible, et n'hésitait jamais. Sin était trop confiante pour se comporter ainsi, ce qui par contre ne signifiait pas qu'elle n'avait pas de tics.

— La magie.

Ses yeux étincelèrent, le seul indice m'indiquant si j'étais sur le point de poser une question à laquelle elle ne pouvait répondre. Ses demi-réponses ne fonctionneraient pas toujours.

— *Qui* les a changés ? reformulai-je.

Ce sourire cruel... celui qui flirtait avec le chaos... se dessina à nouveau sur ses lèvres.

— Je ne peux pas répondre.

— Tu ne peux pas ou ne veux pas, insistai-je.

L'espace d'un instant, la couleur argentée de ses yeux s'assombrit.

— Les deux, répondit-elle avec le plus petit grognement au monde.

Je plissai les yeux tantôt vers elle, tantôt vers la ligne des arbres.

— Ont-ils un maître ? demandai-je d'une voix si faible que je me demandai si elle m'avait entendue.

Mais elle me répondit, pas même un son. Simplement un mouvement de lèvres.

— Oui.

Je hochai lentement la tête, digérant ces informations.

— Tu sais, dis-je, ton maître t'empêche peut-être d'en dire beaucoup. La rune de silence que tu as posé sur moi m'empêche également de parler. Je ne peux rien révéler aux Cavaliers de l'Apocalypse. Je ne peux pas parler à Moira. En revanche, tout ceci serait tellement plus simple si je pouvais parler à quelqu'un. Peut-être pourraient-ils m'aider...

— Non, lâcha-t-elle d'un ton sec.

Court. Elle ne laissait aucune ouverture à la discussion.

— Je ne comprends que peu de choses sur ce monde, et à présent je dois seulement m'en remettre à toi pour gérer n'importe lequel des ennemis de Lucifer qui est après moi.

Je jouais à ce petit jeu avec elle depuis un petit moment maintenant, mais je commençais à perdre patience après ce qu'il s'était passé à La Nouvelle-Orléans. Aujourd'hui, après avoir traversé l'Enfer à pied, j'avais encore moins de patience.

— Je sais que tu as les mains liées, mais tu ne me donnes que des miettes, là. Il arrivera une fois, où quelqu'un arrivera juste avant toi et j'en mourrai.

L'argent de ses yeux semblait se transformer et scintiller en me regardant, les mâchoires serrées et le corps raide. Elle n'appréciait pas quand j'insistais, cependant à ce stade, je n'en avais plus grand-chose à faire.

— Par tous les diables, Sin, pestai-je à voix basse. Tu m'en dois une après toutes les merdes qui me sont arrivées.

Sin continua à m'observer tandis que je soupirai en m'apprêtant à la contourner. Des doigts frais me touchèrent le front.

— Elle va vous inviter au Jardin ce soir. Vas-y avec elle. Toi et tes partenaires, vous êtes en grand danger, mais tu trouveras les réponses que tu cherches.

Ses mots étaient ponctués d'efforts et imprégnés de lassitude. Elle luttait contre quelque chose. Si seulement, je pouvais savoir contre quoi.

— Merci, murmurai-je.

— Ne me remercie pas tout de suite.

Je jetai un coup d'œil en coin, mais ses paupières étaient closes, dissimulant les vérités dans ses yeux.

— Je ne comprends pas tout ce que tu as fait, ni pourquoi. Sur le moment, ça m'avait rendue furieuse parce que j'aurais aimé que ce soit simple. Pourtant, plus jamais ma vie ne sera simple et je vais devoir apprendre à vivre avec, dis-je avant de m'interrompre en prenant une profonde inspiration. Je vais choisir d'oublier ce qu'il s'est passé à La Nouvelle-Orléans. Sans toi, je n'ai que peu d'alliés, mais ça ne signifie pas que je te fais confiance. Ça veut dire que je suis certaine que tu avais une bonne raison pour nous faire à mes proches et à moi, ce que tu nous as fait.

Elle ouvrit les yeux et se focalisa sur moi.

— Je crois que tu étais sincère quand tu m'as dit cette nuit-là que tu voulais me voir sur le trône. Voilà pourquoi je ne vais pas laisser la bête te faire ce qu'elle a vraiment envie de te faire. *Pour cette fois.* La prochaine fois, je ne te promets rien. De toute évidence, ton maître a beaucoup de pouvoir, mais j'ai besoin de découvrir qui ils sont, avec ou sans toi.

— Tu me menaces ? demanda-t-elle en ricanant, ne paraissant pas effrayée le moins du monde.

— Non, je te préviens que c'est ta dernière chance avant que la bête ne l'emporte sur mon pardon.

Elle s'arrêta de ricaner et inclina la tête sur le côté.

— J'aimerais que nous soyons de vraies alliées. Même amies, pourquoi pas, quand tout cela sera terminé. Les amis ne se poignardent pas dans le dos pour subvenir à leurs propres besoins. Souviens-t'en.

Sa main lâcha mon bras, et je n'eus pas besoin de lever les yeux pour savoir qu'elle était déjà partie.

Sin était venue pour me mettre en garde, et c'était moi qui lui avais donné un avertissement.

Peut-être que si nous nous écoutions l'une l'autre, nous nous en sortirions vivantes.

8

ALLISTAIR

Bordel, où était-elle partie?

J'avais exploré à la clairière pendant que Iona et Rysten se sautaient à la gorge, ressassant les détails d'une histoire que j'aurais préféré oublier. Pendant que tout le monde les regardait, je l'observais, elle. Le choc sur son visage. Le rouge colorant son cou et ses joues. Le goût amer de la trahison quand Rysten avait commis l'erreur de laisser Iona l'embrasser sans la reprendre. Je pouvais lire ses émotions et son langage corporel comme dans un livre ouvert, et Rysten l'avait beaucoup blessée.

Puis quelque chose se passa.

Ses yeux devinrent froids et elle disparut, et avec elle toute trace de leur lien. Si je ne l'avais pas vu de mes propres yeux, j'aurais cru que c'était un des connards masqués qui se jouait de nous, mais ce genre de pouvoir... aucun d'entre eux n'aurait pu faire ça. Elle avait usé de charmes si efficaces que ni moi ni les autres Cavaliers de l'Apocalypse ne pouvions la retrouver.

— *Où est-elle* ? demandai-je par télépathie à Moira.

Sa proche ne semblait pas le moins du monde troublée, et paraissait plus intéressée à décortiquer le moindre geste de Rysten plutôt que de nous aider à retrouver Ruby.

— *Elle a besoin d'espace*, répondit-elle froidement.

La même réponse pour la cinquième fois consécutive et je commençais à perdre patience, pourtant peu importe qui lui posait la question, elle n'était pas disposée à collaborer. Elle était loyale envers Ruby, et seulement envers Ruby.

— *Elle pourrait être en danger*, pensai-je pour changer de tactique.

Un sourire cruel se dessina sur ses lèvres.

— *Je plains l'imbécile qui se frotte à elle, aujourd'hui.*

Je serrai les dents et tournai les talons. Elle n'avait pas tort, ce qui rendait la situation d'autant plus dangereuse. La dernière chose dont nous avions besoin était une bataille rangée avec la faction de Iona avant d'arriver à Inferna, ce qui risquait bien de se produire s'ils étaient venus pour elle et qu'ils remarquaient qu'elle avait disparu. Sauf que cette satanée Moira restait évasive avec moi et que le fichu raton laveur était parti avec Ruby, ce qui ne me laissait aucun moyen de la trouver à moins qu'elle ne décide de revenir.

Étirant les doigts pour éviter de serrer les poings, je me dirigeai vers l'orée de la forêt, à l'opposé de là où se trouvaient Rysten et Iona. Si elle voulait s'éloigner d'eux, c'était logique qu'elle soit partie par là.

— Tu me menaces ?

Suivi d'un ricanement étouffé que je ne connaissais que trop. Je jetai un œil entre les arbres tout en usant d'un charme pour me fondre à eux.

— Non, je te préviens que c'est ta dernière chance avant que la bête ne l'emporte sur mon pardon, répondit une deuxième voix.

Je plissai les yeux.

— J'aimerais que nous soyons de vraies alliées. Même amies, pourquoi pas, quand tout cela sera terminé. Les amis ne se poignardent pas dans le dos pour subvenir à leurs propres besoins. Souviens-t'en.

Une ombre apparut à l'endroit où je savais que Ruby se tenait. La silhouette floue de deux femmes et d'un raton laveur. Les doigts de Sin glissèrent de l'avant-bras de Ruby tandis qu'elle s'éloignait d'un pas. En un clin d'œil, la femme aux cheveux blancs avait disparu et Ruby se trouva seule.

Alors que je la détaillais pour détecter le moindre signe de détresse, mon esprit était plus préoccupé par la raison exacte pour laquelle ces deux-là étaient ensemble. Sin n'avait croisé Ruby qu'une fois en passant... était-ce vraiment le cas ?

Je voulais croire que ma petite succube n'avait pas de secrets pour nous, mais en voyant la dureté de son visage qui scrutait la clairière, je n'en étais plus aussi certain. Une partie de mon instinct me disait qu'il fallait que j'aille vers elle maintenant et lui faire cracher la vérité, cependant la deuxième partie de moi me disait de patienter. D'observer. Ruby était loyale avec ceux qu'elle considérait comme sa famille, même si elle n'en disait rien. Le diable seul savait qu'il y avait des choses que nous hésitions à lui confier. Après tout ce qu'elle avait abandonné pour nous et pour ça, la dernière chose que l'on voulait, c'était de la faire souffrir encore plus. En revanche, en agissant ainsi... elle avait peut-être cherché d'autres réponses de la part de personnes qui avaient moins de réserves. Comme Sin.

Tiraillée par l'indécision, j'hésitais, lorsque le cri d'une banshee déchira l'air. Les yeux de Ruby s'illuminèrent d'un noir obsidienne puis redevinrent bleus lorsqu'elle releva les épaules et se dirigea vers la clairière. En marchant, sans courir. Ce qui signifiait que Moira n'avait pas de problèmes, ou que Ruby avait confiance en Moira pour les régler toute seule. Je fis demi-tour et évaluai d'un coup d'œil la scène qui se déroulait devant moi, tout comme Ruby.

Ce à quoi je ne m'attendais pas, c'était de trouver Iona étendu par terre dans la forêt, la chaussure de Moira sur son sternum.

9

— **P**our commencer, quelle partie de partenaire mâle, n'as-tu pas compris, blondasse ? dit-elle d'un cassant.

Iona tenta de s'asseoir et la chaussure de Moira accentua la pression. Des flammes tournoyaient dans la profondeur du pentagramme de ses yeux bleus.

— Rys… Qu'est-ce qu'elle… commença Iona sur un ton grinçant.

Elle s'interrompit à demi phrase lorsque Moira appuya à nouveau, expulsant l'air de ses poumons, avec sa chaussure sur sa chemise légère faite maison.

— Ne le regarde pas. Ne lui parle pas. Il est ton *rien du tout*, grogna-t-elle d'une voix qui rendit fière la bête. Je n'en ai rien à foutre de qui tu es, mais tu ne te mettras pas entre ma copine et ses hommes…

— Moira.

Ma voix traversa la foule comme une lame sur du papier.

— Laisse. La. Tranquille.

— Elle te manque de respect, car elle sait qu'il est ton partenaire…

— Ce n'est pas à elle de respecter ce lien. C'est à *lui* de le faire, et c'est quelque chose que lui et moi devrons gérer plus tard.

Je sentais les yeux de Rysten posés sur moi. Je sentais son angoisse quand je ne lui accordais pas le moindre regard. Ils avaient totalement chamboulé ma vie, mais je ne m'aplatissais pas. Je ne suppliais pas. S'il me voulait, alors c'était à lui de réparer cela. Ça ne signifiait pas que je doive l'engueuler en public. Ça ne regardait personne, que nous deux.

Moira retira sa chaussure du sternum de la démone puis croisa les bras sur sa poitrine en sifflant. Iona se dépêcha de se relever et épousseta le plus gros de ses vêtements en me regardant avec appréhension.

— Vous avez sa marque…

Elle était décontenancée. Blessée. Il y avait trop de dépit dans sa voix pour qu'elle parvienne à le cacher. De l'envie également, mais je choisis de l'ignorer.

— Et il porte la mienne, mais là n'est pas la question.

Je parlais d'une voix sèche, l'expression détachée. Après tout, ils n'étaient pas là par hasard. J'avais joué le jeu, mais cela ne signifiait pas que je doive me montrer amicale.

— Qui es-tu et que veux-tu ?

Comme surprise par ma franchise, elle resta bouche bée.

Avec un grand soupir, elle se recomposa et se mit

dans une position plus défensive. Elle leva le menton et sa suffisance... m'ennuya et m'agaça. J'étais tellement loin de toutes ces conneries entre filles.

— Je m'appelle Iona LeGrase, nièce de la Péché Capitale d'Envie.

Je clignai les yeux lorsqu'elle tendit sa main crochue, ce qui poussa Moira à s'interposer entre elle et moi en grognant.

— Si tu ne fais que l'érafler, boucles d'or...

— Je pense qu'elle voit ce que tu veux dire, dis-je en serrant l'épaule de Moira pour quelle me regarde.

Je secouai la tête une fois, et elle fronça les sourcils, mais recula tout de même. L'instinct de mon amie avait raison de ne pas lui faire confiance, mais je ne pouvais pas le lui dire. Pas si je voulais découvrir qui était après moi.

— Je suis Ruby Morningstar, et voici ma proche, Moira.

— Je suis également une Légion et une banshee, alors je ne tenterais rien si j'étais toi, dit-elle en pinçant les lèvres.

Iona la jaugea avec dédain, mais une légère appréhension la parcourut avant qu'elle ne dise enfin :

— Bienvenue dans la famille.

Ravalant les émotions douloureuses qui me submergeaient, je levai une main pour serrer la sienne. Elle était plus forte que moi, mais ce qu'elle avait en force, moi je le supplantais par le feu. Ma paume s'échauffa tandis que je laissai les flammes s'agiter sous ma peau. Pas assez pour la brûler, mais suffisamment pour qu'elle en ressente la chaleur tandis qu'elle tentait de me broyer les doigts.

Des gouttes de sueur perlèrent son front quand elle me lâcha la main. Je gardai une expression impassible. Courtoise.

— Ce n'est qu'une métaphore, intervint Rysten en lui lançant un regard perçant.

Je haussai un sourcil sans le regarder, et sa peau rougit légèrement.

— À part ta mère, les Péchés n'ont jamais eu d'enfants. Merula s'est beaucoup rapprochée de la mère de Iona.

— Elles étaient comme des sœurs avant qu'elle ne meure, ajouta amèrement Iona.

— Je vois…

Je laissai les mots en suspens, sans hostilité, mais pas tout à fait amicalement. J'ignorai le regard de Rysten qui me suppliait de comprendre leur histoire compliquée, tout autant que j'ignorais celui de Iona, plus calculateur. Au bout du compte, je n'en avais pas grand-chose à faire si nous avions le même sang ou non. Moira et Bandit étaient ma famille. Les Cavaliers de l'Apocalypse étaient ma famille. Mais cette femme… n'était qu'une étrangère qui essayait de me tuer. Il fallait que je me rapproche d'elle, mais je ne souhaitais pas particulièrement la comprendre. C'était plus simple ainsi.

— Tout ceci est bien joli, interrompit Allistair, mais que faites-vous si loin de Rieka ?

Ses yeux se plissèrent légèrement en l'observant. La raideur de sa posture ne m'échappa pas.

— Nous chassons, répondit la jeune femme ne le regardant que distraitement.

L'autre partie de son attention était tournée vers mon Cavalier Rysten. La bête grogna pour me prévenir que si Iona ne gardait pas ses mains et ses yeux dans ses poches, alors mon alter ego pas aussi sympa, allait la mettre en garde en personne. En frappant la connasse.

— Que veux-tu dire par *chasser*? demanda Moira avant tout le monde.

Iona la regarda avec tant d'animosité que j'éprouvai le besoin de faire un pas en direction de ma meilleure amie.

— Je veux dire que l'Enfer est en feu et que c'est le chaos sur la moitié de la planète, Rieka incluse. Luxure s'est effondrée la première, puis Envie ne fut pas longue à la suivre une fois que les frontières ont été chamboulées. Les Péchés sont entrées dans la clandestinité, laissant ceux qui restaient se débrouiller par leurs propres moyens, expliqua Iona en désignant les démons autour d'elle. Voici ce qu'il reste du Secteur Quarante-Neuf.

Je déglutis, mais refusai de baisser les yeux malgré la culpabilité qui m'envahissait. Elle pouvait très bien mentir, mais je connaissais parfaitement le pouvoir de destruction des flammes pour avoir perdu le contrôle et détruit mon propre salon de tatouage.

— Pourquoi n'êtes-vous pas allés à Inferna? demanda Allistair?

— Il n'y a plus de place, répondit-elle. Luxure a reçu la première l'ordre d'évacuer, et le temps que l'incendie atteigne Rieka, c'était trop tard.

— Je suis sûre que ta *tante* t'aurait trouvé de la place, vu que vous êtes aussi proches qu'une famille, commenta Moira.

À la façon dont ses lèvres se déformèrent et dont ses yeux s'embrasèrent, on aurait dit que Iona venait de boire de l'urine.

— Elle gouverne une province, coupa sèchement Iona, elle ne fait pas de favoritisme. Quelque chose que vous auriez su si vous aviez été d'ici.

Étrange comme elle était moins cassante sur le fait que je sois la fille de Satan jusqu'à ce que Moira la jette au sol pour avoir embrassé Rysten. Je me demandai à quel point elle m'était dévouée, et à quel point elle l'était à Rysten. J'imaginais que nous allions le découvrir très prochainement.

— Je ne suis pas née avec une cuillère en argent dans le cul. Désolée si je ne comprends pas comment ça fonctionne, répliqua Moira en levant les mains en l'air.

Je grognai.

— Moira, pourquoi n'irais-tu pas t'asseoir avec Jax pour voir si tu peux le convaincre de reprendre sa forme initiale? Je ne pense pas qu'ils vont nous attaquer à présent... dis-je en me tournant vers Iona. N'est-ce pas?

Elle me lança un regard désinvolte, mais parla d'une voix claire.

— Non. Nous n'avons jamais eu l'intention de vous faire du mal. Nous devions seulement nous assurer que vous n'étiez pas là pour nous nuire.

— Manière intéressante de le montrer... marmonna Moira.

Je me raclai la gorge et elle souffla, partant d'un pas lourd vers l'Enigma-Cerbère tout tremblant.

— Elle n'a pas tort, dit Laran. Nous menacer avec vos armes n'est pas la meilleure façon d'afficher la paix. Même moi, je sais ça.

Un sourire s'esquissa sur mes lèvres lorsque Guerre glissa un bras autour de mes épaules. Iona semblait tout sauf pacifique dans sa manière de regarder Moira s'en aller.

— Quand Rieka a brûlé, des voisins se sont retournés les uns contre les autres, expliqua-t-elle lentement d'une voix plus apaisée que ses yeux. On avait autant de chances d'être poignardé et détroussé en marchant dans les rues que de rencontrer quelqu'un prêt à vous aider. Je ne vais pas m'excuser d'être prudente alors que vous vous trouvez à une des deux portes permettant de sortir ou de pénétrer dans le Jardin.

— Est-ce toujours ouvert ? demanda Julian.

— Oui. Le seul chemin menant à Inferna qui n'est pas en feu, répondit-elle pour nous appâter.

— Étrange que nous soyons arrivés juste là, à ce moment précis, dis-je avant que personne d'autre n'intervienne.

Si elle comptait nous tromper, autant lui faire croire que j'étais naïve et que je ne devinais rien de son subterfuge. Je me sentais un peu dépassée depuis que nous étions arrivés en Enfer, mais en ce qui concernait les connasses, je maîtrisais totalement.

Je me demandais dans quelle mesure ceci était personnel pour elle, et dans quelle mesure cela venait de cet inconnu qui me suivait depuis Portland, essayant de me tuer à chaque virage.

— Je ne peux pas vous assurer le passage dans le Jardin, mais si vous êtes venus pour remettre tout en état, le moins que je puisse faire c'est de vous laisser y passer la nuit.

La sensation dérangeante qui me rongeait était à son comble. Je savais déjà que je ne pouvais pas lui faire confiance. Je marchais dans un nid de serpents, les yeux grand ouverts.

Alors pourquoi avais-je cette sensation qu'il me manquait encore une information ?

— Ce serait génial, répondis-je avant de changer d'avis.

Sin avait dit que si je suivais mon chemin, je trouverais les réponses à mes questions. Peu importait combien je détestais les regards qu'elle continuait de lancer à Rysten, rien ne m'empêcherait de découvrir la vérité.

Ni la peur. Ni Rysten. Pas même l'amour.

— Si nous acceptons ton hospitalité, avons-nous ta parole que tu ne nous feras pas de mal ? demanda Laran.

— Vous l'avez.

Sa voix paraissait sincère, mais alors que nous nous avancions pour défaire notre campement, une infime émotion s'échappa de sa nonchalance. J'inclinai la tête de côté. Ça ressemblait à... du regret ?

Mais ce fut si furtif que je crus presque l'avoir imaginé.

Presque.

IO

Le flanc d'Epona m'effleura de manière rassurante. Sur son dos, Bandit grignotait les lanières de cuir. Il n'appréciait pas beaucoup les autres démons, et comme lui-même portait la marque du Diable, ils ne l'appréciaient pas beaucoup eux non plus.

Mais cela ne l'empêchait pas de claquer des dents dès que quelqu'un s'approchait un peu trop près de moi ou du cheval. Il semblait s'attacher à elle, ce à quoi je ne m'attendais pas étant donné sa taille immense. En revanche, elle avait un caractère doux, ce qui était étrange quand on savait la proche de qui elle était.

Une main fraîche se posa sur mon coude tandis qu'un bras fin se glissait dessous. L'odeur de menthe poivrée m'enveloppa et Moira se pencha pour me murmurer :

— Je ne lui fais pas confiance.

— Moi, non plus, marmonnai-je en essayant de ne pas porter trop d'attention au fait que Iona marchait trop près de Rysten.

De la jalousie. Du territorialisme. On pouvait appeler cela comme on voulait, mais ce monstre aux yeux verts n'avait rien d'agréable quand il choisissait de te rendre visite.

Ce qui était réconfortant, c'était que chaque fois qu'Iona s'approchait assez près pour le toucher, Rysten se décalait d'un mètre pour l'esquiver.

— Il y a quelque chose de louche à propos de celle-là, poursuivit Moira. Elle n'a pas menti tout à l'heure, pourtant je ne pense pas qu'elle ait dit toute la vérité.

Je chancelai lorsque ma chaussure cogna dans un caillou, mais Moira me rattrapa facilement. Je souris en regardant comment son petit gabarit soutenait le poids de mon corps sans même une suée. Elle avait toujours eu une volonté de fer, et le corps qui allait avec.

— Qu'est-ce qui te fait dire qu'elle ne mentait pas ?

— Je le sais, répondit évasivement Moira.

Mes sourcils se hissèrent sur mon front et elle ricana entre ses dents.

— Depuis ma transition, les choses sont... différentes. Il y a une puissance dans les mots, et j'arrive à la goûter. Et le mensonge a mauvais goût.

— Tu n'as jamais parlé de ce qui est arrivé, dis-je.

C'était ma manière de la pousser à parler, un peu. Si elle décidait de parler, c'était son choix, pareil si elle choisissait de ne rien dire.

— C'est encore en train de se produire, murmura-t-elle.

Je m'arrêtai, car le ton inquiétant de sa voix me donnait des frissons.

— Que veux-tu dire ? demandai-je lentement.

Moira s'arrêta, et comme nous étions en fin de groupe, ça ne dérangea personne. Elle leva les yeux vers le ciel nocturne. Sur Terre, il aurait été d'un bleu gris flou si trouble que l'on ne voyait pas grand-chose. Ici, c'était plus saturé, et le ciel resplendissait comme une peinture bleu marine éclaboussant une toile. Les étoiles scintillaient comme des pierres précieuses étincelantes dans une atmosphère sombre.

— Nos vies ont changé le jour où Allistair a payé ta caution. Nous avons eu beaucoup de hauts et quelques sacrés bas. J'ai été kidnappée, droguée, torturée, emprisonnée et affamée à un point où Bandit et moi devions partager la nourriture que nous trouvions.

J'avais la bouche sèche et je regrettais d'avoir posé la question, maintenant, pourtant, j'avais ouvert la porte pour qu'elle se confie. J'avais besoin d'entendre ce qu'elle avait à dire.

— Je pense que si nous ne regardions que le négatif, les gens se demanderaient pourquoi je suis toujours avec toi. Pourquoi j'ai décidé de rester à tes côtés toutes ces années. Pourquoi j'ai choisi de te suivre en Enfer. Mais tu sais quoi ? On pourrait dire exactement la même chose à propos de toi vis-à-vis de moi.

— Je me rappelle le jour où tu t'es opposée à Brayden Patterson pour moi. Il n'arrêtait pas de jeter des pierres, tu l'as frappé si fort au visage que son nez n'a jamais plus été droit. Comme ton index droit d'ailleurs.

Mes mains se crispèrent en me souvenant de l'impact.

— Tu t'es battue avec des gens pour moi. Tu t'es mise en danger, encore et encore. On s'est moqué de toi, on t'a harcelée, et si nous devons être honnêtes, cette nuit-là au Pandora's Box rien ne serait jamais arrivé si je n'avais pas insisté pour sortir avec toi toute seule, car je n'aime pas partager.

J'ouvris la bouche pour démentir, mais un doigt se posa doucement sur mes lèvres pour m'inviter à me taire.

— Nous nous sommes blessées l'une et l'autre par ricochet, mais nous nous sommes également complétées à des niveaux que personne d'autre ne pourrait comprendre. Tu voulais savoir pourquoi je ne parle pas de ce qui est arrivé ? De ce moment avec Le Dan Bia, de ma transition, de comment j'ai reçu ma marque… le fait est, que je le vis encore. Chaque jour passé avec toi, je me prépare à la prochaine horreur que je pourrais devoir affronter. Je suis terrifiée qu'un jour à force d'en échapper belle, on ne s'en échappe pas, et que je te perde *d'un coup*, dit-elle en claquant des doigts.

Le bruit se propagea dans mes os.

— Alors, je n'en parle pas. Je me prépare. Je m'entraîne, quand personne ne me regarde. J'écoute ce que les gens ne disent pas. J'observe le monde autour de nous. Parce que nos vies continuent de changer, et jusqu'à ce que ça cesse, je n'ai pas l'intention de m'arrêter pour repenser à ce qu'il s'est passé au risque de me laisser distraire. Car à la seconde où je le ferais, ça pourrait être le moment que quelqu'un choisirait pour frapper, et alors toutes les conversations du monde n'auraient plus le moindre intérêt, car tu aurais disparu. Être en colère n'a aucune importance si tu n'es plus là, car tout ce qu'il resterait, ce serait moi et mon propre ressentiment. Et c'est le pire scénario possible.

Je la fixai, incapable de trouver les mots.

De toute évidence, elle était unique. Moira se trouvait constamment dans un état entre le combat et la fuite. Nos vies étaient dangereuses, et elle avait tout à fait raison lorsqu'elle disait que nous nous faisions du mal par ricochet, mais elle avait également raison, je n'effacerais jamais la douleur si cela supposait ne pas la connaître elle. Elle n'en parlait pas et refusait de le ressentir, parce que nous étions encore en train de le vivre.

Pour elle, ne pas le ressentir signifiait être mieux préparée pour garder les choses telles qu'elles étaient.

Taire mes émotions n'avait jamais été mon point fort. J'étais du genre à tout déballer et à passer à autre chose, mais pas Moira. Elle le gardait près d'elle bien verrouillé en elle, s'en servait comme moteur pour avancer, pour aller mieux, mais au bout du compte... elle explosait.

Aujourd'hui, ce n'était pas une explosion, mais la première étape qui y menait.

Elle s'était bâtie des bases de rancune et d'espoir, de culpabilité et d'amour. Elle s'était construite pour devenir un parfait désastre. Sauvage. Passionnée. Turbulente.

J'enroulai mes bras autour d'elle et la serrai contre moi, consciente qu'un jour bientôt, quand l'enchaînement des événements serait propice, elle ferait *boum*... et plus rien ne pourrait l'empêcher de s'effondrer.

— Je t'aime, Moira, murmurai-je contre son épaule.

— Je t'aime aussi. C'est la raison pour laquelle je n'aime pas ceci.

Pas besoin d'être un génie pour deviner ce dont elle parlait.

— La coïncidence est trop parfaite. Rysten pensait qu'elle était morte il y a bien trois mille ans, et aujourd'hui comme par magie, elle apparaît ? ricana Moira. Oh s'il ttte plllait. Cette connasse est venue pour nous séparer. C'est pour cela que j'ai pété les plombs quand elle a essayé de l'embrasser, encore.

Je me figeai et haussai les sourcils.

— Encore ?

— Il l'a repoussée, la deuxième fois, expliqua Moira. Mais le fait qu'il lui ait avoué être ton partenaire, mais qu'elle ait tout de même tenté le coup... je n'ai pas pu me retenir. J'en ai ma claque de ces garces mesquines. Tu ne vas pas sortir la bête en toi pour elles, mais rien ne m'empêche de le faire. Je ne suis personne.

Elle haussa les épaules, un sourire cruel sur les lèvres.

— Tu n'es pas personne..., protestai-je.

Elle inclina la tête en arrière et laissa échapper un rire si sonore et horrible que la moitié des démons masqués se retournèrent pour nous regarder.

— Oh, bébé, je ne suis personne, et ça me va très bien. Être ta proche est déjà une responsabilité bien assez grande, dit-elle en me tapotant le dos. Ça veut dire que je peux faire tout plein de trucs amusants, comme m'en prendre aux Cavaliers de l'Apocalypse, car ils ne peuvent rien contre moi.

Je gloussai. Bien sûr qu'elle voyait cela comme un avantage.

— Ils ne sont pas les seuls que tu as embêtés, dernièrement..., commençai-je laissant ma phrase en suspens avant de faire un petit mouvement du menton vers Jax.

— C'est parce que c'est un crétin.

Son front se figea tandis qu'elle fixait exprès droit devant elle.

— Oui oui, répondis-je en mettant mon bras sur son épaule. Toi aussi. Tu veux en venir où ?

Elle bafouilla un instant, cherchant que répondre. Je haussai un sourcil, réprimant un sourire et ses joues devinrent couleur pistache.

— Je choisis d'être une crétine, merci beaucoup. Il n'aurait aucune idée de comment se montrer gentil, même si c'était devant ses yeux.

Je gloussai.

— Continue de t'en convaincre.

—Je suis sérieuse..., dit Moira d'une voix forte avant de me donner un coup de coude pour avoir tant ri.

Un bras se posa lourdement autour de mon épaule, s'immisçant entre nous.

— Bon sang, qu'est-ce que c'est ?

Elle s'écarta d'un bond devant l'intrusion.

— Famine, on n'a pas gardé les cochons ensemble, mec. Garde ces conneries pour Ruby dans l'intimité.

— Ça vous dérange si je m'incruste ? demanda Allistair, ses lèvres caressant le lobe de mon oreille en se penchant.

— Fais comme chez toi, répondit Moira en levant les yeux au ciel.

Il lui fit un clin d'œil lorsqu'elle avançait pour nous laisser de l'espace pour parler.

— Tu t'es défendue mieux que je ne m'y attendais, dit-il doucement, d'un ton manifestement aguicheur.

— Oh ? demandai-je. Et comment pensais-tu que je me serais défendue ?

— Je n'étais pas complètement sûr que Iona s'en sorte vivante.

Était-ce une ébauche de sourire ?

— Je ne suis pas si mesquine, ricanai-je, en soufflant une mèche collante de sueur de mon visage. De plus, j'étais sincère. C'est entre Rysten et moi. Le comportement de Iona ne me concerne pas.

Il hocha la tête en silence, les observant plus loin devant nous, tout comme moi.

— Tu es sage, pour quelqu'un de si jeune.

— Ce n'est pas la première connasse d'ex que j'ai dû gérer. Et je doute qu'elle soit la dernière.

Même si j'aurais voulu qu'elle le soit. Je l'aurais voulu plus que tout. Depuis la puberté, je devais gérer des femmes comme elle. C'était un foutu miracle que j'ai rencontré Moira.

— Ce n'est pas une ex, dit Allistair.

Je fronçai les sourcils.

— Pourtant elle l'a embrassé. Moira m'a dit qu'elle avait encore essayé...

— Lorsque l'on se sent proche de quelqu'un, ce n'est pas inhabituel de s'embrasser ainsi. En revanche, elle est allée un peu trop loin, et je n'ai pas assisté à la deuxième tentative. J'étais trop occupé à te chercher.

J'eus le souffle court et tentai de le camoufler en toussant, mais son regard voulait tout dire.

— Quelle partie as-tu vue ?

Bien qu'il scrute la moindre expression de mon visage, il évitait les racines et les taillis en avançant.

— Je t'ai vu menacer Sin. Ça te dérangerait de me dire depuis quand tu la connais ?

Je me mordillai la lèvre inférieure et détournai le regard, mais deux doigts saisirent mon menton pour ramener mon visage vers lui.

— Un moment, me surpris-je à répondre. Elle est venue me voir à Portland.

Ses lèvres s'ouvrirent grand alors qu'il comprenait.

— C'est elle qui t'a sauvée du Seelie.

Ce n'était pas une question, donc je n'y répondis pas.

— Entre autres choses.

Je n'étais pas intentionnellement évasive, mais je ne savais pas quand la rune entrerait en action pour m'empêcher de parler. Il valait mieux rester vague plutôt que de le voir se heurter à quelque chose dont je ne pouvais lui parler ou d'avoir une autre de ces satanées quintes de toux magiques.

— Elle est dangereuse, Ruby...

— Tu crois que je l'ignore ? coupai-je plus sèchement que je ne le voulais.

Ma bouche se ferma lorsque ses doigts glissèrent de mon menton. Passant une main sur mon visage, je poussai un long soupir.

— Je suis désolée, je ne veux pas me comporter comme une conne.

— Tu subis beaucoup de pressions. Je le comprends, et je comprends même pourquoi tu as gardé ça pour toi. Julian démarre au quart de tour quand il s'agit de toi.

Nous tournâmes tous les deux les yeux vers le Cavalier de la Mort chevauchant Rhiannon.

— Sois juste prudente avec Sinumpa. Avec elle rien n'est simple ni gratuit.

— Tu parles par expérience personnelle ? demandai-je.

— Oui, répondit-il, baissant les yeux vers le sol devant nous.

Pour éviter mon regard.

— C'est elle la fille, pas vrai ? demandai-je doucement.

Ses muscles se crispèrent.

— Celle que tu aimais ?

— *Pensais* aimer. Ce n'est pas la même chose.

J'avais envie de lui demander « pas la même chose que quoi », mais je n'étais pas encore prête pour la réponse. S'il répondait ce que je supposais qu'il sous-entendait, ce serait gênant que je ne le lui dise pas en retour. Pas avant que tout ceci ne soit terminé.

— Mais c'était bien elle ?

— Oui.

Nous restâmes silencieux tandis que je réfléchissais à cela. Sin était la seule femme de toute sa vie pour qui il avait éprouvé quelque chose, à part moi. J'imaginais que c'était le moment où j'aurais dû ressentir de la jalousie, ou au moins être protectrice. Pourtant, à l'inverse de Iona… qui jouait avec le feu… Sin n'essayait pas de nous séparer. Au contraire, je n'en aurais rien su s'il ne nous avait pas vues ensemble.

En ce qui concernait leur histoire, je ne me sentais pas vraiment dans tous mes états. Il était évident qu'ils étaient tous les deux passés à autre chose, et sa franchise me rassurait.

— Je serais prudente. Je te le promets.

Il hocha la tête.

— J'ai confiance en toi, Ruby. Mais pas en elle.

— Pourrions-nous garder cela entre nous. ?

Je redressai mes épaules et glissai un bras autour de sa taille en marchant.

— Pour le moment.

Il passa ses phalanges doucement le long de mon corps, dans un geste intime. Mon sang bouillait et ce n'était pas dû à la fatigue.

— Julian pèterait les plombs s'il savait que vous êtes en contact toutes les deux, mais on ne peut pas y faire grand-chose. Tu n'es la marionnette de personne, et même si nous voulions t'éloigner de Sin, elle trouverait un moyen, soupira-t-il, paraissant plus proche de son âge que d'habitude. Sache seulement que si elle va trop loin, je suis là.

Je fermai les yeux, me tournai et posai un léger baiser sur son torse.

— Merci.

— Avec plaisir, ma petite succube.

Je souris, me sentant heureuse malgré l'endroit où nous allions.

Même aller en Enfer pouvait s'avérer une expérience agréable si l'on avait ses proches avec soi.

Puis les cris excités résonnèrent dans la nuit, tandis que Moira revenait en arrière dans mon champ de vision.

— Nous sommes arrivés, cria-t-elle, projetant sa voix par-dessus la foule.

Je regardai derrière elle et la fine rangée d'arbres près de l'ouverture du tunnel menant au sous-sol. Le sentiment diffus de chaleur se dissipa de ma poitrine.

Nous y étions.

— Prête à découvrir pourquoi personne ne veut vivre dans le Jardin ? gloussa Allistair.

Non, ce n'était pas vraiment le cas. Mais malheureusement pour moi, Iona détenait des réponses dont j'avais besoin.

— Allons-y, dis-je avec beaucoup plus d'enthousiasme que je ne ressentais vraiment.

Mon instinct m'avait gardé en vie jusqu'à maintenant, peut-être le ferait-il encore un peu plus longtemps.

II

Jamais n'avais-je eu aussi tort.

La surface même des roches semblait agir comme un four prêt à me griller toute crue. Même si Allistair prétendait que c'était toujours ainsi, Laran et Julian discutaient du fait que c'était pire que d'habitude, mais au moins dans le sous-sol personne ne craignait les flammes. Sous certains aspects, c'était pareil que les Portes, car il était creusé dans la même pierre, et comme les Portes... c'était fichtrement désagréable. Avec des millions de tonnes de roches qui m'entouraient, sans même la plus petite brise pour nous soulager, et les horribles gémissements de Bandit... je comprenais pourquoi personne ne voulait vivre ici et qu'aucune Péché n'en voulait comme province. Ça craignait. C'était comme ça.

Après avoir marché pendant ce qui parut des heures, j'étais à deux doigts de m'évanouir ou de pleurer lorsqu'enfin le tunnel s'ouvrit sur ce que tout le monde appelait le Jardin. Une ville tentaculaire souterraine où scintillaient un million de lumières clignotantes centrées autour d'un lac transparent et lumineux. Des tours en pierre noire s'élevaient de l'eau, chaque étage ressemblait à un pavillon avec des colonnes au lieu de véritables murs qui en constituaient la structure. À l'intérieur, des démons riaient et dînaient, ils baisaient, se battaient, comme ils l'auraient fait n'importe où ailleurs.

Des enfants au-dessus de nous, aux étages les plus élevés, couraient jusqu'au bord et regardaient dix étages plus bas sans aucune peur. L'un d'entre eux, à peine plus qu'un garçon, leva le bras et enroula sa main autour d'un câble rutilant... dont l'endroit était rempli. Ils s'étendaient d'une tour à l'autre, remontaient, descendaient et allaient en ligne droite. Certains menaient directement dans la paroi rocheuse et semblaient y disparaître, ce qui me faisait penser qu'il y avait des grottes.

Le câble du garçon arrivait directement sur la plage de roches où je me trouvais. Je fronçai les sourcils quand il agita un bout de corde qui pendait de sa ceinture et à l'extrémité un crochet en métal réfléchissait la légère fluorescence de l'eau. Il fit glisser ce bout sur le câble, et sauta sans la moindre hésitation.

J'ouvris la bouche, sous le choc, mais avant même que je puisse dire quoi que ce soit, le garçon bascula vers l'avant, détacha son mousqueton et fit un saut périlleux en l'air avant d'atterrir comme un gymnaste olympique. Personne autour de moi ne le remarqua tandis qu'il aidait à charger des gens sur les bateaux puis à les pousser de la rive du lac.

— Vous avez vu ça? demandai-je aux Cavaliers de l'Apocalypse autour de moi.

Je m'efforçai de me concentrer sur tout sauf sur les efforts que continuait de fournir Iona pour essayer d'utiliser sa persuasion afin de convaincre Rysten de monter dans son bateau... comme si elle était assez puissante pour que ça fonctionne sur lui. Une expression de dégoût s'afficha sur son visage pendant qu'il la regardait une dernière fois avant de partir en trombe de l'autre côté du rivage.

— Vu quoi? demanda Laran en s'approchant de moi.

Je retrouvai mes esprits et désignai le garçon portant un demi-masque, un baggy cintré avec des couches de tissu et de corde autour de la taille. Il n'y avait qu'une seule marque blanche qui lui prenait la moitié du dos.

Elle reflétait la même lumière que l'eau.

— Ce gamin. Il vient de glisser le long d'un de ces câbles depuis l'autre côté du lac.

Laran hocha la tête, en passant une main sur sa barbe naissante.

— C'est une idée d'Ahnika. C'est la manière la plus rapide et la plus simple de circuler par ici.

Pour la Péché Paresse, je m'attendais à ce qu'elle soit un petit peu moins... ingénieuse. Voilà ce qui arrivait quand on tirait des conclusions hâtives.

— C'est une idée intelligente, dis-je.

— Et tu peux être certaine que c'est mieux que de grimper.

Allistair désigna la tour et fit un geste vers le haut. Je

plissai les yeux, tentant de comprendre comment on passait d'un étage à l'autre lorsque j'aperçus...

— Ce sont des échelles ?

Ma voix paraissait un peu saccadée et aiguë, à cause de la légère angoisse à l'idée de grimper des centaines de mètres alors que j'étais déjà tellement épuisée...

— Oui, mais nous ne dormirons pas dans une tour pendant notre séjour, répondit Allistair en me guidant vers le rivage.

— Vraiment ? demandai-je en soupirant d'aise avant de murmurer, merci au Diable.

Laran et Allistair ricanèrent en me tendant tous les deux une main pour m'aider à grimper dans un bateau étonnamment stable.

— Nous allons séjourner dans une grotte plus proche de l'autre rive du lac, dit Allistair.

Je me déplaçai vers le fond du bateau et attendis patiemment tandis qu'ils faisaient monter Rhiannon. Epona suivit, Bandit dormant et ronflant insolemment fort sur son dos.

— Je suis surprise que le bateau puisse supporter leur poids, dis-je lorsque Allistair et Julian me rejoignirent.

— Ces bateaux ne peuvent ni couler, ni dessaler, ou même être détruits, expliqua Allistair en guise de réponse.

Il tendit la main et saisit une pagaie avant que Guerre ne nous pousse à l'écart de la rive. Je ressentis une pointe de tristesse en réalisant que Laran restait avec Rysten. Je l'aperçus qui rassemblait Moira, Jax et les deux dernières montures avant de les embarquer sur un bateau qui nous suivit.

— Ce doit être de la magie, dis-je dans un souffle, tentant de digérer ma réalité.

J'étais en Enfer... en sous-sol... partageant un bateau avec deux chevaux et deux de mes partenaires.

Ça ne pouvait pas devenir pire. Vraiment pas.

En si peu de temps, ma vie avait changé de manière si drastique que je ne savais même pas si l'ancienne moi reconnaîtrait ce que j'étais devenue. Bien sûr, l'enveloppe était la même, mais j'étais différente à l'intérieur. J'avais changé de manière que je ne pouvais même pas comprendre. J'avais des pouvoirs. Dangereux. Des pouvoirs mortels. Je portais des marques. J'avais des proches. J'avais des ennemis, et plus seulement des femmes jalouses... mais plus que tout, j'avais des responsabilités.

Envers moi-même. Envers ma famille. Envers mes proches. Envers le monde entier.

Si je n'étais pas toujours sur la vague de choc et d'incrédulité, souffrant d'une migraine en raison du manque de caféine, et d'une légère fatigue... eh bien, je me serais déjà sûrement évanouie ou j'aurais déjà paniqué, mais je n'avais plus de temps pour cela.

En l'espace de quelques mois, la vie comme je l'avais connue, s'était effondrée autour de moi comme du petit bois puis s'était embrasée, et là où la cendre noire et scintillante s'était déposée, ma nouvelle vie avait vu le jour. J'avais totalement réorienté tout ce que j'étais, et ici sous un plafond rocheux qui brillait comme la cendre de mes flammes, je ne m'étais jamais sentie aussi effrayée, mais également aussi forte. Les stalactites pendaient à des centaines de mètres dans les airs, de l'eau étincelante qui goûtait comme de la pluie à leurs extrémités. Je pensai à ce verset de l'Ancien Testament à propos d'un homme en Enfer suppliant Dieu pour une seule goutte d'eau. Cela ne se produisit pas.

Peut-être qu'il aurait eu plus de chance en implorant Satan.

— Je donnerais tout pour savoir à quoi tu penses, dit Allistair en se faufilant près de moi en dirigeant le bateau.

Je n'étais pas vraiment d'humeur pour un tête-à-tête avant d'avoir discuté avec Rysten, alors j'optai pour une réponse plus légère.

— C'est magnifique, murmurai-je en faisant un geste de la main vers le plafond tout en haut.

Allistair gloussa.

— Jusqu'à ce que l'un d'entre eux tombe et tue quelqu'un.

— Ça arrive? demandai-je, incapable d'évaluer vraiment leur largeur avec si peu de lumière.

— Oui, une fois il y a un siècle à peu près. C'est la méthode d'exécution préférée d'Ahnika.

Je clignai lentement des yeux en y pensant.

Non seulement c'était un génie, mais en plus elle était cruelle.

Une raison de plus pour que j'arrête *de tirer des conclusions hâtives.* En y réfléchissant, je gardai les yeux et mon attention rivés sur le plafond au lieu de m'intéresser à mes pensées les plus sombres et à ces sentiments qui occupaient mon esprit.

— Je suis désolée… une petite absence… as-tu dit *méthode d'exécution* ?

Il sourit en regardant la voûte de la caverne.

— Oui. Même dans la province de Paresse, il y a parfois des exécutions, même si ça reste quand même mieux ici que dans la province d'Envie. Saraphine est une sadique qui ferait passer Julian pour un enfant de chœur.

Je sifflai doucement.

— Bon sang. Comment utilise-t-on une stalactite pour exécuter quelqu'un ? Ça doit mesurer plus de quatre-vingt-dix mètres de haut…

— Plutôt cent quatre-vingts, corrigea une voix graveleuse derrière moi.

Je sentais le rouge couvrir mes joues après le commentaire sadique d'Allistair, mais qu'est-ce qui me gênait ? Ils se connaissaient tous mieux qu'ils ne me connaissaient.

— Comme je le disais, je ne vois même pas comment c'est possible.

— Les ondes sonores, crois-le ou non, répondit Allistair en descendant sa main jusqu'à la chute de mes reins pour me guider. Ahnika est la banshee la plus puissante du monde. D'un seul cri, elle peut détacher l'un d'entre eux directement du plafond.

— C'est fou.

— Moira pourrait sûrement faire de même si elle essayait, dit Julian.

Il essayait de paraître nonchalant, mais je remarquai

la manière très calculée dont il regarda derrière lui et vers les stalactites. Je n'eus qu'à y penser une demi-seconde pour savoir que c'était vraiment une mauvaise idée.

— Ne lui donne pas d'idées, marmonnai-je.

Elle s'entraînerait à essayer de les faire tomber sur Rysten juste pour qu'il s'écarte de son chemin tout en caquetant quelque chose à propos d'un jeu du chat et de la souris.

— Même pas en rêve. Elle est déjà assez chiante, répliqua Allistair, mais Julian resta silencieux.

Je tournai un regard légèrement inquiet vers l'avant du bateau alors que nous accostions. L'arrêt nous secoua et je dus faire appel à tout mon équilibre et aux doigts d'Allistair qui agrippait le tissu de ma chemise, pour éviter de passer par-dessus bord.

En revanche, cela ne préserva pas le sommeil de Bandit. Mon raton laveur se réveilla avec une satanée envie de vengeance, bondissant sur ses pattes en grognant pour venir jusqu'à moi.

— Tu vas bien ? demanda Allistair.

Je hochai la tête et il me lâcha, puis il descendit pour me proposer sa main. Je pris Bandit dans mes bras et lui tendis mon autre main.

Quelque chose de frais et humide me frappa le bras. Je baissai le regard et jetai un œil par-dessus mon épaule vers Rhiannon qui essayait de me donner des petits coups de naseaux. Un cheval insistant. Sans conteste, c'était bien la proche de Julian.

— Je crois qu'elle te donne un indice, plaisanta Allistair.

Je serrai les lèvres en le regardant, mais serrai fermement sa main, plus par nécessité qu'autre chose. Ces rochers étaient glissants et j'avais autant de chances de tomber sur les fesses que de passer par-dessus bord et me noyer. Même si ma fierté en prit un coup, mon corps était faible et me faisait mal.

Les doigts tremblants, je l'agrippai en arrivant sur la terre ferme. Dès qu'il me lâcha, mon corps se mit à tanguer, mais un flanc robuste fut là pour me rattraper alors que je chancelais. Epona tourna la tête pour donner de petits coups de museau à Bandit et je souris timidement, la caressant sur le front en attendant que les vertiges disparaissent.

Une odeur d'hiver et de pins m'enveloppa tandis qu'un bras s'enroulait autour de ma cage thoracique et m'attirait contre un torse solide.

— Tu es déshydratée à cause de la marche et de la chevauchée. Essayons de trouver un endroit où tu pourras te reposer un peu.

Ces doigts espiègles jouaient avec le bord de ma chemise, effleurant brièvement la peau de mon estomac, et d'un coup, me reposer fut la dernière chose que je voulais. Mais Julian... comme son cheval... était aussi têtu qu'une mule.

Sans oser demander, il me porta dans ses bras et avança dans la grotte tandis que les autres étaient occupés à décharger. Baignée par les flammes rouge et jaune de torches coincées dans des anneaux vissés dans la paroi rocheuse irrégulière, la grotte était... plus chaleureuse que je ne m'y attendais. Des chaises longues étaient alignées le long des parois, avec des coussins moelleux et un tapis en fourrure assez grand pour dix personnes.

— Cet endroit ressemble à l'antre d'un ancien roi sorti d'un livre d'histoire, dis-je en laissant glisser mes yeux sur les tissus luxuriants et les teintes éclatantes. Sur les coussins bleu et vert, des bandes de tissu mauve étaient épinglées et cousues et dessinaient de magnifiques motifs avec des perles accrochées à des fils qui pendaient dans les coins.

— Ça l'était, sourit-il.

Je fronçai les sourcils et m'intéressais alors aux détails. Les choses qu'on ne remarquait pas tout de suite, comme le fait qu'il n'y ait pas d'autres bateaux que les nôtres, l'absence d'empreintes de pas, et même la fine couche de poussière dans la chambre aux plaisirs, sur les ors scintillants.

— Lucifer ? demandai-je doucement.

Je le savais déjà, mais j'avais quand même besoin de l'entendre. Il hocha la tête.

Il fut un temps où Lucifer partageait cet endroit, sûrement avec Ahnika... la Péché Paresse... mais sûrement aussi avec d'autres. Peut-être même avec ma propre mère.

Tout à coup, m'allonger sur ces coussins m'attirait beaucoup moins.

— Iona pensait que tu méritais d'avoir la chambre de ton père..., intervint Julian, s'interrompant lorsqu'il lut quelque chose sur mon visage.

—Je me sens sale après ces derniers jours. Y a-t-il un endroit où je pourrais me rafraîchir d'abord ?

Je ne faisais que gagner du temps, et nous le savions tous les deux, mais ça ne faisait de mal à personne. Une partie de moi se demandait si Iona l'avait planifié ou si c'était le maître qui tirait les ficelles. S'ils savaient à quel point je ne me sentais pas à ma place de dormir dans le nid d'un roi, alors que des foules de personnes se terraient dans les tours, dormant dans des hamacs, entassés les uns contre les autres...

L'autre partie de moi était égoïste et n'était pas le moins du monde fâchée d'être aussi loin de Iona. Cela me donnait l'occasion de prendre mes marques sans son sourire sournois et ses mains bronzées qui essayaient de se balader partout sur Rysten. Il savait s'occuper de lui, mais pour commencer je n'étais pas à l'aise de l'avoir mis dans cette situation, alors que je savais qu'il y avait toujours quelque chose entre eux, j'avais quand même accepté de venir ici.

Mais j'avais besoin de réponses. Nous en avions tous besoin.

— Il y a quelques piscines à l'arrière de la grotte, où tu pourrais te baigner...

Il s'interrompit et haussa un sourcil, comme une interrogation silencieuse. Mes joues s'enflammèrent, car cela me paraissait une super façon d'oublier ce que Iona complotait.

Jusqu'à ce que quelqu'un se racle la gorge. Au lieu de plaisir, je fus submergée d'un voile de sombres émotions qui ne m'appartenaient pas.

— Je peux l'y conduire, proposa Rysten.

Aujourd'hui, il n'avait rien de son habituel entrain. Alors que mon Cavalier Peste adorait plaisanter et tourmenter son frère, aujourd'hui il n'en était rien. Rien que de la solitude et un puits de trahison si profond qu'il devait faire appel à toutes les fibres de son corps pour ne pas le ressentir.

La connasse narquoise en moi voulait l'évincer, mais je ne pouvais pas le faire. Il n'était pas Josh... que j'avais surpris le pantalon aux chevilles titubant d'un placard à balai. Nous parlions de Rysten : le démon qui avait fait saigner les yeux de Josh parce qu'il m'avait touchée sans consentement après m'avoir donné à mon insu une drogue démoniaque. C'était l'homme qui regardait *Murder* avec moi et m'apportait du Pad Thaï quand j'étais bouleversée. Il était venu sur Terre pour moi et avait appris nos coutumes afin d'être là pour moi quand les autres ne pouvaient l'être, lorsque le jour viendrait où je serais appelée chez moi.

Rysten ne ressemblait à aucun autre homme que j'avais rencontré avant lui, ni même à aucun de mes trois partenaires. Il était doux et sensible. C'était le gars qui avait laissé Moira lui jeter une aubergine sur son sexe, et si ça, ce n'était pas de l'amour, alors je n'y connaissais rien.

— Je peux marcher, dis-je à Julian.

Il nous regarda l'un après l'autre, le regard oscillant entre nous deux avant de me poser à terre en me faisant glisser le long de son corps de manière suggestive. Une partie de moi pensa qu'il essayait de provoquer Rysten, mais après un rapide coup d'œil à mes lèvres et un regard d'avertissement par-dessus son épaule, Julian retourna à l'entrée de la grotte, nous laissant tous les deux tout seuls.

— Merci, murmura Rysten d'une voix rauque.

— Pour quoi ?

Je croisai les bras sur ma poitrine, puisant au fond de moi la force qui nous nourrissait la bête et moi. Elle resta en retrait, appréciant la manière dont je l'avais géré.

— De ne pas m'avoir enguirlandé devant tout le monde. De ne pas m'avoir botté les fesses quand je le méritais. De ne...

Il déglutit et la douleur qui émanait de lui se déversait comme d'une plaie.

— ... de ne pas me rejeter en ce moment.

Je hochai la tête, un peu de poids en moins sur les épaules. Folle de rage comme je l'étais, je n'allais pas le frapper quand il était déjà à terre.

— Allons chercher ces piscines dont parlait Julian, dis-je en lui faisant signe d'ouvrir le chemin. Il passa devant moi et contourna le nid d'amour qui me donnait la nausée. Je gardai le regard droit devant moi pour éviter de penser avec qui Satan avait couché ou non sur ces coussins où j'étais censée dormir. La plupart des enfants trouvent dégueulasse l'idée de leurs parents faisant l'amour, mais mes deux parents étant décédés, cela ajoutait un côté morbide.

Nous continuâmes à marcher dans un silence étrangement plus simple et plus gênant à la fois. Plus nous nous éloignions de ces coussins et plus je respirais facilement, pourtant la morosité qui irradiait de Rysten était pesante surtout que je n'avais pas beaucoup d'autres émotions positives autour de moi pour la contrebalancer.

Une chose que je n'avais jamais confiée à personne, c'était combien je ressentais les émotions des autres, me faisant les aimer ou les détester avant même qu'ils ne prononcent une parole. Avec Moira, c'était facile... elle était facile... il en était de même pour Bandit, ce qui les rendait faciles à vivre. Tous les deux étaient ce que j'avais de rassurant sur le plan affectif. Je savais à quoi m'attendre avec eux et ça ne changeait jamais ma personnalité. Cependant, avec les Cavaliers de l'Apocalypse, je commençais seulement à réaliser la profondeur de leurs champs émotionnels. J'avais toujours considéré Rysten comme le plus facile, parce qu'il pouvait s'asseoir et regarder Netflix en buvant du thé sur mon canapé défraîchi. Il m'invitait à des dîners tout en me laissant une distance émotionnelle que je ne pouvais physiquement pas avoir avec les autres.

Rysten était censé être facile, mais peut-être était-ce ma faute de n'avoir su voir par-delà ses armures, ses masques et ses différentes facettes. Peut-être dissimulait-il cette partie de lui, car il n'était pas encore prêt à la dévoiler, ou peut-être lui fallait-il un peu plus de temps pour me la révéler.

Car en ce moment, Rysten n'était pas facile. Bien au contraire. Et le sentir si proche... et pourtant si loin... me déchirait le cœur. Pourtant je me respectais trop pour n'en rien laisser paraître avant que nous n'ayons parlé.

— Je suis désolé de l'avoir laissée m'embrasser, dit-il d'une voix à peine perceptible.

— Alors pourquoi l'as-tu fait? répondis-je, consciente de ce qu'Allistair m'avait raconté à propos d'Iona et de leur passé, mais désireuse qu'il m'en parle lui-même.

— J'étais sous le choc. Je sais que ça paraît la pire des excuses, mais je n'avais pas vu Iona depuis plus de trois mille ans, car je la croyais morte. Et puis, elle était là, devant moi, comme si nous nous étions quittés la veille. Je...

Il s'interrompit, serra le poing et le posa contre sa bouche.

— Je ne savais que dire ou faire, ni même ce que j'étais supposé répondre... et à cause de ça, je t'ai manqué de respect en la laissant m'embrasser comme si nous étions quelque chose l'un pour l'autre, que nous ne sommes pas.

Je laissai échapper un long soupir, cherchant les paroles qui nous aideraient tous les deux.

— Avant de parler de ce baiser, je dois savoir quelque chose.

Je fis une pause pour regarder le plafond, les murs, le sol... n'importe quoi sauf lui. Mais, tout comme il me devait une explication, il méritait mon attention.

— Tout ce que tu as fait avant de me connaître, ça n'a pas d'importance. Tu es âgé de plusieurs milliers d'années, et je n'ai que vingt-trois ans. J'ai un passé à vingt-trois ans et même si la bête est jalouse par nature, ce serait naïf et injuste de m'attendre à ce qu'il n'y ait eu personne d'autre.

Il cligna les yeux de surprise, le voile s'y effaçait lentement.

— Je me fiche du genre de relation que vous avez entretenu Iona et toi. Tu es avec moi, à présent, et ce que tu fais es important pour moi, pas qui tu étais ni ce que tu as fait avant. D'accord ?

Il entrouvrit les lèvres et me fixa avec une lueur d'espoir qui grossissait dans ses yeux.

— Je ne l'ai jamais aimée, lâcha-t-il.

La bête exulta. Le sentiment de chaleur diffus qui m'habitait s'accrut avant de se calmer brusquement. Encore ce mot en A… Il semblait apparaître à tout moment depuis que nous étions en Enfer, et je n'étais pas sûre d'être prête à entendre la confession que je sentais sur le point d'arriver.

— Pas comme je t'ai…

Je posai un doigt sur ses lèvres, pour enfermer le mot entre elles.

— Tout va bien. Ce n'est pas ce que je dis.

Je m'arrêtai en apercevant l'éclair de douleur qui le transperça. Personne ne m'avait dit combien mes dons les plus simples deviendraient plus compliqués avec quatre partenaires. Les Cavaliers de l'Apocalypse ressentaient les émotions à un niveau que les humains ne semblaient pas capables d'éprouver. Je trouvais cela très séduisant, mais cela m'effrayait également.

J'avais tout à perdre en ce moment, même ces mots… aussi ne pouvais-je les entendre. Pas encore.

— Tu m'as interrompu, murmura-t-il derrière mon doigt.

Je hochai la tête.

— Pour le moment, dis-je en humectant mes lèvres et les fermant avant de poursuivre. Je ne veux pas me souvenir de cet instant, alors qu'elle est entre nous, comme le moment où tu me l'as dit pour la première fois. Je veux qu'il n'y ait ni pressions ni problèmes qui ne nous menacent. Je veux y repenser dans mille ans comme un souvenir agréable. Tu peux m'accorder ça ?

Je lui posai la question en ronronnant légèrement. Intérieurement, je levai un sourcil vers la bête qui haussa les épaules avec désinvolture. S'était-elle un jour inquiétée de ce que je pouvais ressentir ?

— Je le peux, répondit-il en grognant faiblement.

La sincérité de ses mots résonna en moi et je n'eus pas besoin du don de Moira pour savoir qu'il était sincère.

— Bien. Tu n'es ni ma propriété ni mon prisonnier. Nous sommes partenaires, et tout comme tu me fais confiance... je te fais confiance... ce qui veut dire que cela doit être clair pour les autres femmes avec qui tu es.

Le ton de ma voix n'était pas autoritaire, mais il n'acceptait aucune négociation ni protestation.

— Si tu veux être avec moi, alors tu seras avec moi et moi seule. Tu n'aimerais pas me voir agir ainsi avec un autre homme, alors ne permets à personne d'autre de te le faire. Compris ?

Il acquiesça d'un hochement lent de la tête, non sans hésitation, mais avec un désir grandissant. Même s'il était submergé par une douleur et une tristesse béantes, cette amertume nourrissait un désir sous-jacent pour moi. Le désir de sentir quelque chose d'aussi éclatant que le feu et l'espoir naissants.

Il m'avait donné une partie de son côté obscur en m'apposant sa marque et je trouvais cela réconfortant. Peut-être trouverait-il un peu de paix dans mon feu.

Rysten leva une main vers mon visage et écarta délicatement mes cheveux afin de poser ses doigts de manière possessive autour de ma mâchoire.

— Tu es la seule que je désire, Ruby. Tu es la seule que j'aie jamais désirée, et quand je te vois ici, quelque chose me paraît si... juste. Comme si c'était censé se produire. Je ne crois ni aux astres ni au destin, parce que je connaissais ton père. En fin de compte, il n'était qu'un homme. Mais toi..., dit-il en déglutissant, mais sans détourner les yeux... tu es différente, Ruby. À part. Et je ne dis pas ça à cause des marques que tu portes ou à cause de tes pouvoirs. Tu es comme le feu, et tu vas illuminer le monde entier.

Dans la semi-pénombre de la grotte, mes joues s'empourprèrent, mais avec un peu de chance je ne ressemblais pas à une myrtille.

— Je protégerai la marque que j'ai apposée sur ta peau de toutes mes forces, et ce jusqu'à mon dernier souffle.

Sous la chaleur de ma paume, la marque pulsait de magie noire qui déversait en moi une brûlure différente. Le désir alourdissait l'air d'une griserie qui me provoquait des vertiges qui n'avaient rien à voir avec l'épuisement.

Je m'écartai précipitamment et avançais de quelques pas dans la grotte en lui décochant un sourire timide par-dessus mon épaule.

— Tu me suis ou tu restes là à attendre une invitation ?

Un sourire légèrement ténébreux se dessina sur ses lèvres et me serra le cœur. Je me tournai et continuai de m'enfoncer dans la grotte sans attendre. Il me suivrait. Tout comme il m'avait suivi au Pandora's Box, et dans toute La Nouvelle-Orléans et même directement jusqu'au trône.

Un son de goutte-à-goutte attira mon attention vers une ouverture d'un mètre entre deux roches, d'où scintillait une légère lueur bleue. Je franchis l'ouverture et me trouvai à cinquante centimètres du bord du premier point d'eau. Il n'était pas plus grand qu'un jacuzzi et une lourde vapeur flottait comme une brume au-dessus de la surface. De nombreuses mares de toutes tailles entouraient la première, à différents niveaux et s'écoulant l'un dans l'autre. Au-dessus, une bordure de roches agissait comme une cascade qui déversait un flot plus dru d'un liquide lumineux dans la mare la plus haute.

J'agrippai le bord de ma chemise, sentant un regard dans mon dos. Tirant d'un mouvement sec, les boutons sautèrent et ma chemise s'ouvrit. Je la fis glisser sur mes épaules et elle tomba en un tas de tissu sale et déchiré à mes pieds. Des doigts effleurèrent mon dos, silencieusement et sans permission. Je balayai mes cheveux par-dessus une de mes épaules et jetai un coup d'œil à Rysten en haussant un sourcil. Pour le mettre au défi.

Il défit mon soutien-gorge d'un seul geste et il tomba au sol tandis qu'un faible grognement échappait de ses lèvres. Il enroula ses bras autour de moi, par-derrière, des mains calleuses se baladèrent de haut en bas sur mes flancs, serrant la chair de mes hanches et m'attirant contre lui.

Je frottai mes fesses contre son érection, appréciant l'épaisseur de son membre qui se frotta en retour.

— Trop de vêtements, murmura-t-il dans mon cou.

Des lèvres suivirent le long de ma gorge, déclenchant une poussée d'adrénaline comme un shoot d'ecstasy directement dans mon système sanguin.

— Enlève-moi mon jean, dis-je doucement.

Son sexe tressauta avant qu'il ne s'écarte pour exécuter mon ordre sans la moindre hésitation. Parfois, je voulais que quelqu'un d'autre prenne les rênes… me laisser aller et sentir l'énergie se libérer… et parfois, je voulais dominer… donner des ordres et ressentir l'énergie que j'avais sur eux. Quoi qu'il en soit, j'avais toujours le contrôle. Avec mes quatre partenaires, c'était possible. Ils n'avaient aucun problème pour partager, et avec chacun d'entre eux je jouais un rôle différent qui convenait à notre relation.

Avec Rysten, nos vies étaient compliquées et bordéliques, mais le sexe n'avait pas besoin de l'être. Nous n'étions ni l'un ni l'autre timide dans la nudité, et pendant ma transition j'avais appris à connaître le moindre centimètre de sa peau. J'avais hâte de l'explorer à nouveau, encore et encore.

Je me tournai, afin que ce soit plus facile pour lui de me déshabiller, et fus accueillie par le spectacle de Rysten à genoux. Il défit les lacets de mes chaussures, prenant le temps de retirer mes chaussures, puis mes chaussettes, avant de remonter ses mains le long de mon pantalon. J'adorai sa façon de rendre chaque geste à la fois sensuel et attentionné.

Je fis un geste vers ses cheveux, passant mes mains sans réserve dans ses mèches blond miel. Il gémit encore, posant ses deux mains sur mes hanches tandis que je tirai assez violemment pour le forcer à incliner la tête en arrière.

— Que ressens-tu quand je te touche ? murmurai-je.

J'étais tout à fait consciente que le contact d'une succube ayant transitionné était comme un aphrodisiaque, et même si les Cavaliers de l'Apocalypse avaient beaucoup plus de maîtrise de soi que la majorité des gens… j'étais leur égale et ils n'étaient pas insensibles.

— Je suis au Paradis, lâcha-t-il pendant que j'enfonçais mes ongles dans son cuir chevelu. En Enfer, se corrigea-t-il, me faisant glousser.

Je relâchai ma poigne, laissant sa tête tomber en avant. Il leva les yeux vers moi avec une lueur diabolique qui fit bouillir mon sang.

— Défais mon jean, chuchotai-je.

Je mordillai ma lèvre inférieure pendant que ses doigts parcouraient la peau sensible au niveau de la ceinture, faisant sauter le bouton dont le bruit sec résonna dans la grotte. Nos respirations étaient fortes et lourdes, et il ne m'avait pas encore touchée.

— Baisse la fermeture, lâchai-je tandis que son souffle caressait ma peau, me rendant folle.

Il prit un temps atrocement long pour exécuter mon ordre, pendant que le bout de ses doigts se promenait sur le fin tissu de ma petite culotte.

— À présent, passe tes pouces de chaque côté dans mon jean...

Je pris une petite inspiration lorsque ses ongles glissèrent le long de ma peau

— ... comme ça, gémis-je.

Il leva vers moi des yeux amusés qui en disaient plus que des mots. Même s'il suivait chaque instruction sans rechigner, cela restait son choix... tout comme lorsque j'avais suivi Allistair et Julian dans la chambre. Le léger grattement de ses ongles me ramenait à ce moment précis, ici avec lui, et seulement lui.

— Et maintenant? demanda-t-il, tout à fait conscient de ce que son léger contact provoquait en moi.

— Retire-les.

Rysten avait une façon de rendre la tendresse sexy. Il ne se précipitait pas et ne déchirait pas à toute vitesse mes vêtements. Il me savourait. Lentement, avec une lenteur douloureuse, il fit glisser mon jean et mes sous-vêtements le long de mes jambes. Levant un pied après l'autre, il posa un doux baiser sur chacun de mes orteils, retirant totalement le tissu grossier jusqu'à ce que je sois nue et lui tout habillé.

Je lâchai ses cheveux et fis glisser mes mains de

chaque côté de son visage, lui redressant la tête tandis que je me baissai pour poser un baiser fougueux sur ses lèvres, me coupant exprès la langue sur sa canine.

Rysten haleta en goûtant mon sang sur nos lèvres.

Quand je m'écartai, ses pupilles étaient dilatées tachées de bleu. Au fil des mois, j'avais remarqué sa fascination pour mon sang, même s'il n'en avait jamais parlé. Aujourd'hui était la journée parfaite pour voir si mon partenaire avait un fétichisme qu'il me cachait. Au vu de sa réaction et des rumeurs à propos du sang et du sexe, j'étais plus que curieuse de voir jusqu'où je pourrais aller avant qu'il n'essaie de me mordre.

Rysten m'observait tandis que je marchai au bord de l'eau et trempait un pied en laissant échapper un soupir satisfait. Je m'assis sur la rive de la piscine, la surface rocheuse mordant la chair de mes fesses alors que je plongeai mes deux jambes.

— Tu aimes ça ? lui demandai-je, nos regards se croisant par-dessus l'eau.

— Ou ceci ? demandai-je sur un ton rauque en ouvrant les jambes pour qu'il aperçoive à quel point j'étais humide.

Rysten déglutit, se balançant vers l'avant alors que ses yeux suivaient les lignes de mon corps. Je plongeai ma main dans l'eau et laissai des gouttes couler sur ma cuisse, baissant deux doigts pour me caresser. Ses yeux s'illuminèrent, ses veines devinrent noires comme lorsqu'il était sujet à de fortes émotions.

— C'est ce que tu aimes, n'est-ce pas ?

Je souhaitais entendre les mots de sa bouche.

— Oui, dit-il sans rien ajouter de plus.

Je pinçai mon renflement nerveux entre deux doigts et tirai, déclenchant en lui un gémissement glauque.

— Déshabille-toi pour moi, lui ordonnai-je.

Je laissai mes doigts caresser l'humidité entre mes cuisses pendant qu'il enlevait sa chemise et retirait ses propres chaussures. Le temps qu'il enlève son jean et son caleçon et qu'il se dresse devant moi, nu et en érection, je me tortillai contre ma main.

Il ne fit pas un seul pas vers moi. Il attendait que je le lui dise.

Je souris d'un air entendu et tendis vers lui la même main dont je m'étais servie pour me satisfaire.

— Viens, soufflai-je en faisant un signe de deux doigts.

Il se glissa dans l'eau devant moi avec beaucoup de grâce que je n'en aurais jamais. Ses pieds touchaient le fond et l'eau, complètement transparente, lui arrivait juste au-dessus de la taille.

Ce ne fut que lorsqu'il se dressa devant moi entre mes jambes, toujours sans me toucher que je trouvai la distance physique insupportable.

— Touche-moi.

C'était tout ce qu'il attendait.

Rysten s'approcha, prit mon visage entre ses mains puis m'embrassa. Léchant, suçant et mordillant mes lèvres, il inséra sa langue dans ma bouche et me goûta. Je gémis contre lui, mes hanches tressautant en avant, plus près du bord de la piscine afin de parvenir à enrouler mes jambes autour de sa taille.

— Comment l'as-tu su? demanda-t-il contre mes lèvres.

— Su quoi? demandai-je, ponctuant ma question d'un gémissement lorsque ses canines égratignèrent ma lèvre inférieure.

— Pour le sang. Comment as-tu su que j'aimais le sang?

Ses lèvres quittèrent ma bouche pour suivre ma mâchoire, puis le long de mon cou, me couvrant de minuscules morsures, bien que n'ayant rien à voir avec les morsures que je sentais qu'il voulait m'infliger.

— La première fois, dis-je dans un souffle pendant que ses mains s'enroulaient autour de mes hanches.

Il me souleva du rebord pour m'approcher aussi près que possible de lui, le bout de son sexe se frottant contre l'ouverture humide entre mes cuisses. Près, mais pas assez près.

— Explique-toi, insista-t-il en mordant un peu plus fort ma clavicule.

Je laissai échapper un petit cri et il s'écarta, les yeux écarquillés.

— Je ne voulais pas...

— Chut, murmurai-je en posant un doigt sur mes lèvres. La première fois que nous nous sommes embrassés, tu m'as coupé la lèvre puis tu as léché le sang. Pas besoin d'être un génie pour comprendre que ça te plaisait.

Je lui souris et inclinai la tête de côté.

— En revanche, je n'aime pas te faire mal.

Il parut peiné et j'enroulai mes bras autour de son

cou pour essayer de le rapprocher de moi. Il ne bougea pas.

— Tu ne me fais pas mal, soupirai-je. Et même si c'était le cas, ça ne me dérangerait pas. J'aime la douleur, Rysten. *J'aime* beaucoup mordre et griffer… mais *j'adore* quand on me le fait.

Son froncement de sourcils disparut, mais il hésitait encore lorsqu'il se pencha vers moi. Je passai mes doigts dans ses cheveux, les laissant griffer sa peau à la base de son cou.

—Je ne suis pas mon frère, grogna-t-il.

— Ce n'est pas ton frère que je désire en ce moment précis. Je te veux, toi, grognai-je en retour. Je veux que tu me montres ce que l'on peut ressentir quand la transition ne colore pas ce qu'il y a entre nous, murmurai-je un peu moins agressive.

Il posa ses lèvres sur ma gorge en un doux baiser.

—Tu promets de me dire si ça fait mal ?

Parmi tous mes amants, Rysten possédait le plus de volonté lorsqu'il s'agissait de moi, mais comme il le disait lui-même, en fin de compte il n'était qu'un homme… tout puissant qu'il est. Un homme que je pouvais mettre à genoux, mais savourer tout de même.

— Je te le promets, chuchotai-je en appréciant la pression de ses doigts humides qui agrippaient mes fesses tandis qu'il nous déplaçait dans l'eau.

Mon dos cogna contre un rebord irrégulier et une de ses mains avança pour frotter mon intimité de haut en bas. Je cambrai mon dos contre le bord en pierre, inclinant la tête en arrière, offerte, tandis que deux doigts s'inséraient en moi et se mirent à entrer et sortir. Son pouce appuya sur mon intimité, ce qui me fit me tortiller, et son autre main agrippait sauvagement mes fesses.

— Je rêve de le faire depuis cette nuit-là où je t'ai goûtée accidentellement, murmura-t-il tout contre moi.

Un lourd voile de désir m'enveloppa alors que ses dents mordillaient le creux de ma gorge. Je me collai plus près contre lui et ses dents se refermèrent plus fort, perçant la peau en me mordant. La douleur, si je pouvais l'appeler ainsi, était éphémère tandis que l'orgasme me transperçait. Ses doigts tournaient dans ma chair suintante et se recourbèrent pour toucher mon point G, tandis que ses lèvres... chaudes dans mon cou... s'abreuvaient de tout ce que je donnais.

Tout comme je buvais tout ce qu'il m'offrait. Le Kama s'accumulait dans ses pores et se mélangeait à l'air autour de nous comme de la neige. Je l'inspirai, me délectant de l'énergie que ça me procurait. Qu'il me donnait.

—Je veux être en toi, gémit-il.

Ce n'était pas vraiment une question, il demandait toujours la permission.

— Assieds-toi sur le bord de la piscine. Je veux te chevaucher.

Il ne perdit pas de temps, me soulevant des roches avant de sortir de la piscine. L'eau coulait de son corps et sur le sol chaud quand il s'assit sur le rebord, tendant les bras vers moi comme je m'avançais vers lui. À califourchon sur lui, les jambes pendantes de chaque côté de ses hanches, je tendis la main entre nous et me guidai sur lui. Ma bouche s'ouvrit en grand quand un plaisir brut envahit mes sens.

— Oh, putain, oui, grognai-je en me soulevant puis me rabaissant.

Ses mains accrochèrent mes cuisses, trempées et glissantes d'eau de la piscine, tandis que nous grimpions tous deux de plus en plus.

Il s'inclina en avant, posa sa bouche sur mon téton et le suça pendant que je recherchais mon plaisir. Il roula la chair plissée entre ses dents, et je sus qu'il allait me mordre avant même qu'il ne le fasse. Je me cambrai, pressant un peu plus mon sein dans sa bouche. Ses canines se refermèrent sur moi... me conduisant au bord de l'extase.

Ma bouche s'ouvrit en un cri silencieux alors qu'un deuxième orgasme me transperçait, plus fort et beaucoup plus violent que le premier. Mes cuisses se mirent à trembler tandis que j'ondulais contre lui, mes parois intimes se cramponnant au moindre centimètre de son érection pendant que son corps nourrissait le mien. Le Kama se mit à pleuvoir comme un torrent, alors que sa propre délivrance suivait la mienne de près. Poussant en avant, il se déchargea en moi, accrochant mes hanches pour que je ne bouge pas. L'intensité me brûlait les genoux et de l'eau me piquait les coins des yeux, tandis que secouée d'un dernier frisson, nous retombâmes mollement dans les bras l'un de l'autre.

I2

— Tout le monde est dans une tenue décente, par ici? beugla Moira de derrière le gros rocher qui dissimulait la piscine aux yeux des passants.

— Mmm, dis-je d'une voix traînante en regardant le tas que formaient nos vêtements.

La dernière chose que je voulais, c'était de remettre ces couches sales et imbibées de sueur. Nous n'avions pas de savon, mais je me sentais aussi propre qu'on pouvait l'être avant que nous arrivions à Inferna.

— Tu n'aurais pas de vêtements proches sur toi, par le plus grand des hasards?

Moira laissa échapper un hourra et je l'imaginai lever les yeux au ciel.

— Il se trouve que oui, en fait.

Elle jeta un tas de vêtements par l'ouverture et il atterrit à quinze centimètres de nous.

— Parce que tu es si incroyablement prévisible. J'espère au moins que tu l'as fait ramper avant d'avoir sa B...

— D'accord, merci, nous sortons dans un instant, répondis-je avec une joie feinte.

— On m'a demandé de vous dire que vous avez cinq minutes avant que Julian n'arrive. Alors quand je vous dis de vous habiller, je veux dire...

— Nous arrivons, la Verte répondit mollement Rysten.

L'unique réponse qu'elle donna en s'éloignant fut un chapelet d'insultes.

Je secouai la tête en le regardant, les lèvres serrées en sortant de l'eau et tendant la main vers l'unique serviette qu'elle avait apportée.

— Preums, lançai-je avec un petit air penaud en levant un coin de la serviette.

Il sourit.

— Vas-y. Je l'utiliserai quand tu auras fini.

— Eh bien, dans ce cas. Ne m'en veux pas si j'y vais.

Je me séchai rapidement et m'essorai trois fois avant de lui tendre la serviette.

J'enfilai les sous-vêtements que Moira m'avait apportés, grognant en voyant le short en jean d'une taille ridicule. Une manière pour elle de se venger de m'être envoyée en l'air avec Rysten. Je secouai la tête, mais enfilai tout de même le mini-short. Nous n'étions pas riches en vêtements ici, alors à moins qu'Allistair n'accepte d'user de magie pour me faire apparaître un jean, je ne pouvais pas faire la fine bouche.

Rysten s'adossa contre la paroi de la grotte, bras croisés sur la poitrine en me regardant avec une expression songeuse.

— J'aimerais que nous soyons de vraies alliées. Même amies, pourquoi pas, quand tout cela sera terminé. Les amis ne se poignardent pas dans le dos pour subvenir à leurs propres besoins. Souviens-t'en.

— Quoi ? demandai-je en tirant sur mon tee-shirt préféré de Portland avec le Viking vert. Ses yeux parcoururent mon corps, puis il sembla y repenser.

— Rien, répondit-il avec un clin d'œil.

Je le dévisageai, sceptique, mais pris sa main pour retourner à l'avant de la grotte.

— Enfin ! s'exclama Moira en levant les mains en l'air. Je commençai à avoir peur que vous ayez remis votre tango à l'horizontale et que je doive venir vous chercher.

Elle jeta un bras sur son visage d'un geste dramatique, ignorant totalement la teinte cyan qui colorait sûrement mon visage.

— Moira, sifflai-je. Es-tu vraiment en train de m'engueuler après que je t'aie surprise allongée en croix sur la table à manger pendant que ta petite amie...

Je m'interrompis au milieu de la phrase lorsqu'une démone blonde aux yeux bleus apparut derrière les Cavaliers de l'Apocalypse. La bête souffla et j'affichai un sourire pincé.

— Iona

C'était le seul accueil que je lui réserverai, à cause du baiser, mais aussi à cause des émotions qui ne m'appartenaient pas et qui me serraient le cœur par surprise. Je serrai la main de Rysten afin de le réconforter du mieux que je pouvais. Les ténèbres se dissipèrent, ne laissant qu'une légère brume que je pouvais plus ou moins ignorer lorsqu'il serra ma main.

— Ruby, répéta-t-elle.

Elle affichait un sourire agréable, même s'il n'était pas sincère, et ses yeux étaient aussi acérés que des saphirs taillés. Elle m'aurait tailladée et vidée de mon sang avec si elle l'avait pu. Je n'avais pas besoin d'être télépathe pour le deviner.

— Puis-je faire quelque chose pour toi ? demandai-je en essayant de ne pas être impolie, mais sans pour autant lui faire des courbettes.

— En fait, oui.

Ses yeux s'illuminèrent et se tournèrent un instant vers Rysten.

— Une fête est organisée en ton honneur, ce soir. Je suis venue te demander si tu y assisterais. Cela compterait beaucoup pour notre peuple, particulièrement pour ceux qui ont hâte de rentrer chez eux dès que tu auras accompli ta tâche.

Les mots qu'elle prononçait semblaient anodins, mais ses yeux, la position de ses lèvres, les étranges ténèbres dans son cœur, et la marque blanche qui sinuait jusqu'à la peau nue de son cou... tout cela disait autre chose.

— Nous sommes occupés, dit près de moi Rysten, d'une voix froide.

— Nous adorerions venir, répondis-je en même temps, en rageant intérieurement.

Je ne voulais pas y aller. En fait, je préférerais même dormir sur les vieux coussins sentant le sexe de mon père que de mettre Rysten dans la ligne de tir, ou passer ne serait-ce qu'un moment près d'elle. Pourtant, je reportai l'extinction des flammes pour cela. Je changeai totalement notre plan d'action et risquai que tout le monde comprenne que cette connasse travaillait pour quelqu'un qui voulait nous tuer. Il fallait que je découvre ce qu'elle voulait afin que ce sacrifice en vaille la peine.

— Qu'elle est la réponse ? demanda Iona, nous regardant l'un après l'autre.

— Nous y assisterons, dis-je d'une voix ferme en serrant la main de Rysten.

— Excellent. J'ai pris la liberté de préparer un autre bateau afin que tous tes proches et toi puissiez venir. Nous ne voudrions pas que tu grilles ici avant d'avoir pu faire ce que tu dois faire.

Je hochai la tête lentement en haussant un sourcil vers Moira.

Était-ce juste moi ou elle parlait bizarrement ?

Moira hocha la tête une fois, en lançant un regard noir vers Iona. Je n'avais toujours pas découvert quel genre de démon elle était, et rien que cela était déstabilisant.

Je hochai la tête sans un mot et elle se dirigea vers les bateaux.

Je ne pus réprimer l'impression que je ne reviendrais pas ici cette nuit. Peut-être était-ce de la paranoïa ou peut-être était-ce de l'intuition, mais quelque chose au fond de moi me disait qu'on me menait à l'abattoir. Je balayai notre groupe du regard, de Mort à Enigma, et trouvai qu'ils avaient choisi un piètre sacrifice.

Je gloussai entre mes dents et, arrivée aux bateaux, Iona se retourna pour me lancer un coup d'œil avant de monter. Je choisis de monter dans un autre bateau avec Rysten, Moira et Jax, qui était étrangement silencieux vu que nous avions changé notre plan original. Je le gardai pour moi tandis qu'Epona suivait, portant un Bandit très mélodramatique. Il s'affala sur sa selle, s'installant en arrière comme si tout cela était très éprouvant pour lui. Je levai les yeux au ciel quand il posa une patte poilue sur son visage, puis jeta un coup d'œil par-dessous pour voir si je le regardais. Il roula et se mit à tirer sur sa crinière brun-roux.

— Ça ne la fera pas aller plus vite, mec.

Je secouai la tête en le regardant, et il gloussa tristement pour protester tandis qu'on poussait le bateau du rivage rocheux. Bandit s'accrocha au bord de sa selle comme à une planche de surf et se mit à émettre des bruits de cliquetis, identiques à ceux que Laran faisait quand il essayait de la faire accélérer. Epona et moi le regardâmes l'air de dire *tu te fous de ma gueule*? Chacun à sa manière.

Jax s'occupa de nous diriger dans le Jardin et Rysten lâcha ma main pour enrouler un bras autour de mes épaules, me serrant contre lui. Il posa un tendre baiser sur mon front et la tension dans mes épaules s'évanouit.

— J'espère que tu sais ce que tu fais, chérie, murmura-t-il.

— Fais-moi confiance, répondis-je.

— Toujours.

Un battement régulier emplit la caverne, un bruit

sourd et grave sur un air lyrique. La musique nous appelait, différente des musiques trop électroniques que l'on trouvait sur Terre. Elle contenait quelque chose de plus primaire. Presque animal, d'une certaine façon. Attirant notre attention, des lueurs vacillantes jaune et orange dansaient dans les ténèbres alors que nous approchions d'une grotte de l'autre côté de la rivière. Elle était si vaste que je n'étais pas certaine que le mot grotte convienne. L'entrée mesurait trente mètres de large, et était suffisamment haute pour que même Rhiannon se promène à l'intérieur sans le moindre problème. Sur la plage de pierres, un feu de joie ardent crépitait et des démons masqués dansaient de manière érotique et intime, les uns avec les autres. D'où je venais, on méprisait ce genre de choses, elles étaient même considérées comme tabou. Mais pas en Enfer, apparemment.

L'arrêt brutal de notre bateau me tira de mes pensées, mais Rysten me tenait toujours fermement par la taille pour m'empêcher de tomber par-dessus bord. Bandit, le satané raton laveur leva les pattes en l'air et tomba sur le côté. Une des ailes de Moira s'étendit et le rattrapa avant qu'il ne touche l'eau, et le bougre eut l'audace de siffler et lui faire la tête pour avoir interrompu son jeu. Je ne prenais plus de risque depuis l'épisode avec le Kraken, même si l'eau était transparente comme de l'eau de roche.

Elle releva son aile incurvée et le déposa au fond du bateau. Bandit sauta sur ses pattes et laissa échapper un petit cri en touchant ma jambe nue pour que je l'aide à se lever.

— Il est pire qu'un enfant, grogna Moira.

— Au moins, il ne répond pas, marmonnai-je en le relevant.

— Non, au lieu de ça il grandit jusqu'à dix mètres et t'attrape comme s'il était un satané King Kong, se plaignit Moira.

— Elle n'a pas tort, intervint Rysten en jetant un coup d'œil méfiant à Bandit.

Je m'écartai de la chaleur de son corps pour descendre à terre, prenant une profonde inspiration pour faire face aux démons réunis.

— Ce n'est pas trop mal, pour le moment, dis-je.

Nous nous approchâmes du groupe de danseurs qui se tortillaient. Ils étaient couverts de peinture et portaient des fleurs, ainsi que leurs magnifiques et terrifiants masques. J'aurais pu admirer la beauté qui s'en dégageait si la magie qui emplissait l'air n'avait pas été si étouffante. Pesante et enivrante. Plus je m'en approchais, plus elle m'envahissait.

— *Pour le moment.* C'est le mot-clé, murmura Rysten en restant proche de moi.

Je ne pouvais l'en blâmer en sentant des yeux posés sur nous, et Iona se faufila près de moi.

— Ils fêtent l'ascension de leur nouvelle reine, expliqua-t-elle.

Je hochai la tête, scrutant autour de moi pour trouver la faille, mais ne rencontrai que des visages souriants.

Étaient-ils tous de mèche ? Ou bien n'était-ce que Iona ? Et ces gamins qui courraient parmi le groupe en jetant des fleurs dans les airs en chantant dans une langue que je ne comprenais pas ?

Je déglutis.

— Tout ça pour moi ? demandai-je, plus que sceptique.

— Tout à fait, répondit-elle en souriant, faisant signe aux enfants qui s'approchaient de nous.

Ils portaient des chaussures ressemblant à des pantoufles et des pans de vêtements aux couleurs vives. Leurs visages et leurs bras étaient peints, mais également couverts de poussière. Une petite fille à la peau verte me tendit un collier de fleurs, fait de lys.

— Pour moi ? demandai-je.

Elle hocha la tête. Je pris le collier de fleurs et le passai autour de ma tête, un sentiment distant de paix s'installant lentement.

— Madame Iona a dit que tu vas arrêter le feu. C'est vrai que tu vas arrêter le feu ?

Les cheveux verts bouclés entouraient son visage tâché de peinture. L'empreinte de pétales de fleurs imprimés sur sa peau luisante de sueur. De grands yeux couleur gazon me regardaient avec espoir et crainte... et surtout avec... désespoir.

Je pris ses deux mains tremblantes dans les miennes, m'agenouillai, et la morsure du gravier me fit grimacer.

— Comment t'appelles-tu ? demandai-je.

— Elissa, répondit-elle d'une voix haut perchée.

— C'est un très joli prénom, dis-je relevant légèrement les lèvres sans toutefois parvenir à vraiment sourire.

— C'est mon papa qui l'a choisi, mais il est parti maintenant.

Je dus faire appel à toutes les ressources de mon corps pour ne pas vaciller sous le poids du regard de la jeune fille. Il y avait dans ses yeux verts une accusation qui me fit me sentir coupable, que ce soit vraiment de ma faute ou non.

— Je suis désolée pour ton papa. Je ferai tout ce que je peux pour arrêter les flammes.

Mes paroles sonnaient creux et la fillette recula. Je lâchai ses mains entre nous, sans comprendre ce qu'elle marmonna. On aurait dit une langue étrangère. Mélodieuse. Je levai les yeux vers Rysten, mais il regardait ailleurs. Son visage affichait une expression très préoccupée et ses sourcils se rejoignaient en signe d'inquiétude. Cela n'arrangea en rien les doutes que j'avais à propos du fait que c'était une bonne idée.

Je me levai lentement.

— Il y en a beaucoup comme elle, n'est-ce pas ? demandai-je doucement.

Iona hocha la tête.

— Malheureusement, oui. Très peu d'entre nous sont immunisés contre les flammes, je suis certaine que tu le sais.

Elle me lança un regard en coin où se lisait quelque chose qui ressemblait à de... la pitié.

— Tu sais, commençai-je, sans trop savoir où cela allait me mener, mais suivant mon instinct. Je ne savais pas que j'étais l'enfant de Lucifer et qu'une grande destinée m'attendait. Quand les Cavaliers de l'Apocalypse m'ont trouvée, je ne savais même pas que j'étais un démon à part entière.

Ce souvenir me fit sourire, me souvenant comment je les avais chassés de chez moi. À l'époque, je pensais que je pourrais fermer les yeux sur cette responsabilité, que si je l'ignorais assez longtemps, cette chose que l'on appelait le destin tomberait sur quelqu'un d'autre.

Iona me regarda en coin, comme si elle ne me croyait pas.

— Comment pouvais-tu *ne pas savoir* que tu étais une démone à part entière? demanda-t-elle d'une voix incrédule.

Pourtant je hochai tout de même la tête, faisant comme si je ne l'avais pas remarqué.

— J'ai vingt-trois ans et je viens juste de terminer ma transition, il y a quatre jours.

Elle écarquilla les yeux d'une manière presque comique, elle paraissait commencer à comprendre la réalité de ma vie.

— Avant ça, je n'avais que des pouvoirs mineurs. Pourvoir de persuasion. Insensibilité au feu. *Envoûtements* succubes.

Je laissai volontairement de côté la capacité à réduire en pièces les âmes parce qu'elle n'avait vraiment pas besoin de le savoir. C'était un pouvoir que j'allais garder sous le coude. Un atout de dernier recours.

— Les flammes? demanda-t-elle, me détaillant du regard comme si elle me voyait pour la première fois.

— Elles me sont venues après que les Cavaliers de l'Apocalypse soient apparus dans ma vie, très peu de temps avant ma transition, dis-je en gloussant à ce souvenir. J'ai accidentellement déclenché un incendie dans mon salon le lendemain de leur apparition. Les Cavaliers de l'Apocalypse voulaient m'enlever alors...

Et tout à coup, je n'étais plus d'humeur.

— Mais ils ne l'ont pas fait.

Je hochai la tête.

— Mais ils ne l'ont pas fait.

Immobile, elle regardait toujours au loin, en silence, m'écoutant, mais sans m'accorder trop de son attention. Elle affichait une expression neutre, indifférente, cependant, tandis qu'elle regardait ces gens, son visage s'adoucit. Quelque chose qu'on ne pouvait discerner à l'œil nu, mais que l'on pouvait ressentir.

— Je n'étais pas prête, dis-je, avouant à voix haute ce pour quoi elle me détesterait. Une partie de moi se sentait obligée de parler, de lui dire cela même si je savais que ça ne m'attirerait sûrement pas ses faveurs.

— Je ne savais pas comment contrôler les flammes. Ma vie s'écroulait autour de moi et je n'avais pas encore effectué ma transition. À cette époque, j'étais très... mortelle. C'était une faiblesse qui, je le savais, me coûterait la vie, j'entrais en Enfer avant d'être prête.

— Donc tu as fait passer ta vie avant celle des autres parce que tu n'étais pas *prête*?

— Iona, l'interrompit sèchement Rysten, décidant d'intervenir.

Je posai une main sur son bras et lui lançai mon regard. Celui qui lui intimait l'ordre de ne pas s'en mêler.

— Non, elle a raison.

Il ouvrit la bouche pour protester et me venir en aide, mais je ne voulais ni n'avais besoin d'être sauvée. Pas de cela.

— J'ai mis tout le monde en danger parce que je n'étais pas prête. Je l'ai fait, et je ne peux l'accepter.

Je me tournai vers elle et m'aperçus que le bleu de ses yeux était si identique à la couleur de ma flamme que c'en était violent.

— Mais en plus, je n'avais aucune idée de ce qu'il arriverait en Enfer. Je ne sais pas l'étendue de tes connaissances en ce qui concerne la Terre, mais j'ai été élevée par des humains et sans savoir qui ou ce que j'étais. Je n'avais aucune idée de ce dont j'étais capable. Je ne savais pas que je devrais essayer de me préparer à ma nouvelle vie pour que beaucoup de gens, comme Elissa, ne souffrent pas.

— Et si tu l'avais fait ?

— Je ne peux dire si je serais venue plus tôt, répondis-je avec sincérité. Je pense que j'aurais essayé, mais si je n'avais pas appris à maîtriser les flammes, j'aurais sûrement empiré les choses.

— Qu'est-ce qui te fait penser ça ?

Elle haussa un sourcil tout en continuant de sourire.

— Depuis que je suis arrivée ici, je travaille à éteindre les flammes. Je ne peux rien faire à propos des frontières jusqu'à ce que les Péchés ne le confirment, mais j'ai essayé de l'arrêter du mieux que je le pouvais.

Elle plissa les yeux un instant, mais ne protesta pas.

— Si je n'avais pas appris à les contrôler avant d'arriver, je ne serais sûrement pas capable d'éteindre quoi que ce soit, j'aurais perdu mon sang-froid et tué tout le monde à la place.

— C'est plutôt présomptueux de ta part.

— Mais c'est également vrai.

Elle fixa les gens autour de nous, mais cette fois-ci ce n'était pas comme si elle les voyait vraiment, elle voulait juste éviter mon regard.

— Tu n'es pas telle que je m'y attendais, dit-elle finalement. Ta jeunesse et ton ignorance font de toi à la fois la postulante idéale et non, pour le poste que tu souhaites occuper. Jusqu'à présent, tu as hérité de ton père, mais je suis incapable de pardonner ou d'oublier le monstre qu'il était. Si beaucoup en Enfer ont pleuré sa mort, énormément de gens l'ont aussi fêtée.

— Je n'ai pas la moindre idée du genre de personne qu'était mon père, dis-je doucement.

— Je le sais, répondit-elle. C'est pour cette raison que je te le dis.

Alors que les échos et les cris d'excitation résonnaient, et que les ombres dansaient avec leurs démons, Iona, Rysten et moi nous tenions à l'écart.

— Même si beaucoup le considéraient comme le sauveur de ce monde, il en était également le destructeur. Je le sais, car j'étais vivante quand la première Reine des Enfers régnait.

Je clignai des yeux. *Première ? Il y en avait une première ?*

Je voulais me tourner vers Rysten, mais le sourire entendu d'Iona me poussait à continuer à la regarder.

— Elle s'appelait Genesis, et cet endroit était connu

comme le Jardin d'Éden. Peu de personnes s'en souviennent, car la majeure partie de ceux qui y vivaient est morte pendant la guerre entre les immortels. Je n'étais qu'une enfant moi-même lorsque Satan a jeté un pont entre ce monde et le Paradis. Son arrivée fut le commencement de la vraie chute de son royaume.

— Qu'est-il arrivé à Genesis ? demandai-je. Comment est-elle morte, et comment Lucifer est-il devenu Roi ?

— Personne ne sait vraiment ce qu'il s'est passé. Seulement qu'elle est tombée éperdument amoureuse de ton père et qu'il ne partageait pas ses sentiments. Genesis est décédée et ce fut un choc pour le monde entier. Des tempêtes se sont déclenchées. Les mers se sont révoltées. Genesis était un être de *vie*, une créatrice qui ne voulait rien de plus que d'avoir ses propres enfants. C'est exactement ce qu'il s'est produit à sa mort.

Mon cœur battait comme le martèlement de sabots et le sang résonnait dans mes oreilles. Je savais que j'y étais. J'étais sur le point d'apprendre ce que je voulais savoir.

— Si elle avait créé ce que tu connais aujourd'hui comme des démons, bien avant l'arrivée de ton père, sa mort provoqua la création de deux êtres issus de sa propre essence. Deux jeunes filles pressenties par la plupart du monde pour prétendre légitimement au trône.

— Lilith et Ève. Les Faes sont nées au décès de Genesis, mais elles n'étaient que des bébés quand ton père s'est emparé du pouvoir.

Soudain, les choses commençaient à prendre forme et je pouvais comprendre pourquoi les gens de ce monde pouvaient souhaiter que je n'existe pas. Lucifer non plus ne venait pas des Enfers, mais rien ne l'avait empêché d'y entrer et de s'en emparer, tandis que leur vraie souveraine était morte en laissant derrière elle deux enfants destituées à la naissance.

— Mais aujourd'hui il est mor..., dis-je d'une voix rauque, à peine plus qu'un murmure.

— Aujourd'hui il est mort, acquiesça Iona. Et je ne peux pas prétendre que j'en suis triste, mais je te plains.

Elle toucha des doigts le collier de fleurs autour de son cou, et tout à coup, le mien me sembla être un étau. Ce n'était pas n'importe quelles fleurs. Mais des lys...

Dans ma chair je sus, alors. C'était quelque chose que je n'arrivais pas à expliquer, car je ne possédais que quelques pièces du puzzle. Des bribes. Qui se complétaient dans ma mémoire. Chaque image d'un tatouage représentant une fleur blanche qui était la marque des personnes destinées à me tuer. Le lutin. La magie de sang. *Elle*, silencieuse et tapie, attendant juste le jour où elle retrouverait son trône.

Ève était venue sur Terre et était morte. Elle avait créé une race d'enfants pour chasser les démons. Les histoires qui en parlaient étaient claires.

Mais sa sœur...

— Penses-tu qu'elle mérite de régner ? demandai-je à Iona.

Les émotions se bousculaient en moi tandis que je luttais pour réfléchir à ce que je devais en penser. À ce que je devais ressentir. Étais-je vraiment Reine ? Ou bien n'étais-je qu'un imposteur ?

Quoi qu'il en soit, Iona ne parvint à dissimuler sa surprise.

Elle savait de quoi et de qui je parlais, pourtant elle répondit tout de même :

— Je ne sais pas de qui tu parles.

— Lilith, crachai-je.

Plusieurs personnes se tournèrent vers nous en entendant ce nom. Je sentis la main de Rysten sur mes reins et je sus qu'il s'était rapproché.

— Penses-tu qu'elle mérite de régner ?

Une brève hésitation traversa son regard.

— Je...

Elle détourna les yeux, comme si tout à coup mon regard était trop lourd à soutenir. De la culpabilité la submergea, suivie de regret. Quoi qu'ils aient prévu de faire, c'était déjà en marche, sauf que ce n'était pas vraiment de magie démoniaque que je devais vraiment me méfier. Non, rien à voir avec les démons... c'était les Faes.

— Je ne pense pas que ou qui je veux a encore de l'importance. Ça ne changera rien.

Elle avait à peine prononcé ses mots qu'un hurlement de banshee fit trembler le sol. Une douleur me transperça le crâne en ressentant la souffrance de Moira me submerger, et le peu de bonté que je pouvais ressentir pour la démone près de moi, s'évanouit aussitôt.

I3

Des flammes bleues remontèrent le long de mes bras pendant que je fixais Iona.

— Tout cela n'était qu'une diversion ? demandai-je, même si j'avais déjà ma réponse.

Comme j'avais été stupide de croire que je devais surveiller Iona. Elle m'avait attirée dans l'antre des démons et moi je l'avais suivie de bon cœur, complètement aveuglée alors que je croyais être sur mes gardes.

Je suis une idiote, mais une idiote avec des pouvoirs.

— Voilà le tempérament Morningstar qui faisait la réputation de ton père, murmura-t-elle.

Je secouai la tête et me dirigeai dans la foule. Iona attendrait, d'abord je devais trouver...

— Ruby ! m'appela Rysten m'attrapant le poignet pour m'arrêter.

Je me tournai vers lui et un sentiment de peur me noua l'estomac. Allait-il tenter de m'arrêter ?

— Laran vient de disparaître. Personne n'arrive à le trouver.

Merde. Je commençais vraiment à regretter de ne pas l'avoir brûlée et que ce soit réglé.

— Trouve-le.

Nous nous regardâmes dans les yeux et, en silence, j'espérais… en appelant à la bête, à Lucifer, aux Péchés et au monstre que je connaissais… je priais que quelqu'un m'écoute et que nous sortions d'ici en vie.

Rysten hocha la tête et disparut dans les ténèbres.

Seule avec mon feu et mon cerveau, je courus, suivant ce fils ténu qui nous liait Moira et moi. Ce lien qui la garderait toujours près de moi.

— Moira, hurlai-je en fonçant dans la foule.

Mes pieds glissèrent sur quelque chose de liquide et je tombai à genoux devant elle. La foule s'écarta d'un bond tandis que j'ouvrais grand les bras pour les faire reculer.

Elle convulsait par intermittence, sa tête s'agitant d'un côté à l'autre. Elle avait les yeux fermés et les dents serrées, et je l'auscultai du regard, mais ne put rien détecter qui n'allait pas.

En face de moi, Jax était à genoux, les yeux clos et les mains à plat au-dessus d'elle.

Il aurait pu passer pour une image de sérénité si je n'avais pas été consciente de la tempête qui bouillonnait en lui.

Comme moi, il tentait de comprendre ce qui n'allait pas. Il serra les poings en s'écartant.

— Ça n'a pas de sens, marmonna-t-il, plus pour lui qu'autre chose.

— Qu'est-ce qui n'a pas de sens, le coupai-je sèchement en prenant sa tête agitée entre mes mains.

Je la bougeai pour la placer sur mes genoux, craignant qu'elle ne se brise le crâne si les convulsions continuaient.

— De quoi parles-tu ?

— D'elle, cria-t-il. Elle m'a dit qu'elle ne se sentait pas bien, puis s'est écroulée. Je me suis dit que c'était de la magie, mais...

Il s'interrompit quand la marque sur son front commença à scintiller. Je ne savais pas ce que cela signifiait, mais j'imaginais que nous n'allions pas tarder à le savoir.

— Il n'y a aucune trace de magie sur elle. Si c'était le cas, je pourrais l'arrêter. Quoi qu'elle soit en train de combattre...

Il déglutit et me regarda.

—Je n'ai aucune idée de quoi il s'agit.

—Merde, grognai-je.

J'avais envie de frapper le sol de mes mains et de tout cramer. La bête commençait déjà à grincer des dents, me suppliant de la laisser sortir, mais je voulais gérer cela... il fallait que je m'en occupe... pour me prouver que je pouvais le faire.

Sans les Cavaliers de l'Apocalypse, sans Bandit, et sans la moindre idée de ce que j'avais en face de moi, je devais accepter le fait qu'ils étaient plus nombreux, qu'ils avaient une longueur d'avance et que j'étais dépassée.

— Moira, l'appelai-je en lui agitant la tête de droite à gauche. J'ai besoin que tu te réveilles, bébé.

Le désespoir ne faisait pas que transparaître dans ma voix, à présent il pleuvait de tout mon corps.

— Réveille-toi, Moira. Allez.

Le feu de mes mains l'enveloppa et les convulsions cessèrent. Je ne savais pas du tout ce que je faisais, seulement que la dernière fois le feu l'avait sauvée, alors peut-être qu'il le pourrait encore.

Mais rien ne se produisit.

Elle brûlait. Elle respirait.

Et pourtant, elle ne se réveillait pas.

Je m'écartai et grognai de frustration. Jax restait silencieux, m'observant alors que je me tournai vers les spectateurs masqués.

— Qu'avez-vous fait ? leur demandai-je.

Personne ne répondit.

— Qu'avez. Vous. Fait ? répétai-je.

Plus lentement. Menaçante. Rongée de terreur. Terreur devant le corps inconscient de Moira. Terreur devant la disparition de Laran. J'étais venue ici pour trouver des réponses et j'avais l'impression que je n'y trouverais qu'une tombe prématurée.

— Ils n'ont rien fait, Fille de Lucifer, répondit une voix.

Une voix douce, innocente, reflétant toutes les belles choses de ce monde. De la déception dans toute sa splendeur. Le pire du démoniaque. Les ténèbres sous un masque de lumière et de beauté.

— Lilith, murmurai-je.

— Eh bien, voyez-vous ça, quelle jeune femme intelligente !

— Que lui as-tu fait ? demandai-je, détestant la faiblesse dans ma voix.

J'aurais souhaité être ne serait-ce qu'à moitié aussi forte que le monde semblait le penser.

Elle laissa rouler un éclat de rire, rappelant le son d'un carillon.

— Tout comme ta mère, pas assez intelligente, répondit-elle d'une voix mielleuse en ignorant totalement ma question.

Mon sang bouillait.

La tête de Moira glissa de mes genoux et je la posai au sol pour me redresser. Elle se déplaçait sans un bruit, mais les pans de tissu de sa robe caressaient la pierre. Le battement de mon sang résonnait dans mes oreilles quand elle apparut. La femme de mes cauchemars.

Quelle ironie du sort que je sois la fille du Diable et qu'elle ressemble à un ange.

Des yeux dorés me fixaient et des lèvres, d'un rose si pâle, dessinèrent un sourire. Sa robe était faite du tulle le plus blanc que j'avais jamais vu. Si propre. Si pur. Ses cheveux se mêlaient au tissu ample qui flottait autour d'elle.

— Tu lui ressembles même.

Elle hocha la tête avec le plus léger pincement de lèvres. Du mépris, compris-je.

— Mais ces yeux, ce sont ceux de ton *père*, dit-elle avec un léger soupir.

Elle s'approcha et plaça deux doigts sous mon menton afin de bien les regarder.

Je frissonnai au contact de ses doigts froids tandis que ses ongles s'acéraient.

À ce moment précis, la bête décida que c'en était assez. Elle s'avança suffisamment pour l'embraser. Le geste de Lilith ne faiblit pas sous l'assaut des flammes qui léchaient ses doigts, sa main, la moitié de son bras, mais la peau restait d'une pâleur et d'une douceur surnaturelles.

Je m'étais attendue à ce qu'elle brûle et que ce soit réglé. Je m'attendais à ce que ces dons qui me rendaient si puissante ne me laissent pas tomber. Je compris la glaçante vérité. Je m'attendais à être toujours et à jamais plus puissante. À être invincible.

Et cela m'avait fait oublier toutes les leçons qui m'avaient permis de survivre toutes ces années avant que je n'aie le moindre pouvoir.

Elle haussa un sourcil et un rictus se dessina sur ses lèvres tandis que je luttais pour dissimuler mon expression choquée. Les flammes ne la brûlaient pas, ce qui signifiait juste que je n'avais pas seulement un problème, mais que j'étais vraiment fichue cette fois-ci.

Le blanc de sa robe devint aussi noir que son âme. Débarrassée de sa beauté éthérée et simplement habillée de cendres scintillantes, j'avais devant moi Lilith, alors les dernières flammes s'éteignirent, et avec elle, mon seul espoir.

Sin m'avait enlevé mon pouvoir de télépathie. Lilith m'avait pris le feu. Moira était inconsciente et Bandit avait disparu. Même si les Cavaliers de l'Apocalypse n'étaient pas comptés dans cette hécatombe, quelque chose me disait qu'ils n'arriveraient pas à temps pour me sauver.

J'étais toute seule et mon ennemie était littéralement la Reine des Unseelies. Elle était la plus ancienne que l'on puisse être.

— Quel feu, jeune femme. Ton père aussi possédait ce don.

L'espace d'un instant, elle sourit avec bienveillance, une expression nostalgique sur le visage en plongeant dans ses souvenirs. Quoi que ce soit, cela ne dura qu'un instant. Avant que je ne puisse en tirer de conclusion, ses yeux se durcirent à nouveau, et son sourire se fit cassant, réprobateur.

— Et à présent, ce feu sera mien.

— Je déteste t'annoncer ça comme ça...

Je m'interrompis pour tourner la joue et dégager mon visage de ses doigts.

— ... mais c'est impossible.

Jamais je n'avais vu quelque chose d'aussi beau ou mauvais que le regard qu'elle me lança. Je déglutis, la gorge sèche.

— À une certaine époque, moi aussi je le pensais, puis tu es née et ça a tout changé.

— Quoi ?

Je dus reconnaître que ma voix ne trembla pas, pourtant à l'intérieur... la bête restait silencieuse. Elle observait. Ce qui m'inquiétait.

— Eh bien, Fille de Lucifer, cette histoire a débuté il y

a très longtemps. À l'époque où je n'étais qu'une fillette et que ton père était le Roi... celui qui m'a volé mon titre.

Ses dents étaient acérées et ses ongles crochus, pourtant pendant un bref instant, j'aperçus une femme aux yeux couleur mercure et non couleur or. Mais je m'en rendis compte trop tard. Cependant, je continuai de la faire parler.

— Tu vois, ton père n'était pas un démon, ainsi que beaucoup le pensaient, mais c'était un Être Élémentaire. À l'instar de Genesis. Comme Dieu. Une des excentricités amusantes de leur espèce, c'est qu'ils peuvent s'adapter à une planète, et par extension à ses pouvoirs. Cependant, quand cet être meurt... eh bien, le même sort attend la planète. À moins qu'un autre Être Élémentaire ne se lie à elle.

Le sentiment de crainte que je ressentais venait de se décupler. Il pesait sur mon estomac, remontait dans ma gorge, envahissant mon cœur comme un parasite... un de ceux qui refusent de lâcher prise.

— L'Enfer a commencé à imploser, tout comme aujourd'hui... sauf que la dernière fois, Lucifer avait noué ses liens. Il sauva la planète et le peuple l'élut Roi. *Pas toi.*

Elle avait prononcé ces derniers mots comme un au revoir.

Si elle suggérait ce que je pensais... les muscles de mon estomac vide se crispèrent et je réprimai la bile qui remontait.

— Tu es intelligente, dit-elle en applaudissant joyeusement, mais ce n'était qu'une comédie.

Ses suivants le voyaient-ils eux aussi ?

— Oui. Les Six originelles à qui Genesis a demandé de conclure un accord avec ton cher papa, et ce ne fut qu'après que je me sois débarrassée de ma sœur, Ève qu'il m'a trouvée suffisamment compétente pour faire de moi la Péché d'Orgueil, faisant de moi une de ses traînées au lieu de me donner la place qui me revenait de droit, celle de Reine.

Elle serra le poing et je me demandai si elle se rendait compte combien son orgueil la rongeait. Si je devais deviner, mon père n'était sûrement pas un homme bon, mais je ne pouvais pas le voir pire que ça. Pire qu'elle.

— J'ai passé des siècles à essayer de le convaincre de se débarrasser des autres Six, mais ton papa... il avait seulement trop *d'amour*, comme il disait. J'ai patienté, attendant mon heure jusqu'à ce qu'il mette l'une d'entre elles en cloque. Avec du recul, j'aurais dû savoir que ce serait Lola. Il voulait toujours ce qu'il ne pouvait pas avoir.

Il y avait tant de choses dans cette histoire qui me paraissaient louches, mais je ne l'interrompis pas parce que j'avais besoin de chaque seconde pour essayer de trouver un moyen de me sortir de cette situation. Il y avait de grandes chances qu'étant immunisée contre les flammes, elle le soit également contre d'autres choses, et même si je réussissais à la vaincre, il restait des *centaines* de démons qu'il me faudrait affronter également. Il fallait que je réfléchisse.

Réfléchis... Réfléchis... ma peau était légèrement engourdie. Je me sentais légèrement étourdi tandis que j'essayais de me sortir de cette situation.

— Tu te sens bien, ma chère ? demanda-t-elle, me tirant de mon hébétement.

Les pores de ma peau suintaient de sueur et la chaleur m'étouffait.

— Je dois dire que j'étais inquiète que ça ne fonctionne pas. Mais ton père est tombé dans le même panneau.

J'essayai d'ouvrir la bouche, mais je n'arrivais pas à formuler de mots. J'avais la langue empâtée et ma tête était trop lourde. Je plissai les yeux alors que les lumières derrière elle clignotaient. J'avais la sensation de trébucher alors que j'étais debout… puis mes genoux frappèrent le sol de la grotte et mon cœur se mit à battre la chamade.

— Les lys qui poussent dans un terreau mêlé de pur lotus noir pillé dans la ville de Brimstone possèdent les mêmes qualités, mais beaucoup plus puissantes. Un simple contact avec la peau ou l'inhalation de son parfum suffit à tuer n'importe quel démon lambda en quelques minutes, ce qui est la raison pour laquelle personne *n'ose* les cultiver. En l'état actuel des choses, cela ne risque que de t'immobiliser pendant une demi-heure, tout au plus.

Elle s'interrompit pour rire… et rire, et rire. Il y avait une réelle folie sous-jacente et j'eus la nausée. Je pensai aux enfants qui nous les avaient apportées. Ils étaient mains nues.

— Les enfants…

Je savais au fond de moi que mes recherches resteraient vaines si je scrutais la foule pour retrouver cette fillette qui s'appelait Elissa. Ma répulsion pour cette femme qui voulait s'autoproclamer reine ne faisait qu'augmenter.

— Étaient orphelins. Des démons moins importants, sans parents pour s'occuper d'eux et aucun but dans la vie. Je leur ai donné un but. Ils étaient les porteurs de ma couronne.

Pendant qu'elle parlait, plusieurs visages dans la foule se détournèrent. Iona était de ceux-là, elle avait les yeux rivés au sol. Elle m'avait si ouvertement méprisée à cause d'un père que je n'avais jamais connu, et pourtant...

J'eus des haut-le-cœur, mais aucune bile ne sortit. Lilith plissa le nez de dégoût, levant ses yeux dorés au ciel en écartant d'un geste une mèche de cheveux blancs de son visage.

— Tu es un monstre, crachai-je du mieux que je le pouvais.

— C'est vrai, admit Lilith. Mais ne le sommes-nous pas tous? demanda-t-elle en faisant un geste vers les démons autour.

Je secouai la tête et le sol lui-même semblait trembler. Je serrai les dents, haletant sous la vague de nausée qui m'envahissait. Le monde avait ralenti son rythme.

— Pas autant que... toi, dis-je d'une voix éraillée, luttant pour bouger les lèvres.

Je postillonnais, je bafouillais et je tremblais.

— C'est presque l'heure, dit-elle en souriant. Et toi qui croyais que je te parlais pour satisfaire ta curiosité infantile. Comme tu es pathétique, ma fille, dit-elle en se baissant pour plonger son regard dans le mien. À l'inverse d'Ève et moi, tu es née avec la bête. Ton père le savait, alors il a lié tes pouvoirs au monstre pour te cacher de moi et que je me concentre sur lui. Ça a fonctionné pendant un moment, jusqu'à ce que je réalise quelque chose. Pourquoi attendre de te contrôler quand je pouvais avoir la bête en même temps ?

Alors que mon état empirait de manière régulière, j'apercevais le monstre sous sa peau. La vraie Lilith… et c'était une vision horrible.

— Eh bien, j'ai essayé, mais j'ai échoué… le tuant lui et la bête au passage… mais toi, Ruby, tu es ma deuxième chance. Grâce à lui, j'ai appris où je me suis trompée, et je t'ai fait sortir de ta cachette en même temps, poursuivit-elle en inspirant profondément pour absorber mon odeur avant de l'expirer avec un soupir de soulagement. À présent, j'aurais le pouvoir d'un Être Essentiel et je pourrais réclamer mon trône, et toi, ma chère fille, tu es celle qui va m'y aider.

Elle posa un baiser chaste sur mes lèvres, auquel je résistai en agitant la tête. Sa langue glissa sur mes dents et elle mordit violemment ma lèvre inférieure, tirant en arrière et éclaboussant de sang sa lèvre comme s'il s'agissait du mets le plus fin. J'avais fait presque la même chose avec Rysten rien qu'une heure auparavant, mais la manière perverse dont elle le fit me donna encore des nausées.

— Mmmm, tu as également le même goût que lui, dit-elle.

Folle. Je ne savais pas si Lilith avait toujours été folle

ou… si comme Ève… elle l'était devenue avec le temps, mais je devais trouver une manière de sortir de là, tout de suite.

J'émis un cri d'indignation étranglé alors qu'elle se levait pour s'éloigner.

À ce moment, c'était une question de vie ou de mort, et comme avec Danny et le lutin, je me tournai vers mon dernier don.

Je clignai les yeux une fois, ouvris les yeux et cherchai son âme. Cela pourrait fonctionner. Peut-être pas. Je n'avais plus d'autres options et de toute évidence, les Cavaliers de l'Apocalypse n'arrivaient pas.

Je me focalisai sur le trou noir tourbillonnant dans sa poitrine et tentai de l'atteindre…

Mais je fus bloquée.

Impossible.

Du moins je pensais l'être. Il semblait que plus j'apprenais, plus je réalisais le peu que je savais. Ou même comme la trahison pouvait être profonde. Du coin de l'œil, j'aperçus une deuxième silhouette s'avancer à grandes enjambées, et tout espoir que j'avais de m'échapper disparut totalement.

— Siiiin, gémis-je.

Allistair m'avait mis en garde. Il avait dit que Sin ne s'occupait de personne d'autre que de Sin, et bêtement je l'avais crue elle et non lui. Comme une idiote, j'avais écouté les émotions que je ressentais plutôt que les mots que j'entendais.

Et aujourd'hui ça allait *tout* me coûter.

Elle avança sans même me regarder, et posa un genou à terre. Elle inclina la tête et dit :

— Mère.

Lilith sourit et tout devint clair.

— Ma toute belle, ronronna-t-elle en passant sa main crochue dans les cheveux de Sin avec une douceur indéniable. Quand tu es née, je savais que tu serais celle qui me libérerait, et aujourd'hui, je vais te libérer. Sinumpa, Héritière des Unseelies, Fille de Caïn, Mon Enfant... tu es libérée de ton pacte de sang.

Lilith taillada Sin du coin de l'œil jusqu'à sa joue, traçant une larme écarlate. Du sang coula du bout de sa griffe lorsqu'elle trancha sa paume de main. La blessure sur la joue de Sin scintilla de rouge puis se durcit. Une cicatrice.

— Tu es libre, Sinumpa, des règles de ton pacte. Cependant, comme ce jour m'attriste tant, dorénavant tu porteras cela sur ton visage, ma fille.

Mes lèvres se mirent à trembler de manière incontrôlée à force de tenter de parler sans aucun contrôle sur mon corps.

— Merci, mère, murmura Sin.

Elle se pencha en avant pour embrasser les pieds de Lilith, et je fus prise de nausées. Voilà donc son maître. La femme derrière le masque. Le démon qui se cachait aux yeux de tous. Le signe avant-coureur de ma propre destruction.

La bête grogna, se débattant dans mon esprit. Tout le pouvoir que j'avais pu détenir avait disparu depuis longtemps, pourtant ce qui affectait mon corps nous retenait prisonnières tous les deux, là dans mon esprit. Ma conscience déclinait, même quand la foule de démons commença à s'écarter pour laisser passer... *eux*. Mes Cavaliers.

Ils étaient là, mais il n'y aurait aucun salut pour moi.

Ils ne pouvaient même pas se sauver eux-mêmes.

14

Toute notre vie, on nous avait répété que notre mission était de servir la prochaine Reine des Enfers. De servir. De s'agenouiller. De défendre. De mettre nos vies en suspens et avant même de l'avoir rencontrée, nous étions préparés pour ce jour. Pour le jour où nous pourrions ne pas survivre.

Nous étions préparés à tout faire pour sa survie, même au prix de nos propres vies.

Mais personne ne nous avait préparés au désespoir écrasant qui s'abattrait sur nos épaules lorsque notre échec serait imminent. Personne ne nous avait dit que l'unique but de notre existence pouvait casser sa pipe en un claquement de doigts.

Personne n'avait réalisé que nous tomberions tellement amoureux de cette femme que ça serait douloureux. Si profondément que ça brûlerait.

Ils ne nous avaient pas dit ces choses. Protéger. Servir. Défendre. C'était notre devoir, et nous étions heureux de le faire au détriment de tout… jusqu'à aujourd'hui.

J'aurais préféré n'être jamais venu en Enfer.

J'aurais préféré le laisser brûler et la garder loin d'ici.

J'aurais préféré avoir plus de temps.

J'aurais préféré beaucoup de choses qui ne se concrétiseraient jamais, et je le savais aujourd'hui. J'avais été assez intelligent pour apprécier ces moments avec elle comme s'ils ne devaient jamais se reproduire. Parce qu'une petite partie de moi savait que le devoir qui nous incombait précipiterait notre chute.

Et à présent, nous étions à genoux sur le sol pierreux, un collier de fleurs vénéneuses autour du cou capable de tuer même les dragons les plus puissants. Même un Être Essentiel.

Si Ruby était à terre, la vérité était que c'était perdu d'avance.

— Mes garçons, roucoula Lilith.

Nous n'étions rien pour elle et cette horrible bonne femme le savait. Même si elle avait participé à notre création, elle n'était pas notre mère.

Elle me tapota tendrement la joue avec ses griffes, et me prit le menton. Elle releva mon visage d'un coup sec, mais je gardais les yeux sur Ruby. Sur la lumière. Peu importe ce qu'il arriverait à présent, il fallait qu'elle survive.

— Regarde-moi quand je te parle, Peste.

La piqûre de ses ongles n'était rien comparée à l'angoisse écrasante de ce qui allait arriver.

Nous avions trouvé le corps de Lucifer la dernière fois

qu'elle avait agi ainsi. Ou plutôt ce qu'il restait de son corps.

Je crachai et une écume bleue irisée s'écrasa sur sa peau. Je n'avais pas besoin de la regarder pour imaginer ses traits déformés par la colère, la gifle qu'elle m'asséna et qui m'envoya valser me suffit.

— La vérité est, Lilith, que tu n'es pas reine et que voler le pouvoir d'un Être Essentiel n'en fera pas une de toi.

Son pied vola et le hurlement de Ruby transperça l'air tandis que ma tête frappait le sol de pierre encore et encore. Des os se brisèrent, mais grâce à ce satané poison, je ne sentais qu'à peine ce qu'elle me faisait.

— Arrête ! Enlève tes sales pattes de lui ! cria Ruby, mais ses mots étaient à peine audibles.

Lilith se figea et s'écarta de moi.

— Que viens-tu de me dire ? répondit-elle en chantonnant et paraissant folle à lier.

Elle le prenait comme un défi et Ruby n'aurait pas dû défier une Reine Unseelie.

— Tire tes sales pattes de démone de mon Cavalier, grogna Ruby.

Elle serra les poings et ses ongles grattèrent les roches sous elle, virant au rouge écarlate tandis qu'elle laissait échapper le plus horrible des hurlements, qui aurait donné du fil à retordre à Moira.

— Eh bien, eh bien. Tu es pleine de surprises, n'est-ce pas petite Morningstar ? sourit Lilith.

Cela ne fit qu'inciter Ruby à continuer. Elle cambra son corps au-dessus du sol tandis que les flammes l'embrasaient, grandissaient, de plus en plus vives. Je refusais de détourner le regard, même lorsque ça devint trop lumineux pour que j'aperçoive vraiment ce qui se passait.

Sa silhouette devint floue dans les flammes qui l'enrobaient comme une entité vivante. Elle ne criait pas cette fois. Elle se penchait, se cambrait et se contorsionnait, mais elle se battait malgré tout, et les flammes faisaient rage. Elle se redressa sur ses bras avec effort et se mit à genoux. Elle se leva, vengeresse, et se mit à marcher d'un pas décidé.

— Tu croyais vraiment que je resterais allongée à te regarder faire ça ? grogna-t-elle.

Ensuite... elle explosa.

Un feu comme je n'en avais jamais vu, s'échappa d'elle, brûlant tout dans la grotte. Il courait sur les rivages de pierre et sur l'eau lumineuse, s'enroulant autour des flèches de chaque tour, rampant dans chaque cavité des murs de la caverne jusqu'à ce qu'il n'y ait plus que des flammes... et elle brûlait toujours.

Elle brûlait plus que Lucifer ne l'avait jamais fait, même dans ses accès de rage les plus fous.

Et elle brûlait pour moi.

Ça continua pendant un laps de temps, sans que je puisse dire s'il s'agissait de secondes ou de minutes ou même d'heures. Au plus fort de l'incendie, du noir du bleu et toute une palette de couleurs embrasèrent ma vision, pourtant malgré son énergie pure... malgré l'immense puissance qui était enfouie en elle...

Malgré tout cela, elle ne pouvait pas durer ainsi pour toujours... alors Lilith se leva.

— Tu es forte, mon enfant, lâcha-t-elle en s'humectant les lèvres. Je te l'accorde.

Le feu s'atténua, dévoilant l'étendue des dégâts occasionnés par Ruby. Lilith regarda d'un air admiratif tandis que les stalactites tombaient du plafond dans les eaux limpides. Les tours étaient noircies et s'émiettaient. Chaque morceau d'étoffe ou de tissu était carbonisé et pourtant... les gens n'étaient pas touchés.

Il n'y avait qu'une chose qui pouvait immuniser un démon contre les flammes.

— Du soufre, murmura Laran près de moi. Il devait être arrivé à la même conclusion.

— Pourquoi ne mourrez-vous pas ? grogna Ruby d'une voix où se mêlait celle de la bête.

Ses yeux étaient devenus sombres, sans être vraiment noirs. Elle menait un combat qu'elle ne pourrait gagner.

— J'ai eu des *siècles* pour le planifier, mon enfant. Tu pensais vraiment que je n'allais pas prendre en compte tes pouvoirs d'Être Essentiel ? demanda Lilith en gloussant légèrement. Non, ma fille, j'ai pensé à tout. Y compris à la possibilité que tu sois bénie des dons de ta mère.

Lilith claqua des doigts et une lame en argent apparut dans sa main. Les jambes de Ruby se mirent à trembler en avançant d'un autre pas. L'énergie qu'elle avait fournie l'avait affaiblie et Lilith nous contourna tous les quatre.

— Que fais-tu ? demanda sèchement la bête.

Le corps de Ruby bougeait d'avant en arrière tandis qu'elles rivalisaient en énergie. Lilith observait, un léger sourire aux lèvres, puis s'arrêta devant Laran.

Elle se baissa et attrapa une poignée de ses cheveux, les enroula autour de sa main et le tira d'un coup sec pour le redresser puis elle se déplaça derrière lui, la lame en argent de sa dague posée sur sa gorge. Nous savions tous les deux que la dague était imprégnée de magie de sang.

— Ne la laisse pas te briser. Tu dois survivre, bébé. *Pour moi*, lui cria Laran.

— Je vous donne une leçon, dit joyeusement Lilith. Je n'en ai besoin que de deux.

Les yeux de Ruby s'assombrirent et la bête avança de deux pas hésitants. Elle savait ce qui allait arriver. Nous le savions tous.

Et c'était trop tard.

Elle n'eut besoin que d'un léger mouvement du poignet. Laran laissa échapper un bruit étranglé et les jambes de Ruby cédèrent sous son poids alors que son sang jaillissait de ses veines sur les cendres scintillantes sous ses pieds.

— Laran, cria-t-elle d'une voix étranglée. Laran, je t'en prie, ne t'en va pas...

Ses épaules se mirent à tressauter tandis qu'elle se recroquevillait sur elle-même.

—Je t'en prie, non.

Elle suppliait le démon agonisant en rampant vers lui.

— Laran, s'il te plaît… je t'en prie ! supplia-t-elle, les larmes roulant sur ses joues.

Elle n'arrêtait pas de répéter son prénom jusqu'à ce que le gargouillement ne cesse et que la lueur s'éteigne dans ses yeux.

— LARAN ! rugit-elle d'une voix à réveiller les morts.

Lilith avança vers Allistair, la dague à la main, et toute la hargne qu'avait Ruby en elle avait disparu le temps que Lilith dise :

— Allons donc. Tu ne vas pas lutter, n'est-ce pas ?

Elle secoua la tête alors que tout en elle s'écroulait en morceaux. Je le vis dans ses yeux qu'elle savait, elle allait mourir, et Lilith le savait. Elle savait que Ruby donnerait tout pour nous.

Y compris le cœur qui battait dans sa poitrine.

— Emmenez-les au bord de l'eau, mais ne les laissez pas la toucher, ordonna Lilith.

Les démons passèrent à l'action pour obéir à son ordre, et des doigts me saisirent de chaque côté. Je les reconnus, même après trois mille ans.

— Je suis désolée, chuchota Iona.

Je n'eus pas la force de lui cracher dessus. Je n'avais pas la volonté de lui dire que je préférerais mourir que de la toucher. Il n'y avait qu'une chose que je désirais plus en ce monde que de voir Iona brûler en ce moment précis.

— SSSauve llla, murmurai-je la mâchoire brisée, malgré le sang qui coulait et le voile de brume.

Les fleurs de Lilith empêchaient la guérison.

— Je ne peux pas, répondit-elle en un murmure. C'est le prix que j'ai dû payer pour vivre.

— Sssaaa...

Les mots ne sortirent pas en entier. Je réussis à garder les yeux ouverts alors que Lilith approchait de Ruby.

Brave fille. Ses yeux étaient vitreux quand Lilith la souleva comme une enfant. Elle ne lutta pas. Elle ne parla pas. L'étincelle dans ses yeux... avait disparu.

— Ruby, dit Allistair en sifflant lourdement, près de moi. Continue... battre... petite... succube, grogna-t-il.

Elle ne répondit pas. Je sentis qu'on bougeait mon corps, à moitié soulevé, à moitié traîné. Après les coups de pied dans le visage que m'avait donné Lilith, j'aurais dû sentir le moindre mouvement, cependant il semblait que les fleurs vénéneuses avaient endormi la douleur, au moins physiquement.

Iona m'installa sur le bord pierreux du rivage, me mettant au premier rang pour les voir plonger Ruby dans l'eau. Elle était nue et ses marques scintillaient légère-ment, les entrelacs bleus étaient flasques.

— Rassemblez mes loyaux serviteurs, car cette nuit, c'est le commencement. Avec ce sacrifice, nous allons créer un nouveau monde. Un monde construit sur les os de nos ennemis.

Les mots de Lilith résonnèrent dans la grotte alors qu'ils la fixaient tous en silence.

— Ruby. Combats-la, Ruby ! N'abandonne pas... tu m'entends...

Ses mots étaient inutiles. Elle ne lèverait pas un autre doigt. Pas si cela signifiait la mort d'un d'entre nous.

Lilith commença à chanter. Doucement pour commencer en levant la dague au-dessus de sa tête.

Il n'y eut pas la moindre lueur de peur dans les yeux de Ruby lorsque Lilith la frappa. Directement dans le sternum.

Un bruit sec et écœurant résonna dans l'air.

Puis encore.

Puis encore.

Puis encore.

Lilith la poignarda jusqu'à ce que l'eau soit sanglante et que leurs deux peaux deviennent bleues.

Elle la poignarda jusqu'à ce que Ruby ne tressaute plus à chaque coup de couteau.

Elle la poignarda jusqu'à ce que le contour du penta-gramme sur sa poitrine soit tailladé et Ruby... elle ne tenait plus qu'à un fil. Il y avait des cris. Tellement de cris. Un hurlement de douleur tel que l'esprit ne pouvait l'intégrer.

Ma vie avait été si longue. Tellement longue. Jamais elle ne m'avait semblé si longue qu'aujourd'hui. Je ne voulais pas exister dans un monde où elle ne serait pas. Elle était ma lumière. Mon âme. Mon putain d'univers.

Et elle ne pouvait mourir.

Quelque chose se brisa d'un coup en moi quand Lilith commença à taillader sa propre poitrine, sans jamais une fausse note dans son chant. La magie noire emplissait l'atmosphère. Si infâme et malfaisante que ça menaçait d'éteindre sa lumière, mais je lui donnais tout.

Ma magie. Ma force. Ma volonté de vivre. J'étais l'ombre la plus puissante jamais créée et j'utilisai cette énergie pour la maintenir d'un bloc. Pour que son corps reste intact. Pour essayer de guérir ce que je pouvais.

Même lorsque les ténèbres nous enveloppaient, je continuai de donner. Lorsqu'un vide sombre s'éleva de Ruby, je donnai.

Quand les eaux devinrent noires, je donnai.

Ce ne fut que lorsque Lilith se tint devant moi que je sus la vérité. Que le désespoir me consuma enfin.

Elle peignit ma poitrine du sang de ma partenaire... et il n'y eut plus rien à donner.

J'avais donné jusqu'au bout, jusqu'au dernier battement du cœur de Ruby... lorsque le monde devint noir. Vraiment noir.

Et dans cette noirceur, une voix me parla. Une obscurité que je connaissais.

Une bête aux pouvoirs ancestraux débordant de tant de colère qu'on ne pouvait apaiser après le mal qui lui avait été fait. On lui avait arraché l'autre moitié de son âme.

Nous l'avions fait tous les deux.

15

L'existence était une chose tellement étrange.

À un moment, vous êtes là, et le moment d'après vous n'êtes plus. La plupart des gens croient que le Paradis et l'Enfer sont là où nous allons après... le prochain niveau d'expérience... mais la vérité était que personne ne le savait vraiment. Pas même Mort, qui vivait et mourait sur cette ligne précaire entre deux.

Le voile était un endroit d'existence, moins comme l'enfer et plus comme un état d'esprit. Du style dont on ne se réveille jamais. Et je ne voulais pas me réveiller. Pas maintenant. Jamais.

Elle me l'a pris, mais ce qu'elle ne savait pas c'était que je l'avais suivi bien avant que son dernier souffle ait quitté son corps. J'avais utilisé ce léger brin de magie que Mort m'avait transmis pour que je me rende dans le voile et que je m'accroche à lui. Ici, nous existions ensemble. Mais d'un autre côté, passé le voile... je ne savais pas. Je ne voulais pas savoir.

— Tu ne peux pas me garder, bébé, murmura-t-il dans mon oreille. Tu dois continuer. Il faut que tu survives.

— Je ne t'abandonne pas, dis-je en m'accrochant plus fort à lui.

— Elle m'a tué, Ruby. Tu ne peux rien y changer, dit-il doucement, en posant l'extrémité de ses doigts sur ma mâchoire en prenant mon visage. Tout va bien. Nous sommes tous préparés pour ça.

Je déglutis et plongeai mes ongles dans ses cheveux à la base de sa nuque.

—Je. Ne. T'abandonne. Pas, murmurai-je d'une voix rauque. Hors de question. Je refuse. Tu m'entends ?

Ma lèvre inférieure se mit à trembler alors que les larmes menaçaient de couler. Ses yeux s'adoucirent quand il se pencha en avant pour poser un baiser sur mon front. Je m'approchai, luttant contre les émotions qui s'accumulaient dans ma gorge en réalisant que je ne pouvais plus sentir son odeur, cette note de bois brûlé et de fumée. Que je ne pourrais plus jamais la sentir.

— Si tu restes avec moi, tu les laisseras derrière. Tu le sais, pas vrai ? me demanda-t-il.

— Ils sont là l'un pour l'autre. Je ne te laisse pas ici tout seul.

— Tu abandonnes Moira et Bandit. Ils ne survivront pas sans toi.

Le ton de sa voix était doux, tendre même. Je détestais cela.

—Arrête, le coupai-je. Arrête d'essayer de me forcer à

te quitter. Tu ne peux pas ! Je ne le ferai pas ! dis-je en tirant plus fort sur ses cheveux, ce qui le fit glousser.

— Je ne te force à rien, bébé. Je n'essaierais même pas, murmura-t-il dans mes cheveux.

Ça me rassura, mais seulement un instant.

— Je te dis juste ce que tu sais déjà, et tu refuses de l'entendre parce que la vérité est que tu pourrais t'en sortir si tu me laissais, mais chaque minute que tu passes ici est une minute où ton corps meurt un peu plus.

Mes mains tremblaient tandis que je le serrai plus fort, craignant que si je relâchais mon emprise, il pourrait glisser vers le grand abîme.

— Je ne veux pas le faire sans toi, lançai-je, en haletant. Je ne veux pas combattre Lilith. Et je ne veux pas me battre pour l'Enfer. Je n'en ai rien à faire de tout cela si ça signifie le faire sans toi. Je ne veux pas être toute seule.

À présent, les larmes roulaient sur mes joues. Grosses. Lourdes. Moches. Elles coulaient sur mon visage et s'écrasaient sur ma poitrine.

— Tu ne seras jamais seule, bébé. Tu le sais.

Mais il avait tellement tort. Je ne le savais pas. Je ne savais pas ce qui arriverait ensuite, ni quand. Je ne savais jamais quand serait la prochaine fois que quelqu'un que j'aimais mourrait.

Amour. Pas aimé. Il était toujours là. Toujours avec moi.

— Je ne vais nulle part, Laran. Pas sans toi.

— En fait, intervint une autre voix, me glaçant le sang. C'est faux.

— Sin, crachai-je.

Laran se figea tandis que je me tournais en utilisant mes deux mains pour m'agripper à son bras autour de moi. Tu m'as entubée, Sin. C'est de ta faute, sifflai-je.

Elle plissa ses yeux couleur mercure et inclina la tête.

— Je t'ai mise en garde. Ne me rends pas responsable parce que tu as fait un choix et que tu n'aimes pas le résultat.

Il y avait une note menaçante dans sa voix, mais je m'en fichais à présent. Elle considérait tout ceci comme un jeu dont elle bougeait les pions, mais ce n'était pas un jeu pour moi. C'était ma vie, et elle était finie, et il n'y avait aucune deuxième chance pour aucun d'entre nous.

— Tu m'as trahie, Sin. Je me fiche de comment tu tournes ça. Tu m'as entraînée ici, m'attirant suffisamment pour me faire croire que tu étais de mon côté. Laran est mort à cause de toi ! hurlai-je, retrouvant enfin la fureur en moi.

— Nous sommes morts tous les deux !

Sin prit une profonde inspiration et laissa échapper un lourd soupir.

— Je suis désolée pour ce que cette guerre t'a déjà coûtée, Ruby. Je suis sincère. Je t'ai dit dès le départ de ne faire confiance à personne. Pas même à moi.

Ses yeux... ils étaient si vieux, et remplis de tellement de souffrances. Dans d'autres circonstances, j'aurais pu la plaindre. J'aurais pu comprendre.

Mais j'étais morte. Elle-même l'avait dit.

— Tu ne seras pas morte très longtemps, jeune

Morningstar, dit-elle si faiblement que je l'entendis à peine.

— Ne m'appelle pas ainsi, grognai-je d'un grognement qui était totalement mien.

Il ne restait plus rien de la bête dans mon âme. Sin hocha la tête.

— Fais tes adieux, Ruby. Nous avons tant à faire si nous devons sauver l'Enfer.

— Quoi ? Non...

— J'en appelle au pacte de sang pour le service dû. Tu vivras, Ruby, et nous nous battrons un autre jour.

La peau de ma poitrine me piqua lorsque la trace de magie de sang s'activa sur son ordre. Une pression m'envahit, poussant et tirant. Elle brouillait mon esprit et comprimait mon corps. Si j'avais eu des os à cet endroit, ils auraient été broyés par le poids du pacte de sang qui m'obligeait à suivre son appel.

— Laran, haletai-je en me tournant vers lui.

J'enroulai mes bras autour de ses épaules en refusant de le lâcher.

— Chut, murmura-t-il. Tout ira bien, bébé. Va voir les Péchés. Elles sauront quoi faire.

Puis les douleurs commencèrent. Je sentis à nouveau mon corps. Tous mes muscles convulsaient, essayant de se déchirer comme si le moindre de mes atomes ne pouvait être maîtrisé. Je m'accrochais toujours à lui quand la magie se mit à me tirer en arrière.

Elle pouvait m'entraîner, mais je ne lâcherais pas. Je le garderais. Je n'étais pas arrivée si loin pour le perdre à jamais.

Je ne pouvais le faire. Je refusais de le faire.

J'étais plus forte que ça. J'étais plus forte que tout ça.

Et, d'une manière ou d'une autre, je le sauverais également.

— Je t'aime, murmura-t-il.

On aurait dit un au revoir.

— Ne me fais pas ça, Laran. Ne me laisse pas. Je suis…

Une douleur sourde me transperça tout à coup, comme si j'avais chuté de cent étages et avais été traînée dans la rue. Mon dos se trouvait contre quelque chose de ferme et collant. Je serrai les doigts, mais mes ongles ne grattèrent que la pierre.

Non. Non. Non. Où était-il ? Je n'avais pas lâché. Où était Laran ?

J'ouvris grand les yeux, me penchai en avant, et je fus prise d'un haut-le-cœur et de vertiges.

— Ouah, allez…

— Fais doucement, Ruby…

— Où est-il ? chuchotai-je.

Brisée. En morceaux. Je me tournai vers Moira, et ses yeux se fermèrent.

— Où est-il, Moira ? gémis-je, plus fort cette fois-ci.

Plus forte. Plus je parlais, plus les muscles de ma poitrine se ressoudaient. Plus je passais de temps ici et plus les os et les cartilages se pliaient, se reformaient et s'ajustaient. Pourtant, c'était lui, sa perte, qui me pesait si profondément, si intensément, que chaque douleur, chaque souffrance, chaque coupure ou chaque fracture n'étaient *rien*.

— Je suis désolée, dit-elle.

Les pentagrammes de ses yeux tournoyaient d'émotions quand elle les ouvrit pour me regarder.

— Je suis tellement désolée, Ruby. Laran... est... parti.

Parti.

Parti.

Parti.

Ça résonnait en moi comme le bruit du dernier clou fermant un cercueil, et je hurlai. Ma tête oscillait d'avant en arrière en cherchant son corps sur les rivages calcinés du Jardin. Lilith était partie, ainsi que les Cavaliers de l'Apocalypse.

Mais Laran était mort.

J'avançais à quatre pattes, pataugeant dans le sang qui se figeait. Sa superbe peau hâlée n'existait plus. Son corps pâle et dépourvu de chaleur, ses yeux fixes, grand ouverts ne cillant pas même devant la mort. Un son sauvage s'échappa de mon corps tandis que je commençais à frapper sa poitrine.

— Je t'ai dit de ne pas partir, hurlai-je. Je t'ai dit de ne pas t'en aller !

— Ruby...

— Laisse -là, lui murmura Jax. Elle vient de perdre son partenaire, les autres ont été enlevés et Lilith détient la bête. Laisse-lui un moment pour faire son deuil.

Je n'enregistrais pas ce qu'ils disaient. Ils paraissaient loin, et flous. Un sentiment vague flottant dans une brume qui me consumait pendant que je frappais son torse en criant, en pleurant.

— S'il te plaît, ne sois pas mort... je suis désolée... je

t'en prie, ne fais pas ça. Je t'en prie, non. Je suis tellement désolée...

Mes larmes roulaient sur mon visage et tombaient sur son corps, se mêlant à son sang. Je le suppliais, je le priais, et comme ça ne fonctionnait pas, je priais et suppliais quelqu'un d'autre. N'importe qui d'autre. Qu'on le sauve. C'était tout ce que je voulais.

— Si quelqu'un dans ce monde ou dans l'autre, peut m'entendre... dis-je, à bout de souffle puis je me mis à hyperventiler, m'étouffant sur mes mots... Sauvez-le.

Je sanglotai.

— C'est tout ce que je demande. Ramenez... le... moi.

Mon visage était couvert de larmes et de morve, et j'avais la gorge nouée par le trop-plein d'émotions. Je ne savais pas ce qui m'avait poussée à prononcer ces paroles, mais en ce moment précis, j'aurais même prié Dieu pour qu'il le sauve.

— Tu m'as appelée ? demanda une femme.

Sa voix paraissait étrange ici. Trop légère pour le poids de la peine qui me submergeait. Je me tournai, couvrant son corps autant que je le pouvais de mon propre corps.

La personne que j'aperçus...

— Tu es...

— Morvaen. Tu m'as libérée, Fille de l'Enfer.

Merde alors ! Venais-je vraiment d'appeler une Seelie en *Enfer* ? J'essayais de voir à travers mes larmes, cependant mes paupières bouffies altéraient ma vision. La grotte devint silencieuse, comme s'ils venaient de se rendre compte que la créature qui était avec nous était d'une espèce qui n'avait pas marché en Enfer depuis très très longtemps.

— Pourquoi es-tu venue ? demandai-je d'une voix brisée.

Les traits de son visage s'adoucirent.

— Tu m'as appelée, ma Dame. La rune sur ton bras s'est activée. Que désires-tu ?

J'eus le souffle court. Y avait-il vraiment une possibilité... était-ce la façon qu'avait l'univers de me dire que tout n'était pas fini ? Que ce n'était pas la fin...

— Sauve-le, lâchai-je d'une voix étouffée. Je me fiche de ce que tu dois faire. Mais sauve-le.

Un murmure parcourut la pièce lorsque Morvaen se mit à genoux près de moi. Il y avait de la compassion dans ses yeux couleur argent tandis qu'elle s'approchait de l'homme que j'avais protégé jusque dans la mort. Je rampai sur le côté, observant le moindre de ses mouvements tandis qu'elle se mettait à tirer...

Des symboles. Tant de symboles qu'elle plaçait sur son torse. Son visage. Ses bras.

La magie enveloppa la pièce, mais cette fois elle n'était ni noire ni violente.

Comme une brise tiède à la fin de l'hiver, et je sentis la première lueur d'espoir.

Morvaen s'approcha de moi et je ne tentai même pas de l'arrêter alors qu'elle commençait à placer les mêmes symboles sur ma peau. Elle fit apparaître des runes orange sur le moindre centimètre de mon dos, l'espace s'appesantissait autour de moi. La gravité me clouait au sol.

Dès l'instant où elle retira ses mains de ma peau, je sentis la pression qui m'avait enveloppée, disparaître d'un coup. L'air resta en suspens. Ma gorge se serra dès que je tentais de respirer, et alors que mon champ de vision commençait à s'assombrir, je l'entendis.

Le battement d'un cœur.

16

Laran émit un petit son rauque et étouffé, et l'étau qui me serrait la gorge se desserra. Un flot d'oxygène m'inonda et je m'écroulai en avant, sur lui. Le goût cuivré du sang se mêlait à son odeur de bois brûlé et de fumée, m'abreuvant de… paix. J'avais eu peur que ça ne revienne jamais. Qu'il ne revienne jamais. Que cette perte écrasante soit si profonde que je ne parviendrais jamais à la surmonter, car une partie de moi serait partie derrière le voile, et bien au-delà.

Mais cette partie revint à l'instant où il serra ses bras autour de moi.

— Je t'ai dit que je ne te laisserais pas partir, dis-je dans un souffle.

—Je n'en ai jamais douté, murmura-t-il.

Tout n'allait pas pour le mieux dans le meilleur des mondes. Trois de mes partenaires manquaient à l'appel. Lilith avait disparu et elle avait pris la bête avec elle.

J'étais venue ici pour ma couronne et j'avais perdu ma vie.

À présent… je venais pour tout cela, et cette fois-ci…

Je regardai dans la direction de ma meilleure amie et de l'Enigma qui la surveillait avec attention… de mon raton laveur et comment il était installé aux pieds de Laran… des quatre chevaux qui à présent nous protégeaient… des démons qui restaient aussi loin que possible… et enfin, de la Fae à la peau sombre qui était assise en face de moi.

— Merci, lui dis-je.

— J'avais une dette envers toi, Ruby Morningstar. Aujourd'hui elle est payée, dit-elle tandis que ses yeux balayaient et scrutaient les alentours. Mais je dois te demander où nous nous trouvons.

Flirter avec la mort une fois de trop m'avait complètement épuisée et je ne réussis qu'à esquisser une grimace.

— Tu ne peux le dire ? demanda-t-elle avec méfiance, et je lui fis non.

— Nous sommes en Enfer.

Elle en resta bouche bée.

— Tu m'as appelée en… *Enfer* ? dit-elle.

— On le dirait bien.

Elle resta silencieuse, puis :

— Et maintenant ?

Je gémis, appuyant ma joue contre la peau du torse de Laran qui retrouvait petit à petit sa chaleur.

— Je ne sais pas trop.

Des mains sûres me saisirent par les côtés et ses

ongles mordirent ma peau quand il s'accrocha à moi, comme s'il avait peur de me lâcher.

— Je vois, dit-elle finalement.

Ses lèvres sombres s'incurvèrent avant qu'elle ne se tourne pour commencer à scruter les démons recroquevillés dans un coin.

— Devrions-nous nous méfier d'eux ? demanda-t-elle.

— Sûrement, dis-je en serrant les dents à cause de la douleur que mes muscles me causèrent lorsque je tentai de me relever.

Laran m'aida, bien que ses propres membres tremblent d'épuisement. Le claquement de sabots et un naseau humide qui se pressa contre mon visage me firent lever les yeux vers la jument d'une taille incroyablement immense. Ses yeux très expressifs se plongèrent dans les miens tandis qu'elle appuyait son museau contre moi avant de caresser Laran.

— Eh, ma fille, murmura-t-il à Epona.

Ses mains douces caressèrent son flanc en chuchotant des paroles tendres entre ses dents. Cela provoqua en moi un sentiment en demi-teinte. J'étais tellement reconnaissante qu'il soit en vie, à réconforter sa proche, mais lorsque je regardai les trois autres chevaux... mon cœur se brisa à nouveau.

Des larmes emplissaient mes yeux, mais je ne pouvais pas me complaire dans ma douleur. Je pris une profonde inspiration et pris Bandit dans mes bras, le laissant piquer ma peau nue de ses griffes en grimpant sur mon épaule. De légères douleurs me parcoururent et me rappelèrent Julian ainsi que ce que je risquais de perdre si j'échouais. L'émotion me serra la gorge et je déglutis.

Des bruits de pas attirèrent mon attention vers la foule qui s'écartait pour laisser passer une Iona aux yeux cernés. En l'espace d'un instant, quelque chose se réveilla en moi. Je grognai, attendant une remarque sarcastique de la bête m'invitant à l'écorcher vivante tandis que le feu se mettrait à danser sous la peau de mes doigts. Mais il n'y avait pas de bête, et il n'y avait pas de feu. Rien que des cendres scintillantes et des souvenirs.

Cela me mit encore plus en colère. Je m'avançai vers elle d'un pas déterminé, un grognement s'échappa de mes lèvres et Iona, qui eut juste le temps de ciller, ne fit aucun mouvement pour m'en empêcher lorsque je lui décochai une méchante droite qui fit mouche. Elle eut un hoquet quand son cou se tordit. Un craquement résonna dans la caverne. Elle tomba à genoux devant moi, en pleurs.

Je serrai les dents, luttant contre l'envie de saisir ses cheveux pour voir combien de fois je devrais lui fracasser le visage contre les roches avant que sa tête n'explose. La violence n'était pas mon truc. Ça ne l'avait jamais été, jusqu'à l'apparition de la bête.

Aujourd'hui, j'avais l'impression qu'elle m'avait changée, étrangement. Le désir de vengeance me submergeait, même lorsqu'elle laissa échapper le sanglot le plus poignant, le visage couvert de sang et de morve.

—Je suis tellement désolée, cria-t-elle.

Je voulais la tuer, pourtant au fond de moi, je savais que ce n'était pas de sa faute. Pas entièrement.

— Elle m'a poignardée dans la poitrine. À six reprises. Elle m'a tuée. Elle a tué Laran. À présent, elle détient la bête et mes Cavaliers de l'Apocalypse, pour ce que j'en sais, crachai-je durement. C'est un peu tard pour être désolée, Iona.

Je lui tournai le dos. Il n'y aurait aucun pardon pour ce qu'elle avait fait. Pas aujourd'hui. Pas dans cent ans. Je ne la tuerai pas, mais elle devrait vivre avec le poids de la culpabilité.

Des doigts fiévreux saisirent ma cheville. Je me figeai.

— Rysten et moi avons été élevés ensemble. Je l'aime, pas comme un partenaire... mais comme un frère... et il m'a aimée.

— Tu as une drôle de façon de le montrer, répliquai-je d'un ton cinglant.

Elle cilla, mais ne répondit pas.

— Ton père s'est rendu compte que je comptais pour lui et m'a jetée dans le lac brûlant d'Inferna. Je serais morte... je suis morte... mais Lilith m'a sauvée. Elle m'a rendu ma vie en échange de mon âme, et l'unique moyen de payer ma dette était de t'attirer ici, expliqua-t-elle en frissonnant à nouveau, claquant des dents sous une poussée d'adrénaline.

— Je ne savais pas qu'il t'aimait, murmura-t-elle. Je ne savais pas qu'elle le prendrait, lui aussi.

— Si tu me racontes cela en espérant ma sympathie, tu te mets le doigt dans l'œil. Tu t'es infligé ça toute seule, mais en plus, tu nous as infligé ça à mes proches et moi, et pour cette raison...

Malgré son état lamentable, je restai l'incarnation de

l'indifférence. C'était ça ou céder, et je ne pouvais plus le faire. Pas ici. Pas maintenant.

— J'aurais pu comprendre que tu me haïsses après ce que mon père t'a fait, mais tu as vendu ta putain d'âme. Tu pensais qu'il se serait passé quoi ?

— Je ne savais pas, sanglota-t-elle.

Je lui lançai un sourire glacial, car c'était un mensonge. Je ne possédais plus le pouvoir de lire dans les pensées, mais je n'en avais pas besoin pour savoir ce qu'elle ressentait.

— Tu savais. Seulement tu t'en fichais. Tu as pensé que tu aurais Rysten à la fin et que je serais l'enfant de Satan que Lilith t'avait décrite.

Je tournai les talons et m'éloignai à grandes enjambées sans même un regard lorsque ses gémissements résonnèrent dans la caverne. Le son de son désespoir se grava en moi à cet instant. Sa douleur m'empêchait de faiblir. Elle me calmait. Même si mes mains tremblaient d'envie de casser quelque chose. De brûler quelque chose.

Je n'avais plus le moindre pouvoir. Je le sentais aussi clairement que je ressentais le lien qui m'unissait à Laran. Elle m'avait tout pris, et j'avais beau être immortelle... je n'en étais pas moins inutile.

J'étais plus faible que je n'avais jamais été de ma vie. J'avais perdu trois morceaux de mon cœur. J'avais perdu une partie de mon âme, et la bête. J'avais perdu mes pouvoirs, et la prochaine fois que je serai face à Lilith, je serai une putain de tigresse.

Mais avant tout, il fallait que je trouve le moyen de sortir d'ici.

— Nous devons partir. Ce n'est pas sûr, ici, commençai-je.

Je m'interrompis en remarquant que Jax était toujours là.

Après que j'aie brûlé le moindre centimètre de cette caverne... il aurait dû être un tas de cendres. Mais ce n'était pas le cas.

— Nous devons nous rendre à Inferna, dit Laran.

— Et trouver les Péchés, acquiesça Moira.

Je continuai à observer Jax pendant qu'elle parlait, analysant chacun de ses gestes.

— Ruby, pourquoi as-tu l'air d'être sur le point de poignarder quelqu'un ? demanda-t-elle d'une voix inquiète.

— Tu aurais dû mourir, dis-je à Jax.

Il plissa les yeux en me regardant, mais je n'arrivais pas à décider si c'était de la gêne ou quelque chose de plus ténébreux.

— Que veux-tu dire ? demanda Moira en nous regardant à tour de rôle.

— Je veux dire que j'ai tout donné. La bête et moi avons utilisé tout le feu que nous avions en moi pour tenter d'éradiquer Lilith, mais elle et ses sbires ne sont pas morts alors que le feu tue tout ce qu'il touche.

Moira écarquilla les yeux et s'éloigna de lui.

— Comment se fait-il que tu sois en vie ?

— Du soufre, répondit-il alors que Moira commençait à faire les cent pas autour de lui. Ils avaient ajouté du soufre dans le punch qu'ils buvaient. C'est la seule substance qui puisse immuniser contre les flammes, mais c'est également un poison.

Il regarda fixement Moira.

— À l'inverse des démons qui vivent ici qui ont, je suis sûr, développé une tolérance depuis des siècles, ce n'est pas le cas de Moira.

— Ça n'explique rien, Enigma, répondis-je. Elle n'avait pas besoin de soufre. Elle est immunisée contre mes flammes et ça n'a rien à voir avec toi.

— C'est une légion, dit-il comme si ça expliquait tout. On peut lui infliger de la douleur, mais elle la retourne sept fois pire. Moira s'est réveillée pleine de vengeance, et lorsqu'elle m'a touché, le soufre est passé.

Je fronçai les sourcils tandis que l'expression de Moira indiquait qu'elle avait compris.

— Que veux-tu dire, il est *passé*? demandai-je.

— La marque de Caïn, dit-elle lentement. Je ne savais pas que c'était vrai. Qu'elle pouvait renvoyer une douleur multipliée par sept. Tout ce que j'avais à faire, c'était de le toucher, pourtant...

Elle se mordilla la lèvre, nous regardant l'un et l'autre.

— Je ne sais que dire, car je le comprends à peine moi-même. Le soufre est passé de mon corps au sien, et puis tu as muté en supernova.

— Ça m'a sauvé, répondit Jax. Si tu ne t'étais pas réveillée au moment où tu l'as fait, je serais mort dans les flammes.

Il n'affichait aucun signe suggérant qu'il mentait,

mais après ce que je venais de vivre je ne voulais pas prendre de risques.

— Quand nous partirons, tu retourneras dans la bouteille jusqu'à Inferna.

Ce n'était ni une question ni une requête, et à sa mâchoire crispée, je vis qu'il l'avait compris.

— Je ne suis pas votre ennemi, lâcha-t-il en regardant Moira les yeux inquiets.

— Tu n'es pas mon ami, non plus. Et pour le moment, je ne peux pas me le permettre.

Je croisai les bras et me tournai le regard vide, vers le lac souterrain qui n'était plus limpide ou scintillant. Des eaux d'un bleu sombres tapissaient le rivage où du sang maculait les roches.

— Mais si vous êtes attaqués sur le chemin pour Inferna ? demanda Jax.

— Eh bien, tu nous seras à peu près aussi utile que tu l'as été cette fois-ci, répliquai-je d'une voix neutre.

— C'est totalement...

— Ce ne sera pas un problème, intervint Laran.

Il posa un bras autour de mes épaules et m'attira contre lui.

— Lilith a pris la bête et s'est rapprochée de l'Enfer dans les eaux du Jardin. Ce qui signifie que le paysage ne changera plus et que les incendies devraient être éteints.

Je clignai les yeux en le regardant.

— Es-tu en train de dire que nous pouvons nous téléporter par le feu maintenant ? demandai-je le souffle court.

— C'est exact.

Nous pouvions nous rendre à Inferna en quelques minutes. Je pourrais rencontrer les Péchés dans seulement quelques minutes. Cette idée ne me terrifiait plus, mais dans l'état où je me trouvais, j'avais des difficultés à ressentir quoi que ce soit. Au lieu de laisser éclater ma colère contre Iona, j'avais choisi l'apathie afin de pouvoir fonctionner. La douleur était toujours présente, ainsi que le chagrin, et la rage, et ces sentiments mêlés que je ne comprenais pas vraiment.

Plus tard, me promis-je. *Je gérerai cela plus tard.*

Je pensai à autre chose et me concentrai sur les gens. Sur la piqûre des griffes de Bandit qui s'enveloppait autour de moi pour me protéger, ronronnant doucement. Sur les bras chauds de Laran qui me tenaient fermement. Sur les pentagrammes bleus dans les yeux de Moira, qui me regardaient avec une tristesse si nue que je dus détourner le regard. Laran me regardait avec la même inquiétude, alors je dis :

— Ouvre les Portes. Il n'y a plus rien pour nous ici.

Il me regarda longuement. J'étais tiraillée entre l'envie de savoir comment il allait et l'acceptation de la solitude qui pourrait très bien m'accompagner pour le reste de ma vie... si je n'arrivais pas à récupérer mes pouvoirs... et combien cette vie pouvait être courte si Lilith apprenait que j'étais en vie.

— À tes ordres, dit-il en hochant la tête.

Il leva une main pour faire apparaître le cercle de feu.

Il flamboya, de ses bordures fines et pourpres jusqu'à son cœur éclatant. J'observai les couleurs et ressentis la chaleur, mais pour une fois cette chaleur ne m'apaisa pas.

Morvaen s'accroupit par terre. Elle paraissait très hésitante.

— Tu ne peux pas te téléporter chez toi, n'est-ce pas ?

Je n'avais pas culpabilisé en l'appelant pour sauver Laran, mais je comprenais qu'elle n'était pas dans son élément. Je ne connaissais que trop bien ce sentiment.

— Je ne crois pas, non, répondit-elle. Ce n'est pas ma propre magie qui m'a conduite dans ce monde, mais la tienne.

De la main, elle traça une rune dans l'air, pourtant malgré toute la magie qu'elle appelait, aucune Porte ne se formait. Sa main se tordit et elle serra le poing de frustration, puis elle baissa la tête.

— La Porte refuse de s'ouvrir, murmura-t-elle.

Sa voix était angoissée et sa peau gris foncé blêmit.

Je levai la main quand elle me regarda. Ses lèvres s'entrouvrirent en suivant le mouvement de ma tête vers l'anneau de feu. Pendant un bref instant, elle resta indécise, submergée de tristesse à l'idée de se retrouver piégée, puis elle tendit la main et ses doigts saisirent les miens.

— Ma race n'est pas appréciée en Enfer, dit-elle en faisant face aux Portes.

— On dirait qu'ils ne m'aiment pas non plus, dis-je sans la regarder. Peut-être qu'ensemble nous parviendrons à rester en vie.

Laran avança près de moi, de l'autre côté et me prit

fermement la main. Les quatre chevaux passèrent les premiers. Puis Moira et Jax, et enfin, ce fut notre tour.

La première fois que j'avais franchi des Portes de flammes, j'avais eu l'impression d'être une femme en feu.

Et si je n'étais plus cette femme et qu'il n'y avait plus de feu en moi, cela brûla tout de même. Même au plus profond de la tristesse. Les parties les plus enfouies de mon âme contenaient encore des braises, mais cette fois lorsque je m'embraserai, j'allumerai des feux de vengeance.

Après ce que Lilith avait fait cette nuit, il faudrait faire les comptes, et quand j'en aurai fini, l'Enfer ne sera plus jamais pareil.

17

J'étais entrée dans le Portail de feu et je ne savais pas ce à quoi je m'attendais, mais ce n'était certainement pas le rugissement sourd d'une foule qui assaillait mes sens. La lumière nous inondait, m'aveuglant tandis qu'une rafale d'air chaud enveloppait mon corps. Les cendres scintillantes de mon passé s'envolèrent au vent et se déposèrent sur la terre brûlée autour de moi. Je posai mes orteils dedans en les repliant. Mes mains tremblaient le long de mon corps pendant que j'intégrais ce que je voyais.

— Où sommes-nous, cria Moira.

La terre marron-rouge s'étalait devant moi, se transformant en rochers de différentes tailles et derrière eux, plus en hauteur, il y avait des tribunes... de sièges. Je regardais des deux côtés, à la fois émerveillée et terrifiée devant ces rangées infinies de démons. Ils m'encerclaient et leur clameur était assourdissante.

Je repensai à ce que les Cavaliers de l'Apocalypse

m'avaient dit, au sujet de ce qu'étaient vraiment les Portes d'Inferna. Ce ne fut que lorsque Bandit laissa échapper cet horrible cri que je sus où nous nous trouvions.

— Le Colisée, marmonnai-je. Nous sommes dans le Colisée !

— Cours, cria Laran.

Morvaen se lança dans une course effrénée. Je ne fis qu'apercevoir quelque chose d'énorme et de sombre quand mes pieds vacillèrent et elle me traîna à moitié, me portant presque. Bandit s'accrochait fermement à ma poitrine tout comme je m'accrochais à elle, essayant désespérément de lever les genoux, mais ne sentais que la brûlure de ma peau frottant contre le sol pierreux. Je lâchai un grognement et mis toutes mes forces pour placer mes pieds sous moi et me mettre à courir.

Je retrouvai enfin ma motricité, au moment précis où un rocher énorme se dressa devant nous.

— Nous devons grimper dessus, dis-je en haletant.

J'attrapai la main de la Seelie comme si ma vie en dépendait, et je priai que Laran puisse gérer quoi que ce soit. S'il y avait une bagarre entre démons et monstres, je n'étais plus la plus puissante. C'était une faiblesse que je détestais.

— Nous devons sauter.

Morvaen parlait comme si nous étions en promenade dans un parc et je me rendis compte qu'elle ralentissait pour que je ne reste pas à la traîne. J'allais avoir une sérieuse dette envers elle quand tout cela serait terminé.

— Je ne... suis pas... très bonne... en sauts, haletai-je

complètement à bout de souffle.

Ses lèvres couleur prune esquissèrent un sourire féroce.

— Pas de soucis, ma Dame, dit-elle.

Sa main serra la mienne tandis qu'elle accélérait. Je commençai juste à faiblir lorsqu'elle plia les jambes et se lança en l'air, m'entraînant avec elle. J'eus l'impression qu'on m'arrachait le bras pendant que nous étions dans les airs. Je pendais impuissante près d'elle et Bandit lâcha un cri de désarroi quand le haut du rocher s'approchait trop vite.

Morvaen atterrit sur ses pieds avec légèreté, mais mon corps s'écrasa en tas sur la roche. Malgré sa force, Bandit fut arraché à moi et projeté dans la poussière du Colisée en contrebas.

Je n'arrivais pas à la voir, mais je sentais sa présence. Vu que Bandit était mieux équipé que moi pour se protéger, je n'aurais pas dû m'inquiéter autant.

Malgré mon épuisement, je me relevai péniblement. Mes récentes blessures me faisaient souffrir, pourtant même sans mes pouvoirs, elles guérissaient incroyablement vite. Maigre consolation, me dis-je. Faible ou forte, au moins je restais difficile à tuer.

Je me relevai de manière à remettre mon genou en place, grimaçant lorsqu'il fit un petit bruit sec. Une légère brûlure se propagea autour, m'indiquant que ce que mon atterrissage forcé avait abîmé serait bientôt réparé.

— Ton partenaire est fort, commenta Morvaen lorsque la poussière se dissipa et nous révéla Laran.

Nu, couvert de son sang et du mien de la tête aux pieds, il faisait face tout seul à un cerbère aux proportions incroyables. Il se dressait au-dessus de lui, de la bave coulant de ses babines, et faisait paraître minuscule celui de La Nouvelle-Orléans. Ses yeux cramoisis l'observaient avec une intention malveillante et marchant lentement autour de lui. Le cerbère ne faisait aucun mouvement pour l'attaquer, cependant ses poils dressés laissaient entendre que cela pourrait se produire à tout moment.

— Ce truc pourrait le dévorer en une bouchée, dis-je d'une voix beaucoup plus calme que ce que je ressentais.

— Il est Guerre, pas vrai ? demanda Morvaen.

Elle ne semblait pas inquiète, pourtant nous étions assez loin du combat, à présent, et aussi en sécurité que nous le pouvions dans une arène remplie de bestioles démoniaques.

Je déglutis et hochai la tête. Je devais lui faire confiance, tout comme il m'avait fait confiance.

— Il est Guerre !

Des nuages orageux s'agitaient au-dessus de nous, le ciel s'assombrit et un crachin annonciateur de pluie se mit à tomber. Les vents se levèrent, violents, balayant la poussière et dévoilant Moira et Jax qui menaient leurs propres combats de l'autre côté de lui. Morvaen eut un petit hoquet de surprise lorsque la créature qui les avait coincés devint visible.

— Est-ce un...

— Un cerbère, répondis-je en hochant la tête d'un air grave.

Les cerbères étaient extrêmement féroces et n'obéissaient qu'à leur maître. Mais il existait une autre catégorie de cerbères qui s'avérait quasiment impossible à apprivoiser. Selon la légende cette deuxième catégorie possédait d'autres facultés dont la capacité de penser. Et parvenir à ce que trois esprits s'accordent avec un maître n'étant pas chose aisée, cela avait provoqué leur quasi-extinction.

Du moins le pensais-je.

Apparemment, celui-ci semblait en piteux état. Du sang coulait de marques de griffes ayant lacéré la peau de son flanc. Moira se tenait devant lui, les mains sur les hanches. D'où je me trouvais, je n'arrivais pas à voir l'expression de son visage, mais j'avais l'impression qu'elle ne voulait pas le tuer. Bête de l'Enfer ou non, elle avait un faible pour les chiens... même ceux à trois têtes.

Le roulement d'un gémissement me ramena vers les cerbères. La bête ne donnait plus l'impression de vouloir tuer Laran, mais plutôt de vouloir... jouer avec lui. L'immense géant s'assit sur ses pattes arrière et baissa la tête. Il tendit la main et lui caressa le museau. Je ne pouvais l'entendre d'où j'étais, mais je n'aurais pas été surprise qu'il soit en train de lui parler comme il le faisait avec Epona.

— Où sont les chevaux ? demandai-je d'un coup.

Ils étaient passés les premiers. Était-il possible qu'il les ait dévorés ? Je frissonnai d'horreur quand Morvaen m'indiqua un autre sommet rocheux à notre droite.

— Ils se sont enfuis là-bas, derrière.

Je soufflai et hochai la tête, mais il en restait un.

Bandit.

Je regardai derrière nous, le sol n'était pas plat. Il y avait des rochers partout, mais sur aucun d'entre eux ne se trouvait de raton laveur noir et bleu, pas le moindre signe de sang ou de fourrure. Mon pouls s'accéléra tandis que je me tournai vers le reste de l'arène. Il n'était pas doué pour éviter les problèmes. Les oreilles du cerbère se dressèrent tout à coup, et il jeta un œil à gauche de nous.

Oh non... une boule de poils en furie se jeta dans le Colisée.

— Non, hurlai-je lorsque le cerbère s'élança comme un chien de chasse.

Mais Bandit était rapide, il plongea entre ses pattes... manquant d'un cheveu les membres qui pourraient l'écraser d'un seul mouvement et se dirigea tout droit vers Moira. Non. Pas Moira... je blêmis lorsqu'il se dirigea vers le cerbère.

Trois paires de grands yeux verts se tournèrent vers Bandit qui fonçait à toute allure avant de s'arrêter directement devant lui. La peur me submergea en calculant la distance. Nous nous trouvions à plus de six mètres de hauteur et quelque trente mètres de distance. Pouvoirs ou non, il fallait que je descende de ce satané rocher. Je m'assis et, sans quitter Bandit des yeux, je me glissai en avant. Les aspérités aiguisées de la roche entaillaient ma peau nue, mais la chute fut plus violente. L'impact me transperça le corps lorsque mes pieds touchèrent le sol. Je me mis tout de même à courir.

Claudiquant. Brisée. En sang. Je courus.

Puis Bandit fit la chose la plus étrange.

Il s'en prit à Moira et Jax en montrant les dents. Jax avança d'un pas, et des flammes bleues s'échappèrent de la bouche de Bandit qui se mit à grandir. Un mètre cinquante. Trois mètres. Six mètres. Il n'arrêtait pas de grandir. Son corps devint si imposant qu'il dépassait le cerbère qui était recroquevillé derrière lui. De là où je me trouvais, j'apercevais sa queue, la façon dont elle passa en arrière pour s'enrouler autour de la bête à trois têtes.

Il la protégeait.

Mais Moira n'était pas la plus grande menace.

Le cerbère qui l'observait, oui.

Un martèlement se réveilla dans ma tête, combattant les vertiges causés par la perte de sang et l'épuisement, je courus aussi vite que je le pus. Les poings serrés si fort que mes ongles entaillaient mes paumes. Je ne sentais qu'à peine la piqûre de ma peau qui se déchirait. Mon seul objectif était d'arriver jusqu'à lui. D'y parvenir à temps. Je ne savais pas ce que je pourrais faire, mais je ne voulais plus être inutile. Je ne le pouvais plus. Je ne l'accepterais plus.

Quelque chose d'inconnu murmura dans mes veines. Le martèlement devenait si puissant que je n'entendais plus que lui. Je ne sentais plus que lui. Une douleur fulgurante me transperça, commença dans mes paumes de main et se répandit dans tout mon corps. Je serrai les dents, courant aussi vite que je le pouvais. Ça se produisit en un clin d'œil. L'impossible.

J'étais à plus de trente mètres du cerbère et l'instant d'après à quelques centimètres de lui.

Chacune de ses dents avait la taille de ma tête. Je

reculai d'un pas et déglutis pour résister à la tentation de m'enfuir en courant. La créature lâcha un cri d'indignation, son haleine putride soufflant dans mes cheveux collants et maculés de sang séché.

Elle avança d'un pas, et je reculai d'autant. De la fourrure caressait mon corps nu et immédiatement je reconnus l'odeur de Bandit. Je ne savais pas ce qu'il venait de se passer. Je n'arrivais pas à comprendre, pourtant étrangement... d'une façon ou d'une autre...

— Ruby ? demanda Moira, tournant la tête vers l'endroit où je m'étais trouvée il y avait juste un instant. Comment as-tu... ?

— Je ne sais pas, mais nous avons un plus gros problème pour le moment.

Moira acquiesça d'un signe de tête en portant deux doigts à ses lèvres. Je fronçai les sourcils lorsque Jax plaqua ses mains sur ses oreilles. Son sifflement transperça la foule comme un couteau dans du beurre. Tout le monde se tut. Le cerbère s'arrêta. Et tout sembla se figer dans l'arène.

De lents applaudissements commencèrent. Je scrutai autour de nous, essayant de trouver d'où cela provenait, lorsque les nuages s'éclaircirent au-dessus de nous. Un seul rayon de lumière scintilla au centre du Colisée et je l'aperçus. Vêtue d'une tenue de guerre en cuir, une hache démesurée accrochée dans son dos, affichant cet étrange demi-sourire que je n'avais pas vu depuis deux ans.

— Dina ? demandai-je, incrédule.

— Salut, Ruby. Ça fait une paie qu'on ne s'est pas vues.

18

Laran grogna, passant sa main sur sa barbe de quelques jours.

— Tu la connais ?

Je hochai la tête.

— C'est Dina. Elle était ma mentore. Elle m'a tout appris sur l'art du tatouage...

— Non, bébé, dit-il en secouant la tête tout en la regardant. C'est Hela, la Péché Capitale de la Colère.

Je les regardai à tour de rôle, bouche bée en essayant d'intégrer cette information. Mes lèvres se serrèrent et j'avançai. Je ne savais pas exactement ce que j'allais faire en arrivant devant cette femme qui m'avait tout appris et qui avait été mon amie. La femme qui avait apporté des douzaines d'oranges dont la peau ressemblait le plus à celle d'un humain pour qu'en tant que novice je puisse me faire la main. La femme qui avait passé un temps infini à faire de moi la personne et l'artiste que j'étais devenue.

Non. Je n'avais aucune idée de ce que j'allais faire, mais ma colère le savait.

Un claquement résonna et je regardai ma main qui avait bougé sans que je m'en aperçoive puis l'empreinte bleue d'une paume qui fonçait de plus en plus sur sa joue. Je n'arrivais pas me sentir désolée ou effrayée.

— Ça, c'est pour m'avoir menti à propos *de tout*, dis-je.

Le Colisée était silencieux, envahi d'une sorte de silence mortel. J'étais déjà morte deux fois, alors passer le Voile ne me faisait pas peur. Un deuxième claquement m'échappa, mu cette fois par la colère et une seconde empreinte bleue apparue sur son autre joue. Dina... ou plutôt Hela... ne parut pas si heureuse, cette fois-ci.

— Ça, c'est pour être partie sans dire au revoir.

Ses yeux se radoucirent et des larmes les noyèrent.

— Je le mérite, murmura-t-elle en enroulant ses bras autour de mes épaules pour m'attirer contre elle.

Je la laissai faire, non pas parce que je lui pardonnais, mais parce que j'avais besoin de ressentir quelque chose... tout sauf cette colère, cette tristesse, ce désespoir si tranchants et profonds que je craignais de devoir évacuer de moi avant de pouvoir guérir.

Alors, je la laissai m'enlacer et je la serrai intensément à mon tour... mais je ne pleurai pas. Le temps des larmes était révolu. J'avais tout perdu, et bien qu'au fond du trou, peu à peu je me reconstruisais. Je devais tenir le coup, et si je pleurais, je me décomposerais.

— Tu m'as manquée, Blue, murmura doucement Hela, tout contre mes cheveux.

— Pourquoi m'as-tu menti ? demandai-je d'un ton cinglant.

Elle s'écarta et effaça tout semblant de paix. Le bleu de ses yeux brillait d'une lueur beaucoup plus vive que sur Terre.

— Je n'avais pas le choix. Aucune d'entre nous ne l'avait.

Elle sourit, mais une larme roula sur sa joue. Elle l'essuya et reposa son bras autour de mes épaules. De l'autre, elle dessina lentement un cercle avec deux doigts, et un anneau de feu apparut.

Je me figeai.

— C'est l'entrée de chez moi, expliqua-t-elle pour répondre à ma question tacite.

Je le regardai avec méfiance, puis me tournai vers les autres. Laran observait Hela avec une expression neutre. Moira avait l'air vraiment en colère, sûrement pour les mêmes raisons que moi. Morvaen avançait lentement vers nous en gardant à l'œil le cerbère qui n'avait pas bougé d'un pouce depuis l'apparition de Hela.

— Chez toi y a-t-il des vêtements et un bain dont nous pourrions disposer sans que l'on essaie de nous tuer ? demanda Moira.

Hela nous regarda et l'amusement dans son regard s'atténua en réalisant l'état dans lequel nous nous trouvions. Une lueur ressemblant à de la culpabilité éclaira son regard, mais je n'en étais pas sûre.

— Bien sûr, répondit-elle avant de me regarder à nouveau. En revanche, les autres Péchés souhaiteraient te voir. Si tu t'en sens capable.

— Ai-je vraiment le choix ? demandai-je, consciente de devoir le faire même si je posais la question.

— Oui, répondit-elle.

Le pli de ses yeux m'indiqua que la question l'avait peinée, mais qu'elle comprenait quand même.

— Tu as toujours eu le choix. Tout comme nous t'avons toujours surveillée.

Je fronçai les sourcils.

— Que veux-tu dire ?

Elle sourit, mais elle sembla inquiète. Je n'éprouvais pas le même sentiment que dans le Jardin, cette impression inconnue d'une tragédie imminente que je n'avais pas eu la possibilité d'arrêter. Au lieu de cela, je me sentais... totalement dénuée de toute angoisse.

— Tu verras, répondit-elle en avançant dans les flammes.

Elle me laissa seule, pour que je décide par moi-même, et le cerbère la suivit. Je jetai un regard vers Bandit et lui fis signe de venir avec moi. D'habitude, il suffisait d'un geste, mais là il paraissait hésiter, regardant autour de nous, avant de finalement reprendre sa forme initiale. Le cerbère gémit lorsqu'il se frotta contre lui avant de me rejoindre.

Je haussai un sourcil, les regardant à tour de rôle tandis que Bandit bondissait vers moi.

— Bien sûr, il a fallu que tu choisisses de faire ami-ami avec une satanée créature infernale.

Bandit remua ses sourcils en lançant un regard de désir par-dessus son épaule. Je le pris dans mes bras et me tournai vers le portail. S'il voulait une petite amie, il devrait patienter.

Moira approcha de moi et me serra l'épaule.

— La journée a été longue, Ruby. Il faut juste que tu tiennes un petit peu plus, murmura-t-elle entre ses dents, juste pour moi.

Je hochai la tête en fixant les flammes jaune vif.

— Je ne m'inquiète pas pour moi.

Nous franchîmes tous ensemble le portail. Lorsque nous arrivâmes, il n'y avait pas de foule ou de colisée. Le silence soudain, seulement brisé par le bruit de nos pieds nus sur la surface lisse, était pesant. Les colonnes qui se dressaient autour de nous n'étaient là que pour me rappeler combien j'étais petite. Hela se tenait devant nous, quelques robes dans les bras. J'en pris une sans un mot, ce qui ne l'empêcha pas de me prendre par le bras pour me guider dans le couloir. Je gardai la tête légèrement tournée afin de m'assurer que personne n'apparaisse derrière nous.

— Le temps t'a changée, Blue.

Ce n'était qu'une simple constatation, pourtant elle brisa mon armure l'espace d'un instant.

— Tu n'en as pas idée, coupai-je sèchement en tentant de me dégager de son bras.

Hela ne me lâcha pas. Elle avait de l'assurance. Ça avait toujours été le cas.

— Je me bats comme une forcenée depuis des mois, simplement pour survivre et pendant ce temps tu faisais quoi? Tu te planquais ici? À jouer aux gladiateurs dans un satané Colisée? Merde alors!

Sa peau s'échauffa contre la mienne et ses yeux émirent des éclairs. Le cerbère qui nous suivait laissa échapper un grognement et Bandit lui répondit de même.

— Il y a beaucoup de choses que tu ne comprends pas, Ruby. Je ne peux pas t'en vouloir, car c'est nous qui avons décidé de te laisser dans l'ignorance, mais je peux te demander de seulement bien vouloir nous écouter ?

— Tu es partie, dis-je âprement. Disparue. Pouf.

Je claquai des doigts.

— J'avais besoin de toi et tu as disparu du jour au lendemain, sans même un mot ou un au revoir. Tu sais combien ça fait mal ? dis-je en tirant mon bras d'un coup sec avant de le laisser tomber le long de mon corps. Tu n'as aucun droit de me demander quoi que ce soit.

Hela pressa le pas, souple et gracieuse même en armure.

— Tu ne veux pas m'entendre ? lança-t-elle par-dessus son épaule. Très bien.

Elle s'arrêta devant deux portes de trois mètres de haut, noires comme de l'onyx, décorées au centre d'un pentagramme en argent et divisées en leur milieu. Elle saisit les poignées et les ouvrit en grand, brisant l'étoile.

— Eh bien, peut-être les écouteras-tu, elles.

Mon cœur fit un bond et s'arrêta un instant en apercevant les quatre femmes se tenant debout autour de la plus longue table à manger que j'avais jamais vue.

— Mince alors, lâcha Moira. *Sadie* ?

— Vous deux, vous vous êtes attiré beaucoup trop de

problèmes depuis que vous avez déménagé de chez moi, dit en souriant la silhouette aux yeux verts.

Elle mordillait sa lèvre inférieure charnue du bout de ses canines. Elle avait été la responsable de l'orphelinat où Moira et moi nous étions rencontrées.

Une autre femme ricana. Mais je ne la reconnus pas.

— Elles se sont attiré beaucoup trop de problèmes quand elles étaient *chez* toi. Il y a une raison pour laquelle Ruby venait me voir toutes les semaines.

Elle sourit, cruellement, trop belle pour être vraie. Ses cheveux blonds tirant sur le blanc et sa peau pâle rendaient difficile d'identifier ce qu'elle était.

— C'était simplement parce que je n'étais plus là, intervint une autre femme d'une voix cinglante.

Je la regardai. Ses cheveux noirs ressortaient sur sa peau pâle et ses lèvres couleur rubis. Je connaissais cette apparition. Mère. C'était une des responsables de l'orphelinat avec qui j'avais passé la plus grande partie de mes années de formation jusqu'à ce que je parte de Portland.

— Oh, je t'en prie, dit la beauté cruelle avec un petit sourire narquois. Hela et moi sommes les seules qui lui avons manquées.

Ses yeux perçants se posèrent sur moi.

— N'est-ce pas, Ruby ?

— Euh..., balbutiai-je en étouffant un bâillement. Je ne sais pas qui vous êtes.

— Un cauchemar, dit avec désinvolture pas-Mère.

— Je préfère être un cauchemar qu'une apparition, coupa sèchement la beauté.

Les Cavaliers de l'Apocalypse m'avaient dit que la Péché Avidité était un cauchemar. Son vrai nom était Saraphine.

— Au moins, je ne suis pas hantée par les âmes que j'ai envoyées derrière le Voile.

— De ce que tu en sais, marmonna pas-Mère entre ses dents.

La quatrième femme, une banshee assise dans un coin, laissa échapper un petit gloussement en s'enfonçant dans son siège pour lever ses pieds. De lourdes chaussures frappèrent lourdement, la longue table en bois, faisant tomber de la boue et des touffes d'herbe tandis qu'elle se penchait en avant pour attraper une poignée de raisins qu'elle laissa tomber dans sa bouche.

— J'aimerais que nous soyons de vraies alliées. Même amies, pourquoi pas, quand tout cela sera terminé. Les amis ne se poignardent pas dans le dos pour subvenir à leurs propres besoins. Souviens-t'en.

— Vous êtes toutes jalouses, et pourtant c'est *moi* qui suis verte. Oh quelle ironie, ricana-t-elle.

Le cauchemar blond leva les yeux au ciel et lentement sa forme changea.

— *Martha* ? demandai-je.

Je restai sans voix.

La propriétaire aux yeux perçants de mon resto préféré de Portland cligna des yeux et me décocha un sourire en croisant les bras sur sa poitrine.

— Ce doit être extrêmement difficile pour toi de vivre sans bacon ou café, dit-elle d'une voix traînante.

Elle avait retrouvé la voix de la femme que j'avais connue pendant plus d'une décennie. Ma gorge se noua.

— Je vous ai tout laissé, murmurai-je, vacillant en arrière.

La silhouette de la vieille femme disparut et en un instant la blonde fut de retour... Saraphine se tenait devant moi. Cette fois, ses yeux n'étaient plus aussi durs, mais s'adoucissaient.

— Tu es une jeune femme pleine de bonté et tu aimes les tiens, dit-elle. Sache que je n'ai jamais douté que tu arriverais si loin. Je le savais dès le premier jour où tu es entrée dans mon resto.

— Moi non plus, acquiesça Hela, bien que l'expression de son visage indique clairement qu'elle n'était pas souvent d'accord avec cette femme.

— Elle a toujours été destinée à de grandes choses, les rejoignit pas-Mère.

— Elle était destinée à quelque chose, je suis d'accord avec vous sur ce point, dit la banshee, la bouche pleine de raisins.

Je haussai un sourcil et elle sourit avec férocité, tandis qu'elle se transformait en... Joe...

— Bon sang, mais c'est une plaisanterie, dis-je entre mes dents.

Le policier d'âge mûr au front dégarni et bedonnant me sourit timidement.

— Tu croyais vraiment que nous laisserions la fille de notre sœur grandir toute seule? demanda-t-il en secouant la tête comme il le faisait avant.

D'un coup, la banshee réapparut avec un sourire contrit.

— Tu es plus intelligente que ça, Morningstar, dit-elle en imitant pour plaisanter la façon qu'avait Joe de prononcer mon nom lors de nos fréquentes rencontres.

Je balayai la pièce du regard pour regarder chacune des femmes qui avaient joué un rôle dans ma vie sans que je ne le sache.

— Je ne sais que répondre à ça, dis-je avec sincérité.

— Merci, peut-être ? suggéra la banshee, ce qui poussa Saraphine… Avarice… à lever les yeux au ciel.

— Elle est sous le choc, dit pas-Sadie.

Je me tournai vers Laran, sans trop savoir si j'étais en colère ou simplement surprise lorsque je dis :

— Étais-tu au courant ?

— De qui il s'agissait ? demanda-t-il en les regardant, choqué.

Je hochai la tête.

— Non, dit-il en secouant la tête. Jamais.

— Bien sûr que non, dit la banshee en bâillant. Nous devions le cacher de personnes comme Lilith. Vous quatre n'aviez aucune chance.

Elle examina ses ongles, paraissant très fière d'elle, ce qui me rappelait un peu trop une certaine autre banshee. Je pivotai pour jeter un regard vers Moira qui observait la démone à table, les yeux plissés.

— Vous l'avez suivie pendant tout ce temps ? demanda tout à coup Moira.

Les Péchés la regardèrent et hochèrent la tête. Les

lèvres de pas-Sadie se pincèrent comme si elle savait où cette discussion les menait.

— Alors, soit vous êtes vraiment nulles dans votre boulot, plus que les quatre connards qui nous ont amenés ici, ou bien vous regardiez exprès ailleurs parce que toutes ces années où elle a vraiment eu besoin de vous, aucune d'entre vous n'était présente.

Hela grimaça comme si elle venait d'avaler quelque chose d'indigeste, mais la banshee... pas-Joe, dont je ne connaissais pas le nom... reposa lourdement ses pieds au sol et se leva, les bras croisés.

— Tu crois vraiment qu'elle a évité les problèmes avec la loi pendant toutes ces années ? Détention de stupéfiant ? Agression ? Incendie criminel, vraiment ? Aucune poursuite d'engagée, et elle n'est jamais passée devant un juge ? Et pourtant tu arrivais pour payer sa caution. Et elle traitait toujours avec moi. Ce n'est pas comme ça que ça fonctionne. Ne sois pas si obtuse, réprimanda-t-elle Moira en levant les yeux au ciel avant que ma meilleure amie ne puisse répondre. Vu sous un autre angle ? Je t'en prie. Si elle était restée tranquille, mon travail aurait été beaucoup plus facile. J'aurais pu rester assise sur mes fesses toute la journée à manger des donuts et faire des trucs, mais non. J'étais constamment dans les dossiers pour qu'elle ne s'en sorte avec rien de plus qu'une tape sur les doigts.

Elle grogna et se pencha à nouveau sur la table.

— *C'était épuisant. Bon sang comme je suis heureuse d'être rentrée.*

Eh bien, au moins cela m'éclairait-il sur qui elle était.

Seule Paresse pouvait se plaindre que je lui donnais plus de travail alors qu'elle était celle avec le moins de missions de terrain.

— Fainéante, lança pas-Mere.

— Jalouse, sourit la banshee.

— On peut en venir au fait ? demanda sèchement Moira.

— Le fait, dit la Péché Paresse, c'est que nous sommes restées dans l'ombre toutes ces années. T'élevant sans que tu ne saches que c'était nous. Nous avons veillé sur toi, éloignant les pires monstres afin que tu vives assez longtemps pour pouvoir le faire toute seule.

— Mais qui es-tu ? demandai-je.

Plus j'y pensais et plus la colère grandissait en moi.

Elles semblèrent prises de court, mais comment ne pouvaient-elles pas comprendre que ce n'était pas seulement un choc. Non... c'était une trahison. Il fallait que je sache qui elles étaient... à qui exactement j'avais affaire depuis toutes ces années.

— Nous sommes les mêmes personnes que nous avons toujours été, Blue...

— Qui êtes-vous, *vraiment* ? l'interrompis-je.

Hela soupira.

— Tu sais déjà que je suis la Péché Colère.

— Et toi ? demandai-je à la banshee.

— Paresse, répondit-elle. Mais tu peux m'appeler Ahnika.

Je regardai le cauchemar.

— Avarice ? demandai-je.

Une certaine tristesse émanait d'elle, alors qu'elle me regardait et hochait la tête une fois.

— Appelle-moi Saraphine.

Elle avait les lèvres serrées pour dissimuler un froncement de sourcil et la crispation de ses joues qui trahissaient son agitation.

— Et toi ? demandai-je à pas-Sadie.

— Je suis Lamia, répondit la femme au visage doux. Péché des Festivités.

Elle caressa avec contemplation le saphir bleu foncé qui pendait à son cou.

— Pas Gourmandise ? demanda Moira.

— Je suis gourmande de nature, cependant mes goûts vont pour les choses les plus raffinées de la vie, dit Lamia.

— Tu aimerais mon royaume, ajouta-t-elle. J'organise les plus belles fêtes.

— Tout comme Satan, lança pas-Mere.

— Pas la peine de faire ta petite jalouse, Merula...

— Envie ? demandai-je, interrompant carrément Lamia sans m'excuser. Je n'avais pas le temps d'écouter leurs prises de bec.

— En chair et en os, répondit la femme qui m'avait élevée pendant mes années de formation.

Je comptai mentalement les Péchés...

— Vous n'êtes que cinq, dis-je. Six péchés.

Tout avait été très clair à ce propos. Pas sept. Pas cinq. Six.

— Qui manque-t-il ?

Elles semblèrent toutes se regarder sans un geste, et

peu importe ce que ces femmes représentaient pour moi, je me figeai.

Encore plus de secrets ?

J'ouvris la bouche pour le dire, lorsqu'une voix résonna, me glaçant le sang.

— Je vois que vous avez commencé la petite fête sans moi.

Debout derrière moi se trouvait la dernière personne que je voulais voir à nouveau. Je réagis au quart de tour, tournai sur mes talons et lui frappai la tempe de la paume de ma main. Elle fit un pas de côté pour m'éviter, bloquant les trois autres coups que je lui assénai ensuite. Sa main bloqua mon poignet pour m'empêcher de tirer, lorsque l'arbalète en métal brillant se matérialisa sur mon bras, déjà armée.

Je laissai échapper un grognement, cependant ce fut Laran qui parla :

— Bordel, qu'est-ce que tu fiches ici ?

— Bonne question, répondit-elle avec désinvolture.

Je m'avançai pour la frapper de mon autre main et elle dut lâcher l'arbalète pour éviter mon crochet. J'étais loin d'être mauvaise pour me battre, cependant affronter une adversaire de plusieurs milliers d'années n'était pas vraiment la recette du succès dans un combat à la loyale. Je me concentrai sur elle de toutes mes forces et pivotai mon poignet d'un coup sec pour tirer. Le reste n'était que de la chance.

La flèche s'envola et la frappa dans la poitrine avec suffisamment de force pour briser l'os. Sin fit un pas en arrière et me lança un regard noir.

— Tu te sens mieux ?

— Mmm, dis-je d'une voix sarcastique et traînante. Trois de mes partenaires manquent à l'appel et mon âme a été coupée en deux, alors je vais répondre sans hésitation, non.

Elle soupira, tirant d'un coup sec sur la flèche plantée dans sa poitrine. La vue de son sang apaisa légèrement mon envie de le verser.

— Au moins, ils ne sont pas morts, ironisa-t-elle.

— Pas grâce à toi ! rugis-je.

Mes doigts s'agitèrent, car je sentais à nouveau quelque chose de tapi en moi. Comme les braises d'une énergie qui pourrait se transformer en un incendie si seulement je pouvais les saisir. Je tendis la main, mais les braises m'échappaient.

— Les filles ? s'écria-t-elle par-dessus son épaule en se raclant la gorge. Quelqu'un pourrait me donner un petit coup de main ?

— Tu as de la chance qu'elle ne ressemble pas plus à Hela, répliqua Merula.

Sin lui lança un regard vide et claqua des doigts. Ses vêtements maculés de sang furent instantanément remplacés par des vêtements propres.

— Que fait-elle ici ? demandai-je en colère.

Un malaise croissant commençait à m'envahir.

Elles étaient cinq... à présent, elles étaient six.

— Ruby, soupira Hela. Je te présente la remplaçante de ta mère, Sinumpa, la Péché Capitale Luxure.

19

J'ouvris la bouche et la refermai trois fois, tentant de trouver les bonnes paroles. Mais la chose était… qu'il n'y en avait pas.

— Remplaçante? dis-je doucement, bien que ma voix semble creuse et froide. Vous essayez de me dire que vous l'avez remplacée par cette connasse qui nous a tués Laran et moi?

Les Péchés se regardèrent à nouveau, à part Sinumpa… qui m'observait. Ses yeux légèrement plissés glissaient sur mon corps, du sommet de ma tête jusqu'à mes pieds sales.

— *Elles* n'ont remplacé personne, dit-elle.

— Oh? fis-je en haussant un sourcil. Vraiment? ironisai-je sans pitié.

Bandit m'enlaça fermement.

— Je t'en prie, explique-moi exactement qui a fait de toi la Péché de Luxure, alors?

Sinumpa laissa échapper un soupir et ses épaules s'affaissèrent légèrement.

— Ta mère.

— Conneries !

— Vraiment ? demanda-t-elle, me mettant au défi de la contredire. Tu n'étais qu'un bébé quand je vous ai trouvé toutes les deux à Atlanta. Ta mère connaissait la musique. Elle m'a tout de même supplié de t'épargner. Pas elle. Toi.

Je déglutis, car je n'avais pas voulu entendre parler de ma mère quelques jours auparavant et je ne le souhaitais pas plus aujourd'hui.

— Elle m'a passé son titre afin que j'aie le pouvoir de te cacher jusqu'à ce qu'il soit l'heure qu'on te trouve. Le savais-tu ?

Elle défit les quatre premiers boutons de sa chemise et écarta le tissu.

— Savais-tu qu'elle m'avait apposé sa marque avant de m'ordonner de la tuer et de mutiler son corps afin que ma mère croie qu'elle avait été savamment interrogée et qu'elle était morte pendant son supplice en refusant d'avouer où elle t'avait cachée ?

Sur sa peau, il y avait une marque d'un rouge magenta profond qui représentait des lignes qui tournoyaient et s'enchevêtraient.

— Le savais-tu, Ruby ? Est-ce que...

— J'ai compris, crachai-je en me mordillant l'intérieur de la joue.

Bandit se prépara sur mon épaule, montrant les dents à la femme Fae.

— Non, poursuivit Sin. Je ne crois pas que tu comprennes. La seule façon de devenir Péché, quelle qu'elle soit, c'est si la Péché précédente te passe sa marque et son titre. Lola m'a donné les siens quand je vous ai trouvées à Atlanta. C'est *moi* qui t'ai cachée avant que les autres enfants de Lilith ne viennent te chercher. C'est *moi* qui ai chassé tous les monstres qui s'approchaient trop près de toi afin que les cinq autres puissent te protéger sans griller leur couverture. C'est *moi* qui t'ai gardée en vie pendant vingt-trois ans, alors ne me dis pas *j'ai compris.*

À la fin de son petit discours, je ne montrai pas la gratitude qu'elle se serait attendue à ce que j'éprouve.

Toute ma vie avait été un mensonge, mais ce n'était pas suffisant. M'éduquer pour que je ne sache jamais la vérité n'était pas suffisant. Elles avaient dû me mentir à leur sujet également, ce qui donnait si peu de valeur au temps que j'avais passé sur Terre et à toutes mes expériences.

Déçu n'était pas un mot assez fort.

C'était plus comme la trahison ultime.

— Y avait-il seulement quelque chose de vrai? demandai-je.

Cette fois-ci, le ton de ma voix n'était ni froid ni brûlant, il était vide. Comme le trou béant dans ma poitrine où l'on m'avait arraché mes partenaires.

— Ou bien n'était-ce qu'une organisation afin de garder l'héritière en vie, jusqu'à ce que j'échoue parce que personne ne m'a rien dit?

— Nous ne voulions pas te garder dans l'ignorance, dit Saraphine.

Je refusai de l'appeler Martha, car ce n'était pas elle. Elle ne l'avait jamais été. Saraphine était une étrangère... comme ce visage qui me fixait... et je préférais qu'il en soit ainsi.

— Mais nous avions tous notre rôle à jouer. Des rôles dont nous avions convenu avant la mort de Lola. Même Lucifer n'était pas au courant que nous étions parties pour te rejoindre.

— Mais pourquoi? Pourquoi vous embêter à être présentes lorsqu'il aurait suffi de me ramener en Enfer ou d'envoyer les Cavaliers de l'Apocalypse plus tôt, ou tout un tas de choses qui ne se seraient pas terminées comme aujourd'hui, dis-je en baissant la tête.

— Tu n'as pas échoué, dit Hela. Aujourd'hui, ça s'est déroulé exactement comme nous nous y attendions... à l'exception de la mort de Guerre.

Mon cou craqua lorsque je tournai la tête brusquement pour la regarder dans les yeux.

— Vous saviez que ça allait m'arriver?

— Nous avons planifié beaucoup de choses, dit la banshee... Ahnika.

Elle leva des raisins au-dessus de son visage, les faisant tomber un à un dans sa bouche.

— Si vous vouliez tous vous asseoir, nous pourrions commencer depuis le début, poursuivit-elle doucement.

Elle haussa un sourcil tandis qu'un grain de raisin tombait, elle ferma les dents et le coupa en deux, l'autre partie tombant par terre. Elle ne parut pas le remarquer.

Je pris une profonde inspiration, jetant un regard vers Moira qui avait les bras croisés sur sa poitrine. Près d'elle, Jax paraissait hésiter entre rester là et s'en aller. Il avait accompli son travail, après tout. Il m'avait permis d'arriver en vie à Inferna. Derrière lui, Morvaen se tenait près de la porte, observant autour d'elle, les yeux plissés. Elle ne faisait pas confiance à cet endroit, et elle avait raison. Je n'avais toujours pas trouvé ce que nous allions faire d'elle, mais pour le moment, obtenir des réponses et récupérer mes Cavaliers de l'Apocalypse étaient mes priorités.

Laran vint près de moi et me serra doucement la hanche en posant un baiser rêche sur ma tempe. Je me préparai à ce qui allait suivre et j'allai m'asseoir de l'autre côté de la table, en face d'Ahnika.

Je croisai les jambes en m'étendant sur les coussins moelleux. Mon bras droit reposait sur l'accoudoir de la chaise, plié de façon à poser mon menton sur mon poing fermé. L'arbalète était armée, dépassant juste assez pour que la flèche m'évite tout en atteignant son but si je devais tirer. Je ne m'attendais pas à en avoir besoin. Bon sang, je pensais que ça ne ferait que provoquer la colère de celle que je toucherais. Mais si je n'avais plus de pouvoirs, cette arme en métal me donnait l'impression d'en récupérer un peu. Je m'y accrochai si fort que mes doigts devinrent presque froids et paraissaient presque engourdis.

— Tu voulais parler ? Eh bien, parle. Depuis le début.

Les sourcils d'Ahnika se froncèrent pendant un instant avant qu'elle ne pose ses pieds et se penche en avant sur ses coudes, les bouts de ses doigts joints. J'avais son attention à présent.

— D'accord, jeune Morningstar. Depuis le début.

Elle hocha la tête une fois et les autres Péchés prirent un siège. Le calme m'envahit et j'inclinai la tête. En moi, il y avait une Ruby qui souffrait. Une Ruby qui saignait. Je ne pouvais me permettre d'être moi-même en ce moment. Je ne pouvais pas me permettre de perdre la tête. Il n'y avait plus de bête pour m'équilibrer, et pour cela, je devais m'équilibrer moi-même. En ce moment précis, cela signifiait mettre de côté tous mes sentiments, car les sentiments ne me sauveraient plus.

Mais la vérité peut-être.

Alors, j'écoutai.

20

—Au départ, quand l'Éden était nouveau, un Être Essentiel extrêmement puissant apparut. Elle s'appelait Genesis, commença Ahnika.

—J'ai déjà entendu cette histoire, soupirai-je.

—Tu.as entendu la version de Lilith, mais elle était à peine plus qu'un bébé quand ça a été la fin d'Éden et que l'Enfer est né, répondit Hela.

Je fermai la bouche et inclinai la tête pour qu'elles poursuivent.

— Genesis était l'Être Essentiel de la création. Elle a commencé par nous créer nous, Lola incluse, comme les six originelles. Nous incarnions chacune un aspect d'elle, et nous avons été connues en tant que telles, tandis qu'elle créait les autres. Elle a divisé notre monde en provinces et nous en a légué une partie à chacune, nous donnant pour mission d'en prendre soin pendant qu'elle veillerait sur nous toutes, et pendant une période ce fut agréable.

Ahnika se pencha en avant et laissa tomber la grappe de raisin vide sur l'assiette devant elle.

— Puis Lucifer est arrivé, dit Merula.

Elle passa ses cheveux noirs et soyeux par-dessus une de ses épaules et ses lèvres rouge cerise esquissèrent une grimace.

— Dans un tourbillon de flammes, l'Être Essentiel des flammes causa la division entre les mondes. Genesis fut éprise de lui dès qu'elle le vit, car Lucifer était le premier être qu'elle n'avait pas créé. Plus il resta et plus son attirance augmenta, jusqu'à devenir une obsession, expliqua-t-elle en pliant ses doigts pour montrer ses ongles peints rouge sang. Après son échec avec Dieu, Lucifer ne voulait plus être lié à une femme...

— Pourquoi ? demanda Moira.

Merula lui décocha un regard de réprobation, pourtant la question était pertinente.

— Parce qu'il l'avait déjà fait avec Dieu, répondit Ahnika. Il lui avait tout donné. Son cœur. Son âme. Ils avaient été créés égaux... lui l'Être Essentiel du feu, et Dieu l'Être Essentiel de la lumière. Un couple harmonieux...

— Il en voulait plus, dit Hela en prenant la suite. Dieu ne s'épanouissait pas totalement dans l'amour de Lucifer et décida de ne plus être lié à lui. Il voulait être vénéré par tous. Un être au-dessus, un Dieu.

— Lucifer refusa de se lier après cela, dit Merula. Ce qui rendit Genesis folle, et dans sa folie, elle décida d'un ultime acte de création. Elle voulait de vrais enfants, alors de désespoir, elle se partagea en deux... créant les Faes... condamnant ainsi son monde.

Elle secoua ses longs cheveux noirs pour marquer sa désapprobation.

— Le monde a commencé à s'écrouler parce que Genesis s'était liée à lui, expliqua Merula. Les Êtres Essentiels ne doivent pas avoir de lien avec un monde, mais s'ils le font, ça augmente énormément leur pouvoir. Et cette planète, ce royaume auquel ils se sont liés dépend de l'Être Essentiel pour maintenir la vie. Si cet Être Essentiel meurt, l'unique vrai moyen d'empêcher qu'il n'implose consistait à ce qu'un autre Être Essentiel fasse de même. Lucifer était notre seule option, contrairement à ce que Lilith pourrait t'avoir dit. Sans lui, l'enfer comme nous le connaissons, n'aurait jamais existé parce que l'Éden... le monde... aurait cessé d'exister. Et nous avec.

— Ce n'est pas pour dire que ton père était un saint, renchérit Lamia. Il appréciait beaucoup les avantages que lui procurait son lien avec l'Enfer, et il est devenu le Roi. Lilith n'était qu'un bébé quand il s'est lié à la planète et ton père prit sur lui pour l'élever elle et Ève. Elle a grandi et est devenue une petite conne égoïste qui méritait de gouverner uniquement parce qu'elle et Ève étaient nées de la mort de Genesis. Tout comme sa créatrice, elle s'est focalisée sur les mauvaises choses. Obsédée par le fait qu'elle n'avait pas le pouvoir d'un Être Essentiel au lieu de s'occuper du peuple que Lucifer lui avait offert en faisant d'elle l'une des nôtres. Elle en a abusé. S'intéressant à la magie noire, peu importait le prix, tandis qu'il refusait de voir en elle autre chose qu'une gentille petite fille qui ressemblait à Genesis.

Elle leva les yeux vers les lustres de cristal qui pendaient au-dessus de nous. Elle serra les lèvres en me regardant droit dans les yeux.

— Puis Ragnarök est arrivé. Une banshee tellement puissante qu'il n'annonçait pas seulement la mort de ceux qui l'entouraient, mais bien la fin du monde. Il prédit un avenir où l'Enfer brûlerait comme jamais avant. Les frontières entre ce monde et tous ceux que Lucifer avait unis s'embraseraient. Des milliards d'humains, de démons et même d'anges mourraient.

— Le paradis aussi brûlerait ? demandai-je.

— Oui, répondit Hela. Ton père était la plus pure forme de feu dans le corps d'un homme. Il pouvait se téléporter par le feu non seulement entre deux points en Enfer, mais également entre les mondes eux-mêmes. C'est ainsi qu'il est arrivé ici, et qu'inévitablement, tout ce qu'il touchait mourrait... à part toi.

— Mais je suis morte, l'interrompis-je.

— En effet, acquiesça-t-elle d'un hochement de tête. Mais tu es revenue à la vie. Ragnarök avait prédit qu'une fille naîtrait du feu. Qu'elle exercerait d'immenses pouvoirs et finirait par être la clé qui stopperait l'apocalypse. Cette femme serait ramenée à son peuple par quatre Cavaliers de l'Apocalypse et qu'elle mettrait un terme à l'incendie.

— Mais je ne comprends pas... commençai-je.

— Tu comprendras, m'interrompit Merula. Quand Ragnarök révéla sa prophétie, Lilith était déjà aussi folle que la femme qu'elle appelait maman, mais dix fois plus cruelle. Genesis était une divinité égoïste, pas si différente de nous. Nous avons été créées à son image après tout. Mais l'enfant qu'elle a engendré était un vrai monstre.

Elle secoua la tête.

— J'étais avec elle quand la prophétie a été énoncée. J'ai vu cette lueur dans son œil. Je reconnais la jalousie quand je la croise, et dès l'instant où Ragnarök t'a prédite, Lilith a commencé à échafauder des plans.

— Et mon père n'en a rien vu? demandai-je, sceptique.

Elles secouèrent toutes la tête de manière solennelle, mais en colère. Elles avaient toutes les raisons de l'être.

— À une époque, elle était maîtresse en tromperie, commença Sinumpa en reprenant l'histoire. Mais au fil du temps, elle se mit à croire aux mensonges qu'elle racontait. Elle devint délirante et tomba dans son propre piège. La prophétie de Ragnarök la rendit désespérée, car elle savait qu'un jour Lucifer tomberait, et lorsque ça arriverait, il y aurait quelqu'un pour prendre son trône… le trône qu'elle considérait comme lui revenant de droit depuis le début.

Elle haussa ses deux sourcils en fixant la table entre nous. Elle tapait la longue table en bois de ses ongles avec une force telle, qu'elle aurait pu arracher le cœur d'un homme.

— Elle se mit en tête que si ton père pouvait engendrer un Être Essentiel, alors elle pourrait donner naissance à l'un d'entre eux, si elle avait le bon enfant avec la bonne lignée.

Je déglutis la bile qui remontait dans ma gorge. Le dégoût me submergeait. Sinumpa sourit froidement.

— Je vois que ni mon titre ni ma lignée ne t'ont échappé dans la caverne. Sinumpa, Enfant de Lilith, Fille de Caïn.

Elle cracha le nom de sa mère comme s'il s'agissait de venin.

— Au moment même où Lilith s'était convaincue d'avoir besoin d'un mâle Seelie, une des progénitures d'Ève a déboulé en enfer avec la marque de Caïn sur sa tête. Elle l'a piégé puis l'a violé. Encore. Et encore... jusqu'à ce qu'elle m'attende, moi.

Un enfant né dans le sang et la douleur. Une fillette élevée par un monstre déguisé en ange. J'eus pitié d'elle, ne serait-ce qu'un instant.

— Mon pè... Lucifer a permis ça ?

Elle crispa les lèvres lorsque je me corrigeai.

— Lucifer n'en savait rien. Il n'a jamais appris non plus à propos des centaines d'autres mâles qu'elle avait retenus à différents moments au fil des années. Et même si je suis plutôt unique, je ne suis pas un Être Essentiel... à la différence de toi.

Il n'y avait aucune trace de jalousie dans sa voix, simplement une profonde fatigue. Le type d'épuisement que l'on ne ressentait pas après une mauvaise journée ou une mauvaise semaine. Un abattement qui s'ancrait jour après jour. Qui s'amplifiait, rongeant peu à peu ce que l'on était, qui l'on était, jusqu'à ce qu'il ne reste plus qu'un sentiment de vide, d'engourdissement.

— Chacun d'entre eux violé jusqu'à ce qu'ils soient capables d'engendrer une fille.

— Pourquoi une fille ? demanda Moira.

— Les mâles sont inférieurs dans la ville de Brimstone. Ils sont utilisés comme esclaves et étalons pour la reproduction par les femmes d'Orgueil. Elle les considérait trop primaires. Enclins à céder à leurs désirs primaires plutôt qu'à réfléchir, répondit Sinumpa sans même y penser.

— C'est dur, marmonna Moira.

Sinumpa se contenta de hausser les épaules.

— Elle construisait une armée d'enfants immortels. Certains auraient ainsi leurs propres enfants qui seraient enrôlés à la naissance. Je n'ai gagné ma liberté que cette nuit-là.

— Comment a-t-elle pu dissimuler tout cela si c'était elle qui était enceinte ? demandai-je.

Les démones portaient leurs enfants pendant deux ans avant d'accoucher. En était-il de même pour les Faes ?

— Elle ne l'a pas fait, répondit Ahnika. Cacher sa grossesse, je veux dire. Ton père n'avait pas de problème avec le fait qu'elle ait des enfants. Ils n'ont jamais entretenu de relations... romantiques. Il l'a élevée, après tout. Il n'a jamais trouvé étrange qu'elle désire des enfants vu que Genesis était sa mère. Ce n'est que quand les Cavaliers de l'Apocalypse sont apparus qu'il a commencé à comprendre qui elle était vraiment.

Toutes les Péchés acquiescèrent d'un hochement de tête et une fois de plus, la conversation fut reprise par une autre.

— Tout comme moi, Lilith a un penchant pour l'Avarice, dit Saraphine.

— Pour être honnête, elle a vraiment des choses en commun avec chacune d'entre nous, intervint Ahnika.

Avarice hocha la tête, clairement d'accord avec elle.

— C'est vrai, mais son Avarice s'est imposée le jour où Lucifer lui a fait une proposition.

Elle ne sourit pas en posant son regard sur Laran. Il se figea sous ses yeux marron et pénétrants qui avaient, dans cette lumière, une teinte rouge et cauchemardesque.

— Il croyait la prophétie de Ragnarök annonçant que tu reviendrais avec les quatre Cavaliers de l'Apocalypse. Mais ce n'était pas des démons qui existaient encore. Alors il les a créés. Il t'a créée, en fait.

Je tendis la main pour attraper celle de Laran, m'accrochant à sa chaleur.

— Il voulait que vous soyez des gardiens parfaits pour sa petite fille quand elle naîtrait, alors il a passé un marché avec le monstre qu'il avait élevé. Quatre femmes acceptèrent d'être les mères des Quatre Cavaliers de l'Apocalypse, sachant qu'elles n'y survivraient pas. Quatre femmes stériles, devrais-je ajouter. Lilith leur transmit sa propre magie de sang et les pouvoirs de Lucifer. Suffisamment de feu pour les immuniser, juste assez de puissance pour pouvoir te maîtriser. Rien de plus.

— Que lui a-t-il donné en échange ? demandai-je en craignant la vérité.

J'attendis que Laran prenne une profonde inspiration puis me réponde.

— Notre enfance, dit-il. Elle avait déjà la pleine gérance de son domaine et il ne pouvait rien offrir qui appartenait aux Péchés, alors il a passé un marché avec nous.

— C'était avant qu'elle tue une des démones qui portait un enfant, intervint Sinumpa.

— Quoi ? demandâmes simultanément Moira et moi.

— J'approchai le millier d'années à l'époque, alors les détails de mon adolescence sont un peu flous, dit-elle en se tournant vers Hela près d'elle.

Le fait qu'elle considère mille ans comme l'adolescence en disait long sur la femme que je découvrais de plus en plus.

— Elle a empoisonné une des démones et Lucifer l'a appris. Il fut enragé, surtout qu'il était censé donner les enfants une fois nés. Forcé de passer un nouveau marché à présent qu'il y avait tant en jeu, il fit un pacte de sang disant que tant qu'elle ne ferait pas de mal aux Cavaliers de l'Apocalypse, ou qu'elle ne permette pas qu'on leur fasse du mal, alors personne ne pourrait la tuer tant qu'il serait en vie, sans subir le même sort... lui inclus.

Ses lèvres se pincèrent, trahissant ce qu'elle pensait vraiment de ce pacte de sang.

— C'était un geste désespéré qu'il n'aurait jamais dû accomplir, commenta Ahnika.

— Mais il l'a fait, soupira Hela. Et lorsque les trois

démones accouchèrent, l'une d'entre elles portait des jumeaux. Même à cette époque il pensait que c'était le mieux à faire pour toi et pour l'Enfer. Les chances qu'une mère meure et qu'une autre ait des jumeaux étaient trop incroyables pour n'être qu'une coïncidence. Dans son esprit, les quatre Cavaliers de l'Apocalypse signifiaient que la prophétie de Ragnarök était inévitable.

— C'était une prophétie qui ne se serait jamais réalisée si les Cavaliers de l'Apocalypse n'avaient pas été créés, coupa sèchement Ahnika.

— Une prophétie qui s'est quand même réalisée, dit Merula durement.

— Une prophétie qui nous empêchait d'éliminer la connasse avant qu'elle n'accumule suffisamment de pouvoir et d'aide pour devenir un vrai problème, répliqua Ahnika.

— On pourrait arrêter les disputes et revenir à l'histoire ? intervins-je en me penchant en avant sur la table.

Je saisis une pomme de la corbeille devant moi et la croquai.

— Pendant de nombreuses années, nous avons continué cette trêve irrégulière. Comme promis, les Cavaliers de l'Apocalypse furent élevés par elle et effectuèrent leur transition, après quoi ils furent libres de faire comme bon leur plaisait. Les années se sont écoulées. Des millénaires. Puis Lola tomba enceinte. Cela changea tout.

Hela fixa la table en bois en face d'elle et l'expression de son visage me donna l'impression qu'elle voyait quelque chose que nous autres ne pouvions voir.

— Tu as tout changé. Avant toi, les Êtres Essentiels n'étaient jamais *nés*. Ils étaient créés lorsqu'on en avait besoin. Ton arrivée signifiait que le changement était en route, et avec lui, une nouvelle ère.

Je levai ma main libre pour l'interrompre et Hela se tut, inclinant la tête en avant pour m'inviter à parler.

— J'entends ce que vous dites, mais je ne suis pas un Être Essentiel. Je ne le suis qu'à moitié. Mon autre moitié est Succube.

J'étais quasi certaine de moi vu que je buvais le Kama comme une accro en manque.

— Ce n'est qu'à moitié vrai, dit Hela avec hésitation. Tu as besoin d'être sustentée comme une succube, mais ton pouvoir est Essentiel. Nous l'avons ressenti dès que tu es née. C'est la raison pour laquelle Lucifer t'a liée à ta bête. Il avait espéré qu'elle garderait ta puissance sous contrôle jusqu'à ce que les Cavaliers de l'Apocalypse viennent à toi.

— Je n'ai eu que des dons limités toute ma vie, dis-je. Moira ricana, mais je l'ignorai.

— C'est vrai, acquiesça Merula. Mais c'était parce que ta puissance ne réside pas dans le feu comme nous pensions que ce serait le cas.

— De quoi parlez-vous ?

— Oh, jeune Morningstar, tu as tant à apprendre au sujet des tiens, dit Ahnika en gloussant. Les Êtres à demi Essentiels n'existent pas. Tout comme les pouvoirs dont tu as fait preuve n'étaient pas dus au hasard. Genesis détenait le pouvoir de création dans ses doigts. Ton père possédait le feu. Dieu détenait la lumière. D'autres sont venus, à la fois sur Terre et dans d'autres mondes, avant et après la mort de Genesis. Pourtant, tu es assise devant nous, complètement ignorante du fait que tu es l'Être Essentiel le plus puissant jamais connu jusqu'à aujourd'-hui. Je me demanderais si tu ne feignais pas cette humi-lité si je ne t'avais pas déjà interrogée. Tu n'es pas ce que l'on pourrait vraiment appeler une bonne menteuse.

Quelques Péchés ricanèrent, se rappelant sûrement certains souvenirs de moi avec bienveillance, ce qu'au-jourd'hui je considérais comme une trahison.

— De quoi parles-tu, Ahnika ? demandai-je.

— Jusqu'à ce que ton père meure, personne ne pouvait lever la main sur Lilith. Elle était impossible à arrêter quand ton père est passé de l'autre côté du Voile. Elle a pris ta bête, convaincue qu'elle lui procurerait le pouvoir d'un Être Essentiel... ton pouvoir... mais ton pouvoir ne réside pas seulement dans la bête.

— Tu parles par charades que je ne comprends pas. Bien sûr que mon pouvoir réside seulement dans ma bête.

— Non, Ruby, dit Hela. Ce n'est pas vrai.

— En ce moment, Lilith part du principe que tu es morte, mais si elle t'avait tuée, la bête serait morte égale-ment. C'est une relation symbiotique, dit Sinumpa, que je n'arrivais pas à appeler Luxure.

C'était la Péché de Lola, ce qui était tellement étrange. Je ne pouvais l'appeler Sin, car nous n'étions pas amies. Nous n'étions que des alliées jusqu'à ce que la cause supérieure soit atteinte.

— Elle pensait que tu étais un Être à demi Essentiel… ce qui n'existe pas… et comme elle tient de Genesis, elle pensait savoir tout ce qu'il y avait à savoir sur ton espèce. Elle n'a pas compris que toi, ma chère enfant, tu n'es pas un Être Essentiel de feu comme ton père. Tu es un Être Essentiel de *magie*. Dès que tu rentres en contact avec un pouvoir, tu t'en imprègnes et le fais tien.

Ses yeux couleur mercure brillaient d'une lueur sinistre, ce qui me rappela le jour où elle m'avait volé ma télépathie avant de m'avoir rendue incapable d'en parler à mes Cavaliers de l'Apocalypse ou à quiconque d'autre. Elle sourit, comme si elle savait ce à quoi je pensais.

— Tu l'as fait avec les pouvoirs de ton père quand tu étais bébé, dit Merula.

— Et avec les pouvoirs de ta mère, ajouta Saraphine.

— Et lorsque tu as tué ce garçon dans ma maison quand tu avais seize ans, intervint Lamia.

Je suffoquai un instant.

— Tu savais pour Denny ? demandai-je.

— Mon enfant, dit-elle en souriant. Tu crois que tu pourrais tuer quelqu'un et que je ne le remarquerais pas ? Qui crois-tu qui a tout arrangé avec les autorités ?

Je sentis la main de Moira se faufiler sous la table et se poser sur mon genou, le serrant doucement. Je n'aimais pas penser à Denny. À ce que j'avais fait cette nuit-là. À la façon dont Moira et moi sommes devenus sœurs de sang.

— Après que nous avons fait un pacte de sang toi et moi, tu as fait preuve d'aptitudes à la magie, intervint Sinumpa, omettant gentiment qu'elle m'avait empêchée de montrer quoi que ce soit une fois qu'elle s'en était rendu compte.

Je regardai toutes les personnes autour de la table, l'une après l'autre, et compris que nous y étions. Elles pensaient vraiment, sincèrement que je pouvais arrêter Lilith parce que j'étais un Être essentiel super puissant.

L'idée était que... je n'arrivais pas à réprimer le ricanement qui commençait à monter en moi et à se transformer en gloussement. Je me mis à rire tellement fort que mes yeux se remplirent de larmes qui se mirent à rouler sur mes joues. Jusqu'à ce que j'aie un point de côté, et malgré la douleur, je continuais, de rire... lorsqu'enfin le fou rire s'arrêta pour laisser place à un silence pesant, je me mis à parler.

— Les filles, vous avez placé vos espoirs et vos rêves dans la mauvaise femme, dis-je alors qu'un autre gloussement s'échappait de mes lèvres, à la limite de la folie. Lilith m'a tuée. Elle a volé la bête et mon pouvoir. Je n'ai rien.

Et je le croyais sincèrement.

— Tu as tort, Blue. Tu as le sang, dit Hela.

— Quoi ?

Je secouai légèrement la tête, car je n'étais pas certaine qu'elles m'écoutent vraiment si nous revenions à cela. J'étais venue ici en espérant trouver des réponses afin de réparer ce qu'il s'était passé. Pas pour qu'on me dise que j'étais le Messie qu'elles attendaient. N'écoutaient-elles pas ?

— Ton pouvoir est dans ton sang, jeune Morningstar, dit Ahnika. C'est la raison pour laquelle nous t'avons testée comme nous l'avons fait. Il fallait que tu rencontres Lilith. Sinumpa devait être libérée de son pacte de sang. Tout ceci devait arriver. C'était *l'unique* moyen.

L'arrière de ma jambe frappa ma chaise lorsque je me levai un instant, heureuse qu'elles ne puissent pas voir mes jambes trembler sous la table.

— L'unique moyen pour qui ? demandai-je.

— Pour tout le monde, murmura-t-elle.

— Pourquoi ? insistai-je.

Ses réponses ne me suffisaient pas. Le martèlement dans ma tête causé par la déshydratation et la perte de sang accentuait ma colère.

— Parce qu'à présent tu possèdes le pouvoir dont tu as besoin pour gagner cette bataille une bonne fois pour toutes, répondit Sinumpa.

J'ouvris la bouche, mais Moira parla.

— La magie de sang, murmura-t-elle.

Ses yeux aux pentagrammes bleus se tournèrent vers moi, ondulant comme ils le faisaient toujours.

— En te tuant, Lilith a utilisé *sa* magie sur toi.

Je me figeai. J'eus le souffle court lorsque tout ce qu'elles m'avaient raconté se mit en place et que je compris tout à coup.

Lilith était si puissante que même les Péchés ne pouvaient l'affronter. Mais si j'avais son pouvoir et les Péchés à ma disposition...

— Ce n'est pas tout ce que tu possèdes, dit soudain Sinumpa.

Elle fit un geste vers ma main. Non, elle fit un geste

vers… l'anneau. Ma carte « sortie de prison » comme l'appelait Allistair. Je ne pensais pas qu'il voyait cela ainsi.

—J'ai enfermé un fragment de ta magie dedans. Tout ce qui était à ta mère et à ton père est là, quand tu seras prête à l'assimiler.

L'assimiler. Je me ressassais ces mots dans ma tête.

Lilith m'avait tout pris. Elle avait tout pris de toutes les personnes autour d'elle. De mes Cavaliers de l'Apocalypse. Des Péchés. De mon Père. De ses propres enfants.

Elle avait mordu le Diable. Il était temps que le Diable la morde à son tour.

21

P loc.
　　Ploc.
Ploc.

Je tirai mes genoux contre moi et les plaçai sous mon menton. Du sang, des croûtes, de la poussière et des feuilles tournoyaient sur le sol en galet de la douche. Les petites pierres rondes étaient inconfortables sur ma peau tandis que je m'adossai contre le mur derrière moi, écoutant d'une oreille distraite l'eau qui s'écoulait. Les gouttes froides éclaboussaient mon corps. Des images du coup tailladé de Laran me revenaient par flash. J'inclinai ma tête en avant sur mes genoux, tentant d'apaiser la tempête qui se déchaînait en moi.

Ils étaient partis. Pas morts, mais partis.

Dérobés.

Oui. C'était cela. Dérobés, avec ma bête.

Je n'avais même pas su que c'était possible jusqu'à cette nuit. En même temps, je ne savais pas vraiment qui

273

j'étais… ni ce dont j'étais capable. Elles affirmaient que je détenais toujours de la magie, que mon sang lui-même était magique, que Lilith ne serait jamais capable de me dépouiller de mon vrai pouvoir.

J'en étais heureuse. Aujourd'hui plus que jamais. Tout perdre avait été comme un électrochoc. Je n'avais jamais été aussi sûre de moi, aussi présomptueuse au point de penser que mes pouvoirs me sauveraient. Je voulais dire que si j'avais été plus intelligente rien de tout cela ne serait jamais arrivé, mais je ne le croyais pas vraiment. Les Péchés m'avaient piégée, et au bout du compte je n'avais pas le choix. Elles avaient dressé le décor et comme la marionnette que j'étais… je dansai.

La dernière fois, j'avais tenu pour acquis mes pouvoirs, j'avais considéré ma sécurité comme allant de soi. J'avais tout pris, espérant comme un enfant que tout irait bien.

Cet espoir m'avait presque brisée.

Ma main se serra sur la poignée en métal. Elle grinça lorsque je la tournai. L'eau coula plus lentement.

Ploc.

Ploc.

Ploc.

Je n'allais pas me cacher ici et espérer. Je n'allais pas m'asseoir sur le sol pour pleurer, hurler ou prier. Tout ça pour le même résultat.

Rien. Ça ne servait à rien.

Ça ne sauverait personne.

J'inspirai en laissant mes bras retomber le long de mon corps. Je posai mes paumes à plat au sol, laissant mes mains en ressentir le moindre centimètre inconfortable en appuyant sur le sol de la salle de bain pour me redresser sur mes deux jambes. Elles ne tremblaient plus.

Et si l'on me laissait faire, elles ne trembleraient jamais plus.

Je me postai devant le miroir.

Ploc.

Ploc.

Ploc.

L'eau éclaboussait le sol derrière moi tandis que mes cheveux mouillés se collaient sur mon visage. Je restai debout, froide et nue devant le miroir en détaillant toutes les cicatrices qu'elle m'avait infligées, chaque marque qu'elle m'avait volée, le moindre centimètre de peau sans défaut... et je le détestais.

Je détestais les cicatrices, non pas parce qu'elles étaient moches, mais parce que chaque coupure et chaque coup de couteau venaient de la lame qui avait enlevé ma bête. Chaque centimètre de peau nue où les marques des Cavaliers de l'Apocalypse auraient dû se trouver n'était plus que des gouffres béants dans mon cœur et je réalisai que même grâce à ma magie, je n'arrivais plus à sentir leur présence.

Ils avaient disparu.

Mais ils n'étaient pas morts.

Il fallait que je m'en souvienne. Il y avait encore une chance de les sauver. Je pouvais encore récupérer tout ce que j'avais perdu, et plus encore, car si je ne me le rappelais pas, si je ne me focalisais pas là-dessus... j'aurais beau avoir le pouvoir d'un Être Essentiel, je n'aurais quand même que le cœur d'une femme. Une femme qui perdait rapidement la bataille qui se menait en elle. Avant, la bête avait menacé de brûler le monde. J'avais peur d'avouer que sans elle, je pourrais très bien le faire, et personne ne pourrait m'en empêcher. J'avais peur que les Péchés puissent voir la vérité dans mes yeux, que j'avais perdus plus que mes partenaires cette nuit. Lilith avait volé la bête, la moitié de mon âme, et cela m'avait changée. Je voulais sauver l'Enfer... mais si je les perdais tous, je pourrais très bien devenir celle qui le détruirait.

Ploc.

Ploc.

Ploc.

Mes lèvres se pincèrent en une grimace sombre tandis que je passais mes doigts sur les tissus cicatriciels sur ma poitrine. Ils dessinaient leur propre penta-gramme, la peau légèrement gonflée et guérissant de manière irrégulière. Les tiges bleues qui avant dansaient le long de mon corps s'enroulaient aujourd'hui autour de cette blessure. Je déglutis, mes yeux remontèrent dans le miroir vers l'endroit où se tenait Laran. Il était adossé au mur de pierre, torse nu et stoïque. Les runes que lui avait apposées Morvaen pour lui sauver la vie s'étaient effa-cées de sa peau ces dernières heures. Celles gravées dans mon dos étaient toujours là... éclatantes et brillantes... d'un orange irisé qui ne s'était pas estompé.

Même si je devais les porter pour l'éternité, je la remercierais à genoux. Ces marques sur ma peau étaient un moindre prix à payer pour ce qu'elle avait fait pour moi. Je ne l'oublierais jamais.

Ploc.

Ploc.

Ploc.

Nous ne nous parlâmes pas. Nous étions tous les deux perdus dans nos pensées depuis que Hela nous avait montré notre chambre en promettant de revenir le matin. Nous devions nous préparer, avait-elle dit. Pour Lilith était la partie qu'elle avait omise. Même avec tout le pouvoir du monde, je m'étais déjà fait botter les fesses une fois. Je ne pouvais pas laisser cela se reproduire. Je n'aurais pas de troisième chance.

Une fois de plus, mes yeux se promenèrent sur mon corps. Si nu comparé à ce qu'il avait été. Ils avaient fait de moi une œuvre d'art, mais Lilith avait effacé la toile.

Je ne l'aimais pas. L'absence des marques me donnait l'impression d'être plus nue que le fait de ne pas porter de vêtements le pourrait. Il n'y avait pas si longtemps que ça, l'idée même d'une marque m'effrayait. Ce qu'elles signifiaient. L'engagement que cela sous-entendait. Aujourd'hui ce n'était vraiment plus le cas.

Ploc.

Ploc.

Je frissonnai.

Laran s'écarta du mur. Quelque chose dans son regard changeait, se transformait avec le temps, et pas si différent des ténèbres que je sentais s'installer autour de mon cœur. Cette nuit, il y avait un feu qui s'y trouvait, de ceux qui me consumeraient si je le laissais faire. Je me demandais s'il lisait la même chose dans mon regard. S'il apercevait les mêmes ombres en train de danser.

Ses mains chaudes se posèrent sur mes épaules puis il écarta mes cheveux d'un côté. Ses doigts suivirent le contour des runes de pouvoir qui avaient sauvé sa vie et la mienne. Je me mis à trembler.

Il ne s'arrêta pas.

Il suivit chaque ligne, et quand il n'y en eut plus, il continua à dessiner. Ses doigts étaient avides quand il caressait ma peau, appuyant dans chaque coin, ressentant la moindre coupure. Ses ongles mordirent mes hanches avec une sauvagerie soudaine, et pendant ce temps, ses yeux flamboyaient d'un feu sombre. Je n'étais pas la seule à avoir perdu quelque chose cette nuit.

— Je suis tellement désolé, murmura-t-il d'une voix rauque.

Je refusai de fermer les yeux et d'éviter l'intimité que je pouvais voir.

— Ce n'était pas de ta faute, répondis-je d'une voix tout aussi grave.

— Je n'aurais jamais dû accepter de laisser Lola t'envoyer sur Terre, dit-il tout à coup, ce qui me surprit. Je n'aurais jamais dû te laisser t'éloigner loin de ma vue. J'aurais dû me battre comme un lion, en faire plus...

— Tu n'aurais rien pu faire, dis-je doucement. Les Péchés avaient décidé de mon sort avant même ta naissance. Elles ont choisi minutieusement quelles informations te donner. Elles ont dissimulé des choses au Diable lui-même. Il n'y avait rien que toi ou quiconque d'autre aurait pu faire pour empêcher ce qu'il s'est passé cette nuit.

À part moi, peut-être. Possible.

Mes pensées n'étaient que des pensées, et pourtant elles semblaient résonner si fort dans l'espace confiné de la salle de bain. Le regard de Laran devenait de plus en plus sombre.

— Tu le fais à nouveau, chuchota-t-il.

Dans le miroir, je voyais mes sourcils se froncer, légèrement. Une grimace d'incertitude.

— Tu protèges tes pensées.

Ma respiration siffla entre mes dents.

Cela ne signifiait qu'une seule chose.

Mon silence avait été rompu.

Quelque chose se durcit en moi et se réfléchit dans ses yeux. Je ne demandai pas de quoi il s'agissait, car je le savais. Il entendait enfin toutes les choses auxquelles aucun d'entre eux n'avait eu accès. Les sales petits secrets que je gardais en moi contre ma volonté. Les marchés que j'avais passés. Les choix que j'avais faits. L'étau inévitable de l'échec écrasant qui pesait sur moi, et le goût amer du chagrin qui me rongeait le cœur. Il entendait les choses que je ne disais pas, et je ne faisais rien pour les lui dissimuler.

Ouverte comme un livre, je le laissai écouter, je me laissai sentir.

J'eus un petit hoquet lorsqu'il se pencha pour poser un baiser timide sur mon épaule.

— *Je t'entends*, murmura la voix de ses pensées dans mon esprit. *Je t'entends et je veux que tu saches quelque chose.*

Ses lèvres glissèrent sur ma peau, parcourant ma clavicule, remontant dans la courbe de mon cou. Son souffle caressa le creux de mon oreille tandis qu'il me regardait dans le miroir. Je posai les mains sur le meuble devant moi.

— *Je t'aime Ruby. J'aime chacune des parties brisées ou abîmées en toi. J'aime tes côtés sombres. J'aime les belles choses en toi. J'aime ta force, et par-dessus tout, bébé, j'aime ton feu.*

Ses dents mordillèrent le lobe de mon oreille et me firent haleter doucement. Mes doigts se refermèrent sur le meuble.

— *Tu vas mettre le feu à ce monde, Ruby, et nous brûlerons pour toi.*

Il poussa son corps contre le mien et une de ses mains s'avança pour écarter la chair délicate entre mes cuisses. Mes yeux restaient ancrés dans les siens pendant qu'il commençait à dessiner de petits cercles avec deux doigts, autour de mon bourgeon. Un gémissement grave s'échappa de mes lèvres et mes pupilles se dilatèrent.

— *Dis-moi ce que tu veux.*

Ses mots silencieux s'insinuaient dans mon esprit, d'une manière tellement plus intime que tout ce que nous avions fait avant. Je cambrai le bassin en arrière, contre son érection, tandis qu'un de ses doigts glissait en moi.

Tout. Je voulais tout. Je ne voulais plus être engourdie ou insensible parce que j'avais perdu. Je voulais tout ressentir, et me rappeler du sentiment d'être vivante. Je voulais m'accrocher à ça, et ça, parce que lorsque tu meurs dans le lac de ton propre sang et que tu luttes pour chaque respiration, c'est en fait pour ça que tu te bats.

Je voulais ça, car la prochaine fois que je l'affronterai, ce serait tout ou rien.

Soit nous repartirions tous ensemble, soit personne ne rentrerait.

Ses doigts se retirèrent de moi et glissèrent sur la zone hypersensible. Ma propre humidité facilitait le glissement de ses doigts qui serraient mon corps de plus en plus fort. Je serrai les dents en m'arcboutant. Je le voulais, lui, je le voulais maintenant.

Laran ne perdit pas de temps à jouer avec moi. Entre nous, il n'y avait pas de jeux de pouvoir. Aucune limite. Simplement, une passion pure et débridée tandis qu'il poussait en moi et que je gémissais. J'inclinai la tête en arrière, contre son épaule, puis Laran s'immobilisa.

— *Regarde-moi*, dit-il. *Je veux voir tes yeux.*

Il ondula en arrière avant de s'insérer puissamment en moi. Ma tête s'agitait par devant alors qu'il agrippait ma hanche d'une main et m'attisait de l'autre. Chair contre chair, son bassin cognant le mien. Il se perdait dans cette chose entre nous. Cette chose sauvage et magnifique que l'on appelle l'Amour.

Je me dressai sur mes jambes, bien droite. J'observais le noir de ses yeux et la sueur perler sur ses tempes. Au moment où j'approchais l'instant magique où tout se fond, ses doigts s'écartèrent, et avec eux, ma libération. Je réprimai un grognement de frustration tandis que sa main se promenait sur mon corps pour se poser sur mon cœur.

Que faisait-il?

Dès que je l'eus pensé, je le ressentis.

— Tu m'as demandé, tout. Alors je te donne tout ce que je suis. Tout ce dont tu as besoin, je serai avec toi jusqu'à la fin, car tu es à moi...

Les braises de pouvoir dans ma poitrine s'embrasèrent pendant que la chaleur intense de mes paumes se répandait en moi. J'inspirai les légères volutes de son Kama tandis que son membre palpitant entre mes jambes glissait en moi, puis hors de moi, me faisant monter de plus en plus haut.

Un cri grandissait dans ma gorge, pas un cri de douleur ni de pouvoir, mais une émotion tellement plus forte.

Le brasier dévorant me transperça, mais toujours je lui donnais mes yeux, je le regardais me regarder.

— ... et je suis à toi, murmura son esprit.

J'explosai en mille morceaux alors qu'il grognait avec quelques mouvements poussifs. Son sexe tressaillit en moi lorsque mes parois intimes se refermèrent sur lui, poussant encore et encore. Le feu scintilla sous ma peau et mes veines s'illuminaient de flammes rouge et bleu.

Nous continuâmes ainsi, à se donner et à prendre l'un de l'autre, toute la nuit jusqu'à ce que je n'aie plus l'impression que nous étions deux personnes, mais une seule.

Je ne vis les marques de griffures sur le meuble en pierre que le lendemain matin.

Deux empreintes de mains noircies, scintillantes comme de la poussière d'étoiles.

22

JULIAN

Nos corps étaient des marionnettes. Prisonniers dans nos esprits.

Lilith nous avait capturés pour nous utiliser contre la démone que j'aimais.

Elle nous avait dérobés à elle. Elle me l'avait enlevée.

J'aperçus son âme flotter dans l'espace entre-deux. Enfin, la moitié de son âme. L'autre moitié était à présent en nous. La bête.

Lilith l'avait déchirée en deux, et pourtant elles s'accrochaient toutes les deux à la vie. Elles s'accrochaient l'une à l'autre.

La bête était enragée. Pleine de vengeance et d'envie de meurtre, et ténébreuse et agitée. C'était un miracle que Ruby ait réussi à maîtriser le pouvoir immense de la bête alors que j'avais tant de mal à en contenir une partie.

Le temps était suspendu dans cet état entre être en vie et ne pas vivre.

Je n'avais pas la moindre idée du temps qui s'était écoulé, la seule chose que je savais c'était qu'il fallait que je tienne… pour elle… car si nous abandonnions, la bête nous détruirait tous.

Même moi. Je n'avais jamais pensé à la mort, car je ne pensais pas que c'était possible.

En revanche, j'avais l'impression que si nous échouions, je saurais très vite à quoi ça ressemblait.

Je n'avais pas peur du Voile. J'avais peur de la perdre. Si nous perdions, la bête serait disposée à mettre un terme à ma détresse.

Je l'aiderais moi-même à réduire ce monde en morceaux, l'un après l'autre.

Alors, je tenais.

Nous tenions tous.

23

—Appelle l'arbalète.

Je grognai entre mes dents, les doigts serrés en poings, mordant ma peau.

— Je t'ai déjà dit que je ne sais pas comment le faire, dis-je sèchement.

La Fae aux cheveux blancs se contenta de faire dire tsss, ses doigts dessinant des runes violettes dans l'air. Quoi que ce soit qu'elle mijote, je ne voulais pas y contribuer.

— Tu l'as déjà fait une fois, Fille de Lucifer.

Sinumpa sourit, mais ce n'était que de la poudre aux yeux.

— Hier, tu as eu l'audace de t'en servir sur moi parce que tu croyais que je te voulais du mal. As-tu donc oublié si vite ce que j'ai fait pour toi ? me nargua-t-elle.

Elle jouait avec moi.

Je voulais lui tirer dessus, en plein visage, pour qu'elle cesse de sourire comme une citrouille d'Halloween. Le problème était que je ne savais vraiment pas dire comment j'avais invoqué l'arbalète. Je n'avais rien, et l'instant d'après elle était là, déjà sanglée à mon bras. Armée et chargée.

D'un geste de ses doigts, la rune se mit à tournoyer au-dessus de moi. Elle se regroupa puis éclata en un bang, et une légère brillance violette m'enveloppa.

— Qu'est-ce ? demandai-je.

Sur le côté, Bandit commença à gronder et il fallut Moira et Laran pour le calmer assez pour qu'il ne se lance pas dans cette bataille avec moi. Les Péchés étaient assises sur leurs trônes respectifs nous observant d'en haut, diversement intéressées.

— Un piège, répondit Sinumpa.

Sa voix était chargée d'intentions malveillantes alors que ses yeux mercure s'assombrissaient. Mon sang bouillonnait pendant que je scrutais frénétiquement les alentours, à la recherche d'une issue.

La barrière magique toucha le sol et se mit à rétrécir. Une réelle panique s'empara de moi. Je ne pouvais être prisonnière. Pas encore. Jamais plus.

— Invoque l'arbalète, Ruby. C'est la seule chose qui puisse le briser, dit la femme Fae.

Je respirai lentement, prudemment.

— *Tu peux le faire, Ruby. Je crois en toi*, murmura la voix de Laran dans mon esprit.

J'y trouvai du réconfort. Pas de paix, mais de la volonté. Une motivation ardente de m'en sortir. D'une manière ou d'une autre.

Réfléchis, Ruby. Allez.

Je serrai les dents, me concentrant sur l'arbalète de toutes mes forces, mais les parois menaçantes s'approchaient. Se refermaient de plus en plus vite. Je commençais à manquer de temps et cette satanée arbalète n'apparaissait pas. Ce qui signifiait qu'il fallait que je trouve un autre moyen de m'en sortir.

Je me frottai les mains et ressentis un calme parfait m'envelopper.

C'était généralement dans de tels moments que la bête prenait le dessus. Elle m'avait sorti de situations difficiles avec un détachement que je n'avais jamais ressenti auparavant. Une tranquillité force qui se répandait en moi, s'enroulant et voilant mon esprit. Le silence inquiétant me submergea.

Je levai la main et la pointai.

Brûle.

Le mot résonnait dans ma tête.

Le feu se déclencha, une profusion de remous rouge et bleu. Les flammes de mon père et celles de Laran. Il s'accumulait au bout de mes doigts, se fusionnant sur lui-même, comme une étoile se préparant à exploser. Sinumpa inclina la tête avec curiosité lorsque le feu s'échappa.

Il jaillit vers sa barrière à toute vitesse, y perça un trou et se dirigea droit vers sa vraie cible.

Elle siffla entre ses dents lorsqu'elle comprit mes intentions. Des cris s'échappèrent tandis que quelque chose de sombre et horrible tourbillonna en moi. Ce n'était pas la bête.

Oh non. C'était moi.

La moindre trace de colère que je gardais en moi surgit. Elle se baissa à terre, évitant de peu la boule de flammes tournoyante. Je claquai des doigts, alors elle fit demi-tour et revint vers moi. La pièce était silencieuse et comme je marchais, mes chaussures faisaient un bruit sourd sur le sol en pierres polies.

Sinumpa pencha la tête, levant les yeux. Je tenais dans une main la boule virevoltante du chaos et rien d'autre que mon poing droit en me baissant près d'elle.

— Je n'oublierai jamais ce que tu m'as fait. Je doute même de pouvoir le pardonner, ce serait pourtant plus facile pour moi si j'y parvenais, dis-je doucement. Tu n'as pas fait que l'aider à prendre ma vie. Tu m'as fait revenir pour m'utiliser dans une guerre qu'il ne m'appartient pas de terminer.

Quelque chose, proche du regret, éclaira la profondeur de ses yeux argent, mais je l'ignorai.

— Je ne serai plus jamais la même femme que j'étais à Portland à cause de ce que tu as fait. J'ai dû changer afin de survivre à ça, et je réussirai. Ce n'est pas moi qui ai commencé cette guerre, mais je vais la terminer. Et quand tout sera fini, que ta mère ne sera plus que cendres sur le sol... je me souviendrai encore de ce que tu as fait, et que tu avais d'autres espoirs.

Je m'interrompis, refermant ma main autour de la boule de feu. Le pouvoir s'éteignit en un éclair.

— Non, tu ferais bien de prier que lorsque je les récupérerai, ils puissent me reconstruire. Qu'ils réussissent à étancher cette colère, car tout ce que je percevrai comme une menace contre eux sera ma prochaine cible, *Jeune Fae*, murmurai-je si doucement.

Le palais était devenu si silencieux qu'on aurait pu entendre une aiguille tomber. On aurait dit que le temps lui-même s'était arrêté pour noter ce que je devenais, qui je devenais.

— Tu m'as tout pris, alors si je dois bâtir mon trône sur les os de mes ennemis, eh bien ainsi soit-il ! Souviens-t'en la prochaine fois que te vient l'idée de m'agacer.

Je me levai et sortis.

Laran et Moira se tenaient près de moi et lâchèrent Bandit. Le bruit de ses pattes résonna sur le sol froid en pierre tandis qu'il se précipitait pour me sauter dans les bras. Je le rattrapai de justesse contre ma poitrine et m'arrêtai.

Quand je levai les yeux vers les Péchés, ces femmes que j'avais connues toute ma vie, je pense qu'elles comprirent que, quels qu'aient été leurs espoirs, quoi qu'elles aient visé, peu importe comment les choses devaient se passer, la manière de faire qu'elles avaient choisi était la mauvaise.

— Vous m'avez demandé de m'entraîner, et je le ferai, leur dis-je. Mais pas avec elle.

Je serrai mes doigts dans la fourrure de Bandit qui se lovait contre moi.

J'avais cru en être capable. De pouvoir m'entraîner avec elle comme elles me l'avaient demandé.

Je ne voulais plus jamais être une marionnette.

Leur trahison m'avait rendue totalement différente.

Que le Ciel protège la prochaine personne qui croisera mon chemin après ce qu'elles avaient fait, car personne en Enfer ne le fera. Je ne voulais plus jouer à leurs jeux, et je pense qu'elles le comprirent également lorsque je quittai la salle des trônes.

Cette fois-ci, on allait jouer selon mes règles.

24

Le vent effleura mon visage, une douce caresse alors que je me penchai au balcon. Quelques heures étaient passées et mon humeur ne s'était que partiellement calmée. Après une bonne nuit de sommeil et suffisamment de nourriture, la magie revenait à toute vitesse. Le feu rugissait comme au bon vieux temps, sauf que cette fois je savais comment le contrôler. Tous les autres dons que la bête m'avait appris à maîtriser étaient revenus, également, n'attendant que d'être utilisés.

Ma poitrine se serra. Une sensation de vide me submergea.

Elle me manquait. Nos conversations me manquaient. Sa présence me manquait, quand elle s'asseyait avec moi près du feu, quand elle me guidait dans mes cauchemars et me poussait à prendre mon destin par les cornes. Je n'avais jamais vraiment voulu qu'elle parte, mais ce n'était qu'après l'avoir perdue que je compris combien je me reposais sur elle. Nous étions les deux moitiés d'un même tout. Ou du moins, nous l'étions.

Elle avait été mon côté sombre et j'avais été sa lumière.

Quelque chose me disait que nous nous étions toutes les deux effondrées. Que je n'étais pas la seule à souffrir.

Mes mains se serrèrent sur la rambarde alors que ma peau recommençait à briller. Le ciel s'assombrit au-dessus de nous, et des éclairs jaillirent. Je déglutis, ravalant ces émotions. Je ne pouvais me permettre de perdre mon sang-froid.

J'entendis qu'on ouvrait la porte de ma chambre, une conversation à peine murmurée, des bruits de pas. Les rideaux du balcon s'écartèrent doucement sur le côté, puis je sentis sa présence. Le feu brûlant de Colère quand elle se laissa tomber près de moi et mit ses jambes entre les barreaux.

— Superbe beau temps que tu nous as apporté, dit-elle en plissant les yeux vers les nuages qui s'amon-celaient.

Je respirai profondément, tentant de les chasser par la force de la pensée. Le pouvoir de Guerre sur les éléments était encore bizarre, et certainement pas un don que je m'étais attendue à devoir apprendre si rapide-ment après qu'il m'eut marquée.

Peut-être que l'Enfer lui-même en était aussi responsable.

— Je ne l'ai pas invoqué, répondis-je tranquillement en faisant un geste vers les nuages.

Hela sourit avec bienveillance, levant elle aussi la

main. Les nuages se séparèrent et le soleil apparut. Il illumina la ville qui s'étendait devant nous, éclairant chaque ruelle, chaque foyer, chaque satané démon qui osait se promener dans les rues quand la morosité nous avait tous envahis. Lilith n'était pas encore venue, mais ce n'était qu'une question de temps, et nous le sentions tous.

— Aucune d'entre nous ne l'a fait, dit Hela.

Ses cheveux de feu flottaient dans la brise et ses yeux brillants étincelaient, non pas de rage, mais quelque chose d'autre. Je ne voulais pas le ressentir, mais je le faisais quand même. Je devais remercier Lola pour ça.

— Notre chemin était tracé dès l'instant où Genesis nous a créées.

— Vous avez choisi comment me traiter. Vous avez choisi de me laisser dans l'ombre, Hela. Ce n'est pas Genesis, ni Lilith, ni personne d'autre qui a fait ce choix.

Elle hocha la tête.

— C'est bien notre décision. Veux-tu savoir pourquoi ? me demanda-t-elle.

Non, pensai-je.

Ses lèvres s'incurvèrent. Elle devait m'avoir entendue.

— Eh bien, je vais quand même te le dire, poursuivit-elle en tapotant le sol près d'elle.

Je serrai les lèvres, mais m'assis tout de même. En passant mes jambes entre les barreaux du balcon je me souvins de jours heureux. De ces moments partagés, tard la nuit, dans son appartement, assises sur la grille du balcon qui était beaucoup plus inconfortable qu'ici. Nous parlions pendant des heures en regardant les soleils s'éteindre dans le ciel et la lune qui naissait. Je me mordis l'intérieur de la joue, car je n'étais plus cette personne, et elle non plus. Ces souvenirs ne m'aideraient pas pour la bataille à venir.

— Je ressens tes combats intérieurs, tu sais. Si je n'étais pas télépathe comme ta mère, ton don est si fort que tu projettes tes pensées. Je sais que tu ne veux pas l'entendre, mais Sinumpa a bien fait de le neutraliser. Si Lilith avait compris ce dont tu es réellement capable, elle aurait vidé ton corps de toutes ses ressources, et aurait sûrement aspiré ta magie, même si Sinumpa pouvait te sauver. Même si tu nous détestes pour ce que nous t'avons fait, rappelle-toi que nous n'avons pas demandé à gouverner l'Enfer. Nous, tout comme toi, n'avons jamais eu le choix, dit-elle en faisant un signe vers les gens plus bas. Nous avons été créées et l'on nous a assigné un but. Tout comme toi, sous bien des aspects, sauf que nous espérions plus pour toi.

— Toutes les six, nous avons signé un pacte quand tu es née. Ta mère était présente, car à l'époque c'était la Péché Luxure. Nous avons décidé que même si tu étais destinée à sauver l'Enfer, tu n'en restais pas moins une enfant. Un bébé. Nous ne pouvions pas changer ta desti-née, mais nous pouvions transformer le chemin qui y menait, façon de parler.

Elle hocha la tête, les yeux dans le vide.

— En Enfer, tu n'aurais jamais connu une enfance normale, même pour un démon. Alors nous avons choisi une voie différente pour toi. Une voie qui te donne le temps d'apprendre, de grandir, de faire les expériences que la vie avait à t'offrir. Nous t'avons donné autant de temps que possible sur Terre, car le temps était la seule chose que nous pouvions réellement t'offrir. C'était notre cadeau pour toi, même si tu ne le perçois pas ainsi.

Je soupirai, me penchant en avant pour poser ma tête contre les barreaux. Je ne voulais pas être désolée pour elle, pour aucune d'entre elles. Je ne voulais rien ressentir pour les Péchés, pourtant ce n'était pas le cas.

— Vais-je mourir ? demandai-je.

C'était une des choses que ne révélait pas la prophétie. Il y avait beaucoup de vagues idées à propos de moi sauvant l'Enfer. À propos des flammes. À propos des Cavaliers de l'Apocalypse.

Mais rien qui n'expliquait jamais ce qu'il se passait à la fin.

— Je ne sais pas, répondit Hela.

J'appréciai son honnêteté, mais bon sang, ça piquait.

— Pour qu'un Être Essentiel se lie à une planète, il faut un énorme sacrifice. Sinumpa dit que Lilith s'est poignardée elle-même autant de fois qu'elle t'a poignardée, et s'est trouvée littéralement aux portes de la mort avant de se lier aux Cavaliers de l'Apocalypse afin qu'ils puissent servir d'ancre pour la bête.

— Ne me suis-je pas sacrifiée assez ? demandai-je, plus à moi-même qu'à elle.

Mais elle répondit tout de même.

— Tu t'es sacrifiée plus souvent que personne ne devrait jamais avoir à le faire. Si tu devais survivre à cette rencontre, tu aurais tellement plus de valeur que le monde brisé dont tu as hérité.

— Et les jugements ? demandai-je.

Un léger crachin souffla dans la vallée, nous arrosant sur les hauteurs du balcon.

— Tu les as déjà réussis, dit-elle avec une lueur dans l'œil. Nous devions t'en parler aujourd'hui, et puis, eh bien...

Elle s'interrompit, mais ce qu'elle sous-entendait était clair. Et puis j'ai quitté comme une furie ma première séance d'entraînement avec Sinumpa.

— J'étais sérieuse. Je refuse de m'entraîner avec elle.

Je détachai mes mains des barreaux pour croiser mes bras sur ma poitrine.

— J'en suis tout à fait consciente, répondit Hela. Pourtant tu as tellement à apprendre et si peu de temps. Si les flammes peuvent régler beaucoup de choses, Lilith aura donné du soufre à son armée depuis suffisamment longtemps pour qu'elles ne te servent à rien. Les dons de Laran coulent à présent dans tes veines, mais je sais très bien que la force des éléments ne suffira pas à vaincre Lilith. L'arbalète qu'on t'a donnée est une arme Seelie. Leur magie est une des seules choses de ce monde qui peut encore l'atteindre.

— Je ne veux pas m'en remettre seulement à une arme alors qu'elle a déjà prouvé qu'elle savait anticiper, dis-je.

Les Péchés étaient convaincues que le pouvoir que Donnach avait placé dans l'arbalète était suffisant pour la tuer, mais après ce qu'il s'était passé dans le Jardin… je n'en étais plus aussi sûre.

Elle allait le prévoir. Elle devait le faire. Et il fallait que je sois prête.

— C'est mieux que de compter sur les flammes, comme tu le fais maintenant, lui reprocha Hela.

— Ce n'est pas la seule chose que je compte utiliser quand viendra le moment, coupai-je.

Je refusais de tout lui dévoiler. À ce stade, je ne savais pas vraiment sur qui je pouvais compter, à part ceux qui étaient liés à moi.

— Que veux-tu dire ? demanda Hela, paraissant plus curieuse qu'en colère d'après le ton de ma voix.

Étrange de la part de la Péché Colère, mais en même temps, les années que nous avions passées ensemble lui auront au moins enseigné un peu de patience.

— Je veux dire, commençai-je avant de faire une pause pour expirer. Qu'il existe d'autres moyens. Des choses qui n'ont pas été envisagées. Lilith est arrivée de nulle part la dernière fois. Elle a déjà prouvé son pouvoir et aujourd'hui j'aurais en plus mes propres dons à affronter. Il ne me reste que très peu de temps avant qu'elle apprenne que je suis encore en vie, si elle n'est pas déjà au courant. Combien de temps penses-tu qu'il lui faudra pour se montrer ?

Hela grimaça, basculant la tête de droite à gauche comme si elle pesait les chiffres.

— Au maximum, quelques semaines, mais sûrement plutôt quelques jours.

— Exactement, murmurai-je. Et ce n'est pas vraiment assez de temps pour bien s'entraîner. Après des mois, je commence juste à maîtriser les flammes. Ce n'est pas très logique de ne compter que sur moi, car si je devais l'affronter toute seule, j'échouerais. Lilith prépare depuis des milliers d'années comment elle va me détruire, alors je serais complètement folle de croire pouvoir m'entraîner dur et qu'une seule chose pourrait me sauver et m'aider à mettre un terme à tout cela.

La roue avait tourné depuis la nuit dernière. L'ébauche d'un plan.

— De quoi parles-tu ? me demanda Hela.

Je tournai à nouveau les yeux vers la ville. Vers les enfants qui donnaient la main à leurs parents. Vers les gens qui restaient dans l'ombre. Vers le lac de flammes qui brillait. Vers le volcan qui se dressait à l'entrée de la vallée. Si je tendais l'oreille, je pouvais entendre le rugissement du Colisée.

— Lilith planifie cela depuis une éternité. Je prévois de lui balancer autre chose. Quelque chose qu'elle ne verra pas venir.

Je m'interrompis pour regarder Hela. Je n'allais pas tout lui dire. Bon sang, je n'allais dire à personne l'intégralité de mon plan. Pas même à Laran. Dans le tourbillon de ma colère, j'avais trouvé la partie de moi qui avait survécu si longtemps, pas grâce aux pouvoirs, mais beaucoup plus simplement.

— J'ai été élevée chez les humains en pensant que j'étais un démon doté de très peu de pouvoirs, mais qui survivait quand même. Je ne suis peut-être plus cette personne, mais le fait de l'avoir été pendant vingt-trois ans m'a suffisamment appris pour savoir qu'il y a toujours une meilleure solution, et je prévois de la trouver.

Hela se tut, haussant lentement les sourcils. Un éclat de rire résonna et des éclairs zébrèrent le ciel.

— Ah, Blue, sourit-elle. Toi et Sinumpa vous ressemblez beaucoup plus que vous ne le croyez.

Je ne répondis pas et regardai Inferna. Je n'avais pas la moindre idée de ce dont elle parlait, mais à ce moment précis je ne voulais pas vraiment le savoir.

25

ALLISTAIR

Le gloussement de la connasse me fit tressaillir intérieurement, comme mes muscles ne répondaient plus sur commande. J'étais enchaîné aux pieds de son trône, un siège fait avec les os de ses propres enfants.

Des échecs, les appelait-elle. Des déceptions utilisées à de meilleures fins.

Elle était complètement cinglée.

— Tu as entendu ça, mon cher Famine ? chantonna-t-elle.

Si seulement je pouvais me raidir. Je savais ce qui allait suivre.

— Oui, mon amour, répondis-je contre mon gré.

La bête s'énervait, elle voulait arracher, découper, lacérer et *tuer*. Je ne doutais pas que si elle réussissait à sortir elle la tuerait pour ce qu'elle nous a fait subir.

Ce serait rapide si on laissait faire la bête.

Ce serait sauvage. Sanglant. Impitoyable. Violent.

Putain elle la détruirait.

301

Pour le moment, elle était emprisonnée. Nous l'étions tous. Je lançai une prière à Ruby, pour la millième fois. Je priais pour qu'elle se dépêche. Je priais pour qu'elle aille bien. Je priais pour qu'elle s'en sorte, quoi qu'il arrive.

— Oh, comme je *t'aime* quand tu es comme ça, ronronna Lilith.

J'adorerais pouvoir m'arracher les yeux quand elle laisser glisser sur ses épaules le fin tissu de sa robe blanche jusqu'à ce qu'il tombe au sol.

J'essayais de m'arrêter. De résister. Mais je ne contrôlais plus rien. J'étais prisonnier dans mon propre esprit tandis qu'elle me forçait à m'asseoir sur son trône.

Je ne pouvais l'empêcher de saisir mon membre et de le serrer. Sa main montait et descendait et ma révulsion atteignait des sommets. Ce n'était pas la première fois qu'elle le faisait, et ce ne serait pas la dernière.

Mon sexe durcit contre mon gré et elle le saisit à la base puis me chevaucha sur son trône de douleurs et de mensonges.

— Dis-moi que tu m'aimes, souffla-t-elle en se positionnant directement sur moi.

Elle se laissa glisser sur mon membre, du poison coulant de son sexe humide.

Je n'avais jamais détesté ce que j'étais avant maintenant.

Je n'avais jamais souhaité mourir.

J'aimais Ruby. Je l'aimais tellement, mais je ne savais pas combien de temps je pourrais encore supporter ça.

Mes lèvres s'entrouvrirent et prononcèrent les mots qu'elle voulait entendre.

— Je t'aime, Lilith.

Elle gémit, ses seins se balançant de haut en bas tandis qu'elle se serrait sur moi.

Je me détestais quand mes hanches tressautaient, et que je me vidais en elle.

Elle cria, jouissant sur moi et une petite partie de moi mourut quand elle se pencha en avant pour sentir mon odeur. Son Kama puait, envahissait mes pores pendant qu'elle léchait ma gorge en fredonnant joyeusement.

— Retourne à ta place, Famine. Je veux jouer avec Peste.

Je tressaillis intérieurement lorsqu'elle s'écarta et releva son corps nu du mien. Les résidus de ma décharge et de la sienne se répandirent sur mes cuisses.

— Oui, mon amour.

Mes jambes se levèrent, le liquide coulant et s'écrasant contre le sol en béton, résonnant dans le silence de la salle du trône.

Je ne pouvais rien contrôler et je pris place près de Julian, regardant Rysten obligé de s'asseoir sur le même siège.

Je ne pouvais faire autrement que de ressentir le désespoir de mon frère quand elle grimpa sur lui, son sexe encore mouillé de la décharge de Julian... de la mienne...

Si jamais je m'échappe...

Je lui arracherais les membres l'un après l'autre et les donnerais à manger à Bandit. Je graverais la marque du Diable sur sa poitrine et lui arracherais son cœur encore battant pour ensuite l'écraser de mes mains nues.

Je laisserais la bête peler la peau de son corps, couche après couche jusqu'à ce que l'enveloppe meurtrie du monstre ressemble à la personne qu'elle était à l'intérieur.

Pour le moment, j'attendais.

J'attendais Ruby.

J'attendais la liberté.

J'attendais que ça s'arrête.

La bête rugissait de colère.

Mais je ne pouvais rien faire.

Alors je m'accrochais à cette lueur d'espoir, et j'attendais.

26

MOIRA

Il ferma la porte doucement derrière lui et tourna dans ce qu'il pensait être un couloir vide. Je croisais les bras sur ma poitrine et inclinai la tête.

— Tu vas quelque part, génie ?

— Moira.

Ce fut tout ce qu'il dit. Mon prénom dans un soupir exaspéré.

— Je réitère ma question, Jax. Tu portes une veste, ce qui signifie que tu vas dehors, et le sac à dos me donne à penser que tu pourrais partir vraiment. Alors...

Je m'interrompis un instant.

— Est-ce le cas ?

Ses yeux mauves se posèrent sur moi quand je haussai les sourcils.

— Ne me regarde pas comme ça, grogna-t-il.

— Comment ? demandai-je d'une voix douce, en battant des cils.

Il leva les yeux au ciel.

— Comme ça… marmonna-t-il. Comme si je t'avais déçu.

— Au contraire, dis-je en agitant le doigt de droite à gauche. Je m'attendais à ce que tu partes beaucoup plus tôt.

Il plissa légèrement les yeux.

— Tu n'es pas en colère ? demanda-t-il, sincèrement décontenancé.

— En colère ? demandai-je. Nous avons baisé. Ce n'est pas une demande en mariage, grand garçon. Ça me démangeait et tu m'as grattée. Ne rends pas les choses plus compliquées.

Il se gratta l'arrière de la tête, l'air perplexe. Comme s'il ne savait pas trop que penser de moi.

— D'accord, alors pourquoi es-tu ici ? demanda-t-il en croisant les bras.

J'inclinai la tête sur le côté, écoutant autour de moi. Le hurlement du vent et quelque brise occasionnelle attirèrent mon attention, mais autrement tout était calme. Excellent.

— J'avais besoin de te poser quelques questions avant que tu ne partes, dis-je. Comme, où vas-tu ?

Il écarquilla les yeux un instant, surpris par ma franchise, puis il toussa.

— Habituellement, les filles ne demandent pas ça si…

— Je ne cherche pas une relation durable, dis-je en levant les yeux au ciel.

Ses joues s'assombrirent quand il rougit.

— Ne te méprends pas, tu étais bien et tout et tout. Seulement, je ne cherche pas à vivre une histoire… pas même ponctuelle. C'est la fin du monde et j'ai déjà trop de gens dont il faut que je m'occupe en l'état actuel des choses.

Il hocha la tête comme s'il comprenait, mais quelque chose dans ses yeux, il y avait quelque chose que je fis semblant de ne pas voir.

— Je vois, marmonna-t-il. Si tu veux le savoir, j'ai rendez-vous avec quelqu'un.

— Sin ? demandai-je.

Il cligna des yeux deux fois.

— C'est possible.

— C'est elle la Péché qui t'a demandé de nous escorter à Inferna, pas vrai ?

Je passai une main sur ma tresse verte et soyeuse, faisant passer la natte par-dessus mon épaule.

— C'était elle.

— Tu as payé ta dette, maintenant, oui ?

— C'est fait.

— Bien, dis-je en souriant et en claquant des mains une fois. Tu vois, le fait est, j'entends des choses. Beaucoup de choses. Et mon petit doigt m'a dit des choses très *intéressantes* à propos de Sinumpa, mais il semble que chaque fois que j'arrive à la retrouver, elle disparaît comme par magie. Comment cela se fait-il ?

— Je ne sais pas, dit Jax, en soufflant fort. Il faut que tu le lui demandes.

— J'en ai l'intention, répondis-je en hochant la tête.

— Eh bien, commença-t-il en essayant de me contourner. Si c'est tout...

Les mots s'étranglèrent dans sa gorge.

Jax se mit à tousser.

— Pas... possible...

Ses yeux s'exorbitèrent sous la panique, choqué par ce qui était en train de lui arriver. Je poussai un soupir, prenant le temps de m'avancer devant lui. Je me penchai vers lui pour me mettre à son niveau.

— Les Enigmas ne sont immunisés que de la magie de ceux *inférieurs* à eux en pouvoir, Jax. Je suis une Légion, la proche de l'Être Essentiel le plus puissant jamais connu. Tu l'as entendu toi aussi. Alors, rendons cela plus simple.

Je clignai des yeux, et la pression s'estompa et il put à nouveau respirer.

— Je veux savoir où se trouve Sin et où tu te rends.

— Peux pas... te... dire, réussit-il à dire d'une voix étranglée entre ses toux et ce halètement.

— Allons, allons, dis-je en lui tapotant le dos. Tu sais comme je peux être féroce au lit, Enigma. Et je sais que tu aimes ça. Veux-tu *vraiment* pousser cette...

— Pacte... sang...

Je soupirai et serrai un poing, l'étranglant à nouveau. Il était en érection, ce qui ne m'échappa pas, et je ne pus m'empêcher de trouver cela plutôt amusant.

— Tu me cherchais, murmura une voix dans l'ombre.

Je souris, laissant transpirer Jax quelques secondes de plus avant de relâcher ma poigne. Il s'écroula à genoux et se pencha contre ma cuisse droite.

— Tu... vas... être..., balbutia-t-il avant de tousser fort et de se racler la gorge. ... ma mort.

Je lui fis un clin d'œil et caressais ses dreads un instant avant de lancer enfin un regard à Sinumpa.

— Tu t'en vas avec l'Enigma, dis-je. Où allez-vous ?

Ses yeux argent brillaient comme une étoile mourante. Elle était la créature la plus belle, homme ou femme confondus, que je n'avais jamais vus, et elle me jaugeait d'un œil approbateur.

— J'ai l'impression que tu le sais déjà, répondit-elle.

— Sur Terre, murmurai-je.

Sin acquiesça d'un signe de tête.

— Les frontières sont fermées.

Je déglutis et tournai les yeux vers le couloir, le regard vide.

— Comment peux-tu te téléporter entre deux mondes ?

— Comment as-tu su où j'allais ? demanda-t-elle en ignorant totalement ma question.

— Tu quittes la ville et il n'y a pas d'endroits sûrs en Enfer. Ce qui ne nous laisse pas beaucoup de choix..., m'interrompis-je, mais ce n'était qu'une demi-vérité.

— Dis-moi.

Sin avança, ses chaussures en cuir ne faisaient aucun bruit sur le sol en pierre, même pour mes oreilles.

— Les morts parlent-ils, belle verte ?

Je regardai le plafond, un sourire aux lèvres. Oui. Oui, ils parlaient. Sans cesse, vraiment. Cependant, tout comme je pouvais faire taire les vivants, je pouvais également imposer le silence aux morts, si je le décidai. Généralement, je les laissais papoter. On ne savait jamais ce que l'on pourrait apprendre.

— Parfois, admis-je. Mais cela ne me vient pas des morts.

— De qui alors ? demanda-t-elle.

Elle avait un ton légèrement cassant que je n'appréciais pas.

— Je vais passer un marché avec toi, Sin, dis-je avec insolence. Je veux savoir pourquoi tu laisses Ruby affronter seule ta mère. Si tu peux me le dire, et me dire la vérité, je te dirai comment j'ai su.

Sinumpa sourit en approchant tout près de moi avec arrogance, une lumière d'étoile éclairant son regard. Elle tendit la main, et mon cœur fit un bond dans ma poitrine.

Je n'hésitai pas une seconde. Nos mains se serrèrent et je la vis. Dans mon esprit, je vis la vérité...

Si Sin restait, nous allions tous mourir. Lilith l'avait liée si fermement avec un pacte de sang que sa présence provoquerait notre mort à tous.

La *seule* qui pouvait mettre un terme à ceci était Ruby.

Sin s'en allait parce qu'il n'y avait aucun autre moyen pour que l'humanité de l'Enfer s'en remette. C'était un risque, le plus grand de tous, parce que ça laissait tout le poids du monde sur les épaules d'une femme. Mais c'était également un don.

Le seul don qu'elle pouvait faire pour ce qu'elle avait déjà causé.

27

Je passai d'une pièce à l'autre à pas feutrés. J'avais laissé mes chaussures près de la porte afin d'être la plus silencieuse possible et de ne pas perturber le sommeil de mon raton laveur. Il était étalé sur le torse de Laran, bavant comme un escargot. Laran aussi s'était écroulé de fatigue, mais je ne m'inquiétais pas de le réveiller. Il dormait d'un sommeil de plomb depuis qu'il était revenu. Il prétendait que c'était dû à la terre qui lui rendait toute sa force. Je ne m'étais pas attardée sur le sujet ni sur ses raisons. Il avait besoin de toute son énergie pour ce qui se préparait, et il fallait que je sois prête.

En passant la porte de Moira, j'ignorai le sentiment de culpabilité qui me turlupinait de ne pas lui avoir parlé en premier. Moins de personnes étaient au courant, mieux c'était.

Dans un monde où même nos pensées ne sont pas

privées, je devais être prudente quant aux informations que je laissais filtrer. En même temps, j'étais là pour ça.

Je frappai du poing à la porte, et il resta suspendu en l'air lorsqu'elle s'ouvrit devant moi. Je clignai des yeux lorsque Morvaen se pencha en avant pour regarder de chaque côté avant que je ne franchisse le seuil.

— Tu savais que j'arrivais ? demandai-je en entrant lentement dans la suite.

Deux fauteuils avaient été installés face à face autour d'une table de salon.

— Je m'en doutais, répondit la Seelie.

Elle s'assit dans un des fauteuils et attendit que je fasse de même.

— Pourquoi donc ? poursuivis-je, me laissant tomber en face d'elle.

Le pantalon en cuir que l'on m'avait donné s'étira au maximum lorsque je croisai les jambes. Bien que résistant et épais, il n'était pas des plus confortable. Jamais les films n'en parlaient. Mais bon, ils oubliaient de mentionner pas mal de choses.

— Tu vas affronter un ennemi qui t'a déjà battue une fois. Un ennemi que les démons ne se souviennent même plus comment vaincre parce qu'ils sont restés sous son emprise beaucoup trop longtemps. Et une personne intelligente parlerait avec une des deux créatures dans ce palais qui connaît les Faes.

Elle se pencha pour prendre la théière et servir deux tasses. Je m'avançai et l'acceptai avec plaisir, puis elle poursuivit.

— Tu ne peux être dans la même pièce que l'une

d'entre nous sans avoir envie de la tuer, aussi suis-je surprise que tu sois venue vers moi si aisément.

Je pris une gorgée de l'infusion fumante.

— Tu sais ce que je suis, n'est-ce pas ?

— Un Être Essentiel de magie.

Je hochai la tête.

— Et tu sais comment j'intègre de nouvelles magies ?

— En te mettant en contact direct avec elles, répondit-elle. Comme tu l'as fait avec la mienne.

Je serrai les lèvres et souris timidement.

— Je n'ai encore vu aucune trace de ta magie, mais d'après tout ce qu'on m'a raconté, je crois vraiment qu'elle est présente.

Je pris une autre gorgée puis m'enfonçai dans mon fauteuil. Un sentiment de satisfaction m'envahit.

— Je le crois également, dit Morvaen. Est-ce la raison pour laquelle tu es venue jusqu'à moi ?

— Oui.

Le mot sortit d'un coup, spontanément. J'avalai un peu plus de thé puis fronçai les sourcils.

— Je suis venue, car je veux comprendre la différence entre la magie de sang et la magie des runes.

— C'est vraiment très simple. Lorsque Genesis s'est scindée en deux, la moitié de son essence a créé Lilith, et l'autre moitié Ève. Lilith a reçu la magie du corps et de tout ce qui est tangible, et qui repose sur le sacrifice de sang pour déclencher le pouvoir, expliqua Morvaen.

— Et Ève ? demandai-je avec impatience.

— La magie de l'esprit. La magie des runes est beaucoup plus nuancée, car elle fonctionne avec ce qui ne peut être vu. Son pouvoir vient de l'intérieur de nous-même, dit-elle en désignant un point sur sa poitrine, au-dessus de son cœur. L'âme.

— Donnach m'a créé une arbalète grâce à la magie Seelie, dis-je.

Je parlais à présent sans hésitation ni effort.

— Les Péchés sont convaincues que l'arbalète est le moyen de tuer Lilith, mais en vérité je ne suis pas très douée pour l'utiliser, même si elle a été conçue pour toucher tout ce que je vise. Nous n'avons pas le temps d'y remédier, poursuivis-je, et je pense qu'il serait stupide de s'en remettre à quelque chose d'aussi simple. Pour battre Lilith je dois trouver un moyen qu'elle ne verra pas venir.

Je fronçai à nouveau les sourcils en regardant ma tasse.

Morvaen hocha la tête et posa son thé devant elle.

— Tu dois m'excuser d'avoir ajouté dans le thé un sort de vérité. Nous, les Faes, ne savons pas mentir, mais votre espèce si. Dans ce monde, je dois savoir qui tu es vraiment, Ruby Morningstar, si je dois t'offrir ce que tu cherches.

— Ce qui serait ? demandai-je en prenant exprès une autre gorgée de thé.

Je n'avais rien à cacher à cette femme, alors autant qu'elle le sache.

— Le pouvoir Seelie. La raison pour laquelle Lilith nous craignait assez pour envoyer sa propre sœur à un notre niveau d'existence, tout en étant consciente que cela la tuerait.

Je hochai la tête et bus le reste de mon thé. Le bord de la tasse dissimulait mon sourire, et je soupirai.

— D'accord, repris-je. Je veux tout savoir. Je veux comprendre, mais plus que tout, je veux sauver ce monde de ses griffes. J'ai besoin de récupérer mes Cavaliers de l'Apocalypse et la bête. Les gens ont besoin de paix. La terre a besoin de guérir. Je ne veux pas de guerre, Morvaen. Je veux une exécution.

Elle acquiesça d'un signe de tête, et je lus dans ses yeux argent qu'elle me comprenait. Elle s'enfonça dans son fauteuil, croisa ses mains sur ses genoux et m'observa. Ses longs cheveux noirs ressemblaient à du goudron liquide coulant sur une épaule alors que l'autre affichait ses runes.

— Tu es une femme étrange. Sais-tu le nombre de fois où, ces derniers mille ans d'existence, j'ai offert une de mes runes à quelqu'un pour le protéger, la même que j'ai posé sur toi, ce que l'on pourrait considérer comme une dette ?

Je secouai la tête.

— Deux fois. Une fois pour un amant qui m'a trahie. Le deuxième à une fille que je pensais être mon ennemi. Tu aurais pu m'ordonner de faire ce que tu voulais grâce à cette rune, mais tout ce que tu as demandé, c'était de sauver ton partenaire.

— Jamais je ne pourrais te montrer à quel point je te suis reconnaissante, me surpris-je à dire.

Elle cligna des yeux, de toute évidence surprise.

— Mon humanité ne tient plus qu'à un fil, si ténu. Je veux sauver ce monde, mais je refuse de vivre sans eux.

La colère me rongera jusqu'à ce que je les détruise tous ou que je meure moi-même. Peut-être même les deux. Tu as empêché qu'une partie de moi meure, ce jour-là, et pour cela, il n'y aura jamais de mots assez puissants pour te dire ce que je ressens.

La colère était une chose terrible. Elle me rendait suffisamment forte pour supporter ce qu'il m'arrivait, mais pas assez forte pour le surmonter si les choses ne se terminaient pas comme je le souhaitais.

Était-ce le prix à payer pour un tel pouvoir ?

Ou bien, n'étais-je simplement pas assez forte ?

— Thé ensorcelé ou non, tu parles avec beaucoup de sincérité pour un démon, se contenta de répondre Morvaen. Tu es humble pour un Être Essentiel, mais en plus, tu as perdu tout ce que l'on peut perdre, et malgré tout tu t'accroches à l'humanité. Tu es digne de la connaissance que tu recherches.

Elle se leva de son fauteuil et me tendit une main que je pris en posant ma tasse.

— Beaucoup de Seelies ont perdu leur magie dès les premiers jours sur Terre. Ils craignaient de perdre leur Histoire un peu plus à chaque génération, alors mon père a mis au point un sort comme on n'en avait jamais vu.

Ses doigts se mirent à tournoyer et des traits de puissance orange apparurent. Je contemplais, figée comme toujours.

— Quelle est son utilité ? demandai-je.

— Il détient toute la connaissance, répondit-elle. Chaque enfant Seelie opère ce sort au moins une fois dans sa vie lorsqu'il atteint l'âge adulte. Une fois jeté, ce sort apporte aux Faes la connaissance de Seth et de tous les Seelies après lui.

Une par une, les runes se mirent à flotter en cercle, et plus elle en ajoutait, plus elles s'emboîtaient comme un puzzle.

— As-tu bien dit Seth ? Le fils d'Ève ? demandai-je.

— Oui, acquiesça-t-elle. C'était mon père. Caïn, son frère, est venu en Enfer pour la gloire. Abel est mort en sacrifice. Mon père voulait que les Seelies vivent. Il s'est installé à La Nouvelle-Orléans, et après des générations d'enfants, je suis née. Certains d'entre nous naissent avec plus de magie que d'autres. Tous les Seelies ne peuvent pas résister au temps et s'installer dans l'immortalité. Il a donc créé ce sort pour cette raison.

Je la regardais, bouche bée.

— Pourquoi ferais-tu cela pour moi ? demandai-je alors que les runes commençaient à bouger de plus en plus vite.

Elles se rejoignirent et formèrent un mandala de lumière.

— Tu es l'avenir de ce monde. Un avenir dont j'aimerais faire partie, répondit-elle.

Ses doigts s'immobilisèrent et le cercle complexe s'arrêta.

— Et c'est la raison pour laquelle je ne t'offre pas ceci comme un présent, mais comme un marché. Je te donne la connaissance suprême de ce que nous étions et de ce que nous sommes afin que tu aies le pouvoir de faire chuter la Reine de Sang, mais en retour, une fois que tout sera fini, mon peuple pourra rentrer chez lui.

Je me figeai. Je ne m'étais pas attendue à ça. Des réponses ? Peut-être. Un échange ? J'avais envisagé d'en mener un, mais je ne m'attendais pas à ça.

— Cela me donnera-t-il vraiment ce que je recherche ? lui demandai-je.

— Tu connaîtras notre histoire. Tu comprendras notre pouvoir. Tu sauras en quoi consiste ma magie, la magie qui coule à présent dans tes veines, et tu sauras comment l'utiliser. Je n'ai jamais offert cela à quiconque, d'un autre côté, jamais personne n'a réussi à accomplir le rituel et survivre. Seul le pouvoir Seelie le peut.

Pendant qu'elle parlait, la chair de poule se forma sur mes bras. Il y avait quelque chose dans l'air qui murmurait des choses à propos de pouvoirs ancestraux et de secrets interdits.

J'étais venue pour passer un marché totalement différent, mais ce qu'elle m'offrait... pouvait tout changer.

— Et si je te demandais quelque chose en plus ?

— Je n'ai rien d'autre à t'offrir, répondit-elle d'une voix assurée.

— Pourrais-tu amener ton peuple ici ? demandai-je. Des soldats. C'est ce que j'étais venue te demander. Des soldats Seelies capables de combattre le sang par la magie. Les chasseurs de tous les démons.

Morvaen secoua la tête.

— Comme tu l'as déjà constaté, je ne peux pas me téléporter directement sur Terre, je ne peux même pas amener quelqu'un ici. Ce pouvoir appartient à un être lié à cette planète, et le seul moyen pour passer outre nécessiterait de la magie de sang et de la magie rune mélangées. Et tu n'es compétente dans aucune des deux.

Je pestai, car elle avait raison. Je n'avais pas la moindre idée de comment utiliser la magie de sang. C'était la raison pour laquelle je voulais que la Seelie soit dans mon camp.

— Et même si je pouvais ouvrir un Portail aussi large, ajouta Morvaen, je n'ai aucune légitimité pour t'offrir mon peuple pour ta guerre. La sagesse de Seth est le mieux que je peux faire.

Je pris une profonde inspiration, regardant tour à tour le mandala lumineux, la Fae, et le monde au-delà. Je ne savais pas ce que cela pourrait me faire, ou qui je pourrais devenir. Et il n'y avait pas de machine arrière possible. On ne pouvait aller que de l'avant. Si cette connaissance pouvait me donner le pouvoir de vaincre Lilith, eh bien ainsi soit-il !

Je tendis une main vers elle, tout à fait consciente que je pourrais m'en mordre les doigts, mais je n'avais pas d'autre option.

Morvaen pris ma main dans les siennes et la tourna paume en l'air. Elle traça un symbole dans la chair avant d'appuyer sa propre paume contre la mienne. Une brûlure me transperça la peau se transformant en une douleur cuisante avant même que je puisse réagir. Morvaen sourit et j'eus l'impression que c'était sincère, même si l'on avait dit une grimace.

—Allons-y !

28

J'avais l'impression qu'on m'écorchait vive, mais je dessinai chaque satanée ligne de ce sortilège.

On appelait ça, la Sagesse de Seth.

C'était une rune qui exigeait tellement de toi que seuls ceux qui avaient un but supérieur pouvaient survivre au poids de la connaissance qu'il renfermait. Morvaen aurait pu me prévenir, mais elle ne l'avait pas fait. J'aurais été plus en colère si cela avait fait une différence. Je prenais tout ce qu'il avait à offrir, peu importe ce que cela me coûtait. Alors, même quand j'eus l'impression que mes os se brisaient, que mon sang bouillait et que la pression dans mon cerveau était si forte que j'avais le sentiment que mon crâne allait se couper en deux... je continuais à dessiner.

Dès l'instant où mes doigts terminèrent le bouquet final, des ténèbres me dévorèrent. Une douleur dévastait mon corps à tel point que tout ce que je pouvais faire était de ne pas y penser et de me concentrer sur l'unique lumière. La rune tournoyante. La Sagesse de Seth.

Leurs visages apparurent devant moi.

Bandit.

Moira.

Laran.

Allistair.

Rysten.

Julian.

Moi.

Je faisais ça pour nous.

Je n'échouerais pas.

Une porte apparut et je n'hésitai pas.

Je ne fléchis pas.

Mes doigts s'enroulèrent sur la poignée et soudain je la sentis.

La connaissance.

Le pouvoir.

Tout.

29

LARAN

Trois jours.

Elle était comateuse depuis trois jours. Et pendant tout ce temps, Lilith se rapprochait.

J'avais tenté d'entrer dans son esprit, mais ma télépathie n'était pas assez puissante.

J'avais envoyé Moira, mais elle n'avait pas pu pénétrer dans l'espace qui la retenait.

Bandit s'était couché à ses pieds pour attendre.

Je m'étais endormi quand elle se trouvait sur le balcon, et elle était près de moi quand je me réveillai. Personne ne savait ce qu'il s'était passé. Personne ne savait comment arranger ça.

J'étais resté à lui tenir la main. Sa peau blême tendue sur ses veines bleues. Moira faisait les cent pas devant son lit, grognant contre tous ceux qui osaient entrer.

Elle ne pouvait pas attendre plus longtemps, la guerre ne l'attendrait pas, elle.

J'avais besoin qu'elle me revienne.

J'avais besoin de savoir qu'elle allait bien.

J'avais simplement besoin... d'elle.

— *Bientôt*, murmura une voix.

Je clignai les yeux et regardai Moira. Elle s'était arrêtée et regardait Ruby comme s'il s'agissait d'un fantôme.

— Tu as entendu ça ? demanda-t-elle.

— Oui.

— *Bientôt*, répéta la voix.

Rien n'avait changé. Les mèches bleues de ses cheveux étaient étalées sur son oreiller. Sa respiration restait stable. Son pouls régulier.

Mais Ruby allait se réveiller.

Bientôt.

J'espérais seulement qu'il n'était pas trop tard.

30

Mes yeux s'ouvrirent après une éternité de douleur.

J'avais vécu tous les cauchemars.

J'avais souffert toutes les tortures.

J'avais ressenti toutes les morts endurées par les Seelies.

J'avais vu leur détresse.

J'avais vu leur combat.

J'avais vu leur persécution.

Et à la fin... je les comprenais.

La Sagesse de Seth m'avait vieillie de plusieurs siècles. Au bout du compte, quand j'eus vécu leurs vies et connu leurs chagrins, quand l'amertume et le ressentiment de tout ce qui leur avait été fait disparurent, j'eus ce pour quoi j'étais venue.

La moindre rune qui avait été créée depuis la nuit des temps, je l'avais à présent au bout de mes doigts.

Le moindre événement qui nous avait conduits ici, je

l'avais dans mon esprit.

Un bruit étouffé attira mon attention. Je tournai la tête en clignant des yeux. Le tissu doux d'une taie d'oreiller effleura ma joue. Un vent froid souffla les rideaux bleu pâle comme des bannières et me glaça jusqu'aux os, puis je vis le visage de Laran.

— Que, que, qu'est-ce qui ne va pas? demandai-je d'une voix écorchée.

J'avais la gorge sèche comme si j'avais avalé du sable, et quand j'essayai de parler, le son éraillé qui sortit était pitoyable.

Combien de temps avais-je dormi?

— Trois jours. Presque quatre, murmura Laran.

Ses yeux noirs, si sombres qu'ils me rappelaient les centres de mes flammes, me fixaient avec tristesse.

—Que s'est-il passé? Où étais-tu?

Il n'y avait pas de réponse facile.

Le corps et l'esprit étaient deux choses différentes. Alors que j'avais fait un voyage spirituel qui m'avait paru durer mille ans, mon corps était resté allongé au lit. J'avais vécu mille vies et j'étais morte de mille morts en l'espace de quelques jours. J'avais chassé des démons et j'avais été chassée à mon tour. J'avais assisté à des viols, à de la torture et à des cruautés qui pouvaient me blinder l'estomac. Et tout cela orchestré par Lilith.

À présent, je connaissais Morvaen et les autres Seelies qui étaient passées par la Sagesse de Seth et avaient survécu. Je les connaissais aussi bien que moi-même.

Où étais-je?

Cette question me revenait sans cesse à l'esprit.

— Partout, répondis-je, consciente que ça ne l'apaiserait pas et que ça n'aurait aucun sens.

Je m'assis. J'étirai mes bras hauts au-dessus de ma tête et une série de craquements résonnèrent, redonnant vie à mon corps engourdi.

— Je ne peux pas te dire ce que tu veux savoir. Je suis désolée, ajoutai-je. Ce n'est pas mon secret, je ne peux le révéler. Je suis allée chercher un moyen de battre Lilith.

Il ouvrit la bouche, fit une pause, puis demanda :

— L'as-tu trouvé ?

L'avais-je trouvé ?

— J'ai trouvé…, hésitai-je en expirant longuement.

Mes doigts se refermèrent sur les draps en satin noir. Les riches tapisseries qui pendaient au mur attirèrent mon attention tandis que je cherchais le mot adapté.

— … des réponses.

— Tu vas m'en parler, pas vrai ?

Il ne paraissait pas contrarié, mais je ressentais tout de même son besoin d'explications.

— Non, soupirai-je. Lilith détient mon pouvoir. Elle peut lire dans l'esprit de n'importe qui. Aujourd'hui, plus que jamais, je dois taire la vérité.

Je desserrai les doigts du tissu soyeux et fis glisser mes jambes au bord du lit. Le sol de pierre sombre était chaud sous mes pieds quand je me relevai, m'appuyant toujours contre lit pour lui faire face.

— Je sais, c'est mieux ainsi, dit-il.

Sa bouche tenta d'esquisser un sourire, mais il n'y parvint pas. Il avait les traits tirés. Je clignai des yeux en apercevant les cernes noirs dus au manque de sommeil et son teint blafard. Mon cœur se serra.

— Tout va bien ?

Le regard gêné qu'il me lança m'indiquait que non, ça n'allait pas. En fait, quelque chose clochait vraiment.

— Tu étais... *endormie*... pendant quelques jours, commença-t-il doucement.

Mon pouls s'accéléra, battant de manière irrégulière, quand il leva les yeux au plafond et que ses mains se serrèrent dans le vide.

— Pendant cet intervalle, nous avons appris que Lilith est en chemin.

Le battement de mon cœur se transforma en galop, pourtant je ne bougeai pas d'un centimètre.

— Combien de temps ? demandai-je simplement.

Il baissa la tête, et dans la lumière de ce début d'après-midi, j'aperçus que sa barbe avait poussé pendant ces quelques jours. Il me regarda de haut en bas, mais je restai silencieuse. Je sus ce qui allait suivre lorsque je vis la supplique dans ses yeux.

— Combien de temps ? répétai-je.

— Pas assez longtemps.

— Combien de temps ? répétai-je à nouveau, mais d'un ton plus sec.

— Bon sang, Ruby.

Il prit mon visage dans ses mains comme si j'étais le joyau le plus précieux au monde. Et je savais que je l'étais.

— J'ai peur, d'accord ? J'ai confiance en toi, et je sais que quoi qu'il soit arrivé, tu penses sincèrement avoir trouvé un moyen de mettre un terme à tout ceci, mais j'ai peur. Tu as déjà tellement donné...

Il était désespéré. Il posa son front contre le mien, et je fermai les yeux.

— C'est normal d'avoir peur, murmurai-je. Moi aussi, j'ai peur.

— Je ne veux pas te perdre. Pas encore.

— Ça ne se produira pas.

J'ouvris les yeux et m'écartai en ignorant le nœud dans mon estomac lorsque ses mains lâchèrent mon corps.

— Et je ne lui laisserai pas ce monde. Elle détient la bête, elle détient mes partenaires, et elle détient prisonnier le peuple de l'Enfer pour satisfaire le moindre de ses caprices. C'est inacceptable.

— Tu as changé, bébé, murmura-t-il.

Je serrai les lèvres pour ne pas grimacer.

— On m'a déchiré l'âme en deux et j'ai survécu. Tout a un prix, Laran. Tu le sais, dis-je en luttant contre mon envie folle de le réconforter, mais je tins bon.

— Oui, je le sais et c'est pourquoi je ne vais pas te demander de fuir. Tu as déjà trop perdu. J'aurais seulement souhaité que nous ayons plus de temps.

— Combien de temps ? demandai-je doucement.

Il dut comprendre que ce serait la dernière fois que je le demanderais, et qu'ensuite j'aurais franchi la porte pour le découvrir par moi-même. Une ombre passa au-dessus du balcon et assombrit la pièce.

Je déglutis.

— Ça a déjà commencé.

31

J e courus sur le balcon, ignorant les pans de tissu qui s'enroulaient autour de mes membres et m'entravaient. Je levai les yeux. Une masse nous survolait, des centaines de fois plus imposante que l'immense palais où je me trouvais. Elle bloquait la lumière du soleil et noyait Inferna d'une ombre lugubre.

— Qu'est-ce que c'est ? soufflai-je.

— La ville de Brimstone, répondit-il d'une voix sombre. Autrefois connue sous le nom de province d'Orgueil. Le royaume de Lilith.

— *Elle flotte.* Pourquoi flotte-t-elle ? demandai-je, incapable de maîtriser la panique dans le ton de ma voix.

— Lilith voulait une ville où personne ne pourrait entrer sans qu'elle le sache, une ville qui transcende les frontières de la magie. Elle a sacrifié une centaine de ses enfants pour créer le sortilège qui permet à la ville de flotter.

L'horreur me submergea. Je serrai les dents alors que

le monde s'assombrissait, comme purgé de toute couleur quand le soleil disparut totalement. Seules les torches allumées en bas permettaient de voir encore la ville. En l'espace de quelques minutes, Inferna était passée d'une ville tentaculaire et merveilleuse, à un paysage apocalyptique tout droit sorti de la Bible.

— Les gens se battent dans les rues.

Je n'aurais pas cru que ça se passerait ainsi, si je ne l'avais vu de mes yeux. Comment deux amis se retournaient l'un contre l'autre sans prévenir et se mettaient à se battre à coups de torches. Des parents s'en prenaient à leurs enfants. Des frères contre des sœurs. Femme contre mari. Inferna était entrée dans le chaos tandis que la ville flottante se positionnait juste au-dessus, écrasant l'atmosphère de sa présence.

— C'est le pouvoir de Famine qui est utilisé, dit Laran derrière moi. Il joue avec leurs émotions. Il leur fait ressentir ce qu'il veut qu'ils ressentent.

— Il ne le fait pas de son plein gré.

C'était impossible. Allistair était plein de choses… mais pas ça.

— Elle t'a pris les liens qui t'unissaient à eux, marmonna Laran. Impossible de savoir ce qu'elle a vraiment fait depuis qu'ils sont partis.

— Non, le repris-je.

Je fronçai les sourcils, me tapotant le menton.

— Elle s'est emparée de la magie de ces liens qui nous unissaient tous ensemble. Elle n'a pas réussi à prendre les sentiments qui s'y attachent. Ils ont choisi d'être mes partenaires, ce qui pose une question, quel degré de conscience ont-ils réellement ? murmurai-je.

— Sa magie a participé à notre création, dit-il. C'est difficile à dire.

Le vent hurlait dans la vallée, évoquant en moi des références bibliques. J'étais sur le point de marcher dans la vallée de l'ombre de la mort, mais je ne prierais aucun Dieu. J'étais enfin prête à en devenir un.

— Nous allons les récupérer, Laran. Je te le promets.

— Ne fais pas de promesses, Ruby.

Il expira bruyamment, ses phalanges étaient blanches.

— Fais juste... attention à toi. Sois prudente. N'en fais pas trop. J'ai combattu tellement de fois et gagné bien des guerres. Les perdants ne perdent pas toujours parce qu'ils n'étaient pas assez bons, ou forts. Mais parce qu'ils ont fait une erreur.

Il secoua doucement la tête en se souvenant de choses que je n'avais jamais vécues, mais que certains Seelies avaient connues.

— Une seule erreur pourrait te coûter la vie et je refuse de te perdre. La première fois que tu l'as affrontée, nous sommes morts tous les deux. Tu as survécu de justesse, et tu ne t'es entraînée qu'une seule fois avec les Péchés. Je ne sais pas comment tu vas te sortir de là, bébé, mais...

Je le fixai, je connaissais le grand Cavalier de l'Apocalypse, mais pour la première fois j'apercevais l'homme. Même les démons, tout puissant qu'ils puissent être, avaient des faiblesses. J'étais la sienne.

— Fais-moi confiance, murmurai-je en prenant sa main dans la mienne. Aie confiance dans le fait que je sais ce que je fais, dans le fait que je suis assez forte, dans le fait que...

Je saisis le feu dans ses yeux.

— Aie confiance dans le fait que je n'échouerai pas, et que je peux récupérer ce monde.

Il écarta les cheveux de mes yeux et posa un baiser sur mon front. Je me laissai aller dans ses bras, mais ne cédai pas.

Je refusais de céder. Pas maintenant. Jamais. Pour personne.

— Je t'aime, murmura-t-il.

— Je le sais, dis-je en souriant tristement.

C'était le seul au revoir que j'aurais de lui, d'aucun d'entre eux, si je merdais.

— Cependant, l'amour ne suffira pas cette fois-ci. J'ai besoin de toute ta confiance et que tu n'essaies pas de m'arrêter. Quoi qu'il se passe.

Il s'écarta et je pris sa main dans les miennes.

— Ruby, tu es la seule femme, démon ou autre, devant qui je m'inclinerai. Je te fais confiance et je sais que tu sais ce que tu fais... même si je ne comprends pas. Je serai à tes côtés jusqu'à ma mort. Je l'ai déjà fait, et je le referai. Si c'est aujourd'hui, eh bien ainsi soit-il !

Nous nous embrassâmes et tout fut clair. C'était du feu, de la passion et du désespoir, cette connexion que tout le monde recherche. Humains, démons, Faes. Mortels ou immortels. Tous passaient leur vie à cette chose qu'il y avait entre nous. Certains appelaient ça âmes sœurs, mais je me refusais à croire qu'il n'y avait qu'une seule personne au monde avec qui l'on était censé être. L'univers était incroyablement vaste, après tout.

J'avais trouvé ce que je cherchais en quatre partenaires excessivement possessifs, parfois sournois, mais toujours dévoués. Ils n'auraient pas pu être plus différents les uns des autres s'ils étaient nés à des siècles ou dans des mondes différents. Ils n'étaient pas parfaits, mais ils étaient à moi. J'avais fait l'expérience de l'amour que certaines personnes ne trouvent jamais, et je l'avais ressenti puissance quatre.

Mais cet amour s'était accompagné d'une perte si éprouvante qu'il ne me restait plus que des fragments d'âmes, des miettes de pouvoir depuis qu'on me les avait arrachés. J'avais aimé avec tellement d'ardeur que lorsque je les avais perdus, ce fut l'expérience la plus dévastatrice de l'univers. Vivre un amour si ardent qu'il te consume et qu'il brûle avec toi. Éclatant. Cruel. Vrai.

C'était ce que nous avions. C'était ce que nous avions *tous*.

Un amour qui changeait les mondes.

Un amour qui pouvait et saurait tout surmonter.

Je pris une inspiration tandis qu'un vent violent me frappa la peau, me secoua les os. Je retournai dans ma chambre d'un pas décidé, les dents serrées, pour me préparer non pour une bataille, mais pour une guerre. Nous nous habillâmes en silence, revêtant les tenues de combat en cuir de l'Enfer avant de nous précipiter dans les couloirs du palais. Nos bruits de pas résonnaient dans le silence alors que nous nous dirigions vers la salle des trônes. Mon pied glissa sur la dernière marche en quarts et Laran me rattrapa d'une main sûre.

Je bredouillai un merci et nous approchâmes des portes en onyx où était gravé un pentagramme en argent. Les panneaux de bois pendaient grand ouverts, leurs charnières brisées ou fondues.

Ils nous tournaient le dos, mais je les vis.

Mes Cavaliers de l'Apocalypse.

Peste se tenait à droite, vêtu d'une armure en or. Ses cheveux blonds ressemblaient à du miel, ses pommettes étaient hautes, taillées à la serpe. Mon Rysten avait toujours eu l'air débonnaire, et le voir dans une tenue en métal n'était qu'une pâle comparaison de sa radiance d'avant. Je me tournai vers Mort qui se tenait royal et chatoyant dans sa tenue d'un blanc immaculé. Il avait toujours été du type stoïque évoluant à la frontière de la cruauté. Aujourd'hui, il n'y avait pas une once de chaleur qui émanait de lui. Même le dos tourné, je ressentais l'abîme tourbillonnant qui le rongeait. Ces ténèbres qui absorbaient toute lumière.

Je ne pourrais dire que le dernier que j'aperçus fut celui qui me frappa le plus, mais ce fut tout de même comme un coup de poing dans l'estomac. Allistair ne dégageait pas la lumière comme Rysten. Il n'abritait pas non plus les démons de Mort. Allistair était un homme qui portait un masque. Un monstre qui faisait irruption dans ta vie et te volait ton cœur avant même que tu comprennes qu'il voulait le prendre. Le voir vêtu d'onyx, arborant les peintures d'un chevalier noir... je compris les devoirs qui le retenaient. Les règles qui le liaient. Les chaînes lubriques de la soumission qui ensevelissaient l'homme que je connaissais... je n'avais aucun doute qu'il n'était pas vraiment maître de lui-même en le voyant semer l'anarchie.

Ils étaient là, soldats de la douleur.

Semeurs de destruction.

L'Apocalypse.

Et je me demandai... je me demandai si ce n'était pas l'incendie que j'étais censée arrêter. Si ce n'était pas les frontières entre les mondes, je me demandai pour la première fois... si c'étaient *eux*. Si eux, les Cavaliers de l'Apocalypse qui m'avaient amenée ici déguisés en sauveurs, étaient en fait l'apocalypse dont j'étais censée sauver le monde, ou chuter moi-même et emporter dans ma chute les deux mondes.

Un gloussement attira mon attention.

Je savais qui c'était, la femme en blanc qui les avait volés.

Elle portait une couronne de lys qui semblait foncée en comparaison. Sa robe, si l'on pouvait appeler ça une robe, était constituée de deux pans de tissus qui pendaient de ses épaules et serrés à la taille par une chaîne dorée.

— J'ai entendu des rumeurs. Que la fille aurait survécu...

Sa voix portait tandis qu'elle baissait le regard vers les Péchés, toutes sauf une. Sinumpa était absente, mais elle m'avait déjà trahie une fois de trop pour que j'imagine qu'elle resterait dans le coin. Je ne sais pas à quoi ma mère pensait, mais elle a choisi une lâche. Jax et elle avaient disparu, mais pas les autres. Les Péchés et Moira étaient armées et prêtes à se défendre sans même savoir si j'y arriverais à temps. Bandit se tenait droit sur son épaule, montrant les dents et les yeux brillants. Je ressentis de la fierté.

— Comme c'est pathétique.

— Pathétique ? demanda Hela, d'une voix forte portée par le vent.

Ses cheveux flamboyants se soulevèrent et des éclairs de colère emplirent son regard.

— Tu as tué l'homme que tu prétendais aimer après avoir tué la mère de son enfant. Tu as cherché à te venger pour un trône qui ne t'a jamais appartenu. Tu as tenté de dérober le pouvoir d'un Être Essentiel, et tu as commis des crimes de guerre contre notre peuple et le tien, tout ça pour un trône qui ne t'appartient pas.

Son pouvoir irradiait dans chacune de ses paroles et la colère pour laquelle elle était connue, se déclencha. Elle se dressa comme une lumière de salut dans l'obscurité.

— Aujourd'hui c'est ta fin, Lilith. Lucifer est parti, et nous n'accepterons pas que cette folie règne sur notre territoire plus longtemps.

— Eh bien, eh bien, se moqua Lilith. Tu as les chevilles qui enflent, Hela. Dis-moi, à part aboyer, sais-tu mordre ?

Elle claqua des doigts et les flammes jaillirent, répondant à *ses* ordres. Mes flammes. La colère que je gardais tout près de mon cœur se mit à bouillonner quand le feu embrasa les vêtements d'Hela. Apparemment, elle avait été assez intelligente pour ingérer du soufre avant le combat.

— C'est le mieux que tu peux faire ? se moqua Hela, levant le bras vers le ciel.

Le tonnerre rugit et la foudre vint à elle. Mes poils se dressèrent sur mes bras quand elle pointa la main vers Lilith et que l'électricité jaillit de ses doigts et la frappa avec tant de force que le bâtiment trembla. Je retins ma respiration, mais elle resta immobile sans tomber ni riposter.

— Tu devrais savoir depuis le temps que ces dons puérils que tu possèdes ne fonctionnent pas sur moi, siffla Lilith.

Il n'y avait plus aucune douceur dans sa voix.

— Tu n'es rien d'autre qu'une erreur créée par Genesis. Je suis de son sang. Je suis son *âme*, dit-elle d'un ton empreint de dédain.

Hela serra les poings, et même si elle refusait de le montrer, elle avait vraiment peur et c'était palpable.

Lilith leva les mains comme pour dire, *c'est mon tour*. Mais les démons ne suivaient pas les règles. Dès qu'elle bougea, Moira et Ahnika s'avancèrent et poussèrent un hurlement.

Quand elle n'était qu'une enfant, elle avait assez de puissance pour briser les tympans. Étant une banshee Légion qui avait effectué sa transition, aujourd'hui Moira avait le pouvoir de détruire des bâtiments. Et ça, c'était à elle seule.

Lorsque la Péché Paresse lâcha son cri, elles eurent

assez de puissance pour provoquer un tremblement de terre.

Le sol se mit à gronder, comme si la terre protestait contre la puissance du pouvoir qu'on lui imposait. Lilith plaqua ses mains sur ses oreilles tandis que les trois Cavaliers de l'Apocalypse qui se trouvaient devant nous tombèrent à genoux sous la pression.

Lamia fit un pas en avant et les veines autour de ses yeux devinrent noires quand elle étendit les mains vers la femme et murmura un mot que je n'aurais pu entendre sans lire dans ses pensées.

— *Saigne.*

Sous son ordre, la peau de Lilith se déchira. Les artères de son cou explosèrent, inondant le sol bleu marine de sang. Ses jambes cédèrent sous son poids, sa robe blanche se maculant de rouge à mesure que le sang imbibait le tissu. Étendue dans une mare de son propre sang, la terre s'ouvrit en une bouche béante.

Son corps chuta dans le gouffre.

Se perdit dans ses ténèbres.

Les cris se turent et un silence lourd de craintes noya tout.

Personne ne se réjouit ou n'applaudit. Je n'osais même pas parler quand l'abîme se referma.

Car au fond de moi, avec les connaissances que je possédais à présent, je savais que même moi je pourrais survivre à ça.

Ce qui signifiait que Lilith le pouvait également.

Le temps se suspendit, mais les Cavaliers de l'Apocalypse ne se relevaient pas. Derrière moi, Laran avait attrapé ma chemise pour me stabiliser lorsque quelque chose d'âcre et épais commença à obstruer l'air.

De la magie noire. De la magie de sang. Sauf que ce n'était ni Sinumpa ni moi qui l'utilisions.

Une énergie immense paraissait s'accumuler sous le sol qui se mit à trembler. Des bouts de roche de la taille de balles de baseball s'entrechoquaient. Du poison me brûla les narines.

Personne n'eut le temps de se mettre à couvert. En une seconde, le sol se mit à trembler, un gémissement lourd résonnant de ses entrailles. L'instant d'après, il ne se contenta pas de s'ouvrir, oh non. La roche elle-même se fractura et s'effondra.

Une silhouette vêtue de rouge et de noir s'éleva, flottant en l'air comme si elle était dans l'eau. Les lys dans ses cheveux étaient broyés en un amas de pétales sanglants et de tiges brisées.

— Vous avez vraiment cru que ça fonctionnerait ? leur demanda-t-elle.

À ce moment précis, je le perçus dans sa voix. Elle voulait la mort. Si on la laissait faire, elle détruirait le monde qu'elle souhaitait gouverner si cela lui permettait d'éliminer les Péchés.

Ses mains s'élevèrent et des ténèbres fantomatiques l'enveloppèrent. Il ne me fallut qu'un instant pour comprendre ce qui était en train de se passer. Je ne l'avais jamais vu sous cet angle quand moi-même j'utilisais ce don.

Je n'avais jamais vu comment une âme se préparait à frapper.

Elle avait l'intention d'arracher de leur corps toutes les âmes présentes dans cette pièce.

Mais elle n'avait pas prévu une chose.

Moi.

Mes doigts tournoyèrent tandis que l'âme vicieuse d'une folle cherchait ses victimes. Un clignement de paupière, et on le ratait. Le scintillement d'une rune, si lumineux et bleu que ça faisait mal lorsqu'on le regardait. Ma rune. Mon pouvoir. Ma protection.

Une barrière apparut d'un coup autour d'elle, piégeant son âme hideuse à l'intérieur. Je plissai les yeux pour chercher la moindre trace de bleu dans la noirceur, mais il n'y en avait pas.

Lilith paraissait dans tous ses états, se tournant dans tous les sens.

Les visages des Péché étaient figés, sous le choc. Contre toute attente, Moira affichait un petit sourire satisfait.

Mais Lilith… ses lèvres affichaient un grand sourire.

— Eh bien, voyez-vous ça, ronronna-t-elle. La connasse ne mentait pas après tout. Il semblerait que la Jeune Morningstar ait envie de jouer.

Il fut un temps où ses moqueries me glaçaient le sang, cependant aujourd'hui, lorsque je souris derrière mes partenaires ensorcelés, c'était un vrai sourire, aucunement teinté de peur.

Elle croyait être la pire connasse du quartier.

Mais à présent, j'étais le Diable, et si l'on vole le Diable, on le paye de sa chair.

32

La colère était une chose dangereuse.

Elle dévorait tout comme le feu. Elle était aussi vaste et étendue que la mer. Elle s'installait en profondeur, pourrissait, suppurait si on la laissait faire. Mais plus que tout, la raison pour laquelle la colère était si puissante était parce qu'on ne pouvait juste décider de l'oublier.

Elle allait et venait selon son bon vouloir. Pesant sur ta poitrine comme un démon la nuit, jusqu'à ce qu'elle décide de te laisser pour un autre.

Je ne pouvais pas la changer. Je ne pouvais pas la calmer. Je ne pouvais que vivre avec, et ainsi je trouvais mon énergie.

La plupart des gens étaient happés par les griffes de la passion, moi je puisais mon énergie dans une force à part.

Ma colère me guidait. Elle me motivait, aussi n'eus-je aucune réserve lorsque le dénouement approcha.

Elle m'avait dépouillée de tout, et à cause de ça, elle allait tout perdre.

— Je dois avouer que tu as meilleure mine que quand je t'ai laissé, remarqua-t-elle, son regard scrutant attentivement ma poitrine en quête de ma marque.

— Dis-moi, murmura-t-elle. Comment as-tu fait ?

Je continuai de sourire, malgré mon envie de la démembrer. Ses mains crochues étaient serrées. Elle était agacée que j'aie survécu. À présent, elle avait des doutes sur elle. Des doutes sur son pouvoir. Des doutes sur le mien. Je m'en délectais.

— Eh bien, commençai-je.

Mes chaussures martelaient le sol à mesure que j'avançais vers elle lentement.

— C'était un certain nombre de choses. En fait, mon corps tentait péniblement de se réparer, mais avec si peu de sang je serais morte, et le serais restée, sans l'aide de Sinumpa.

Ses yeux lancèrent des éclairs de fureur, et si pour une raison ou une autre je ne devais pas gagner, je n'avais aucun doute qu'elle traquerait sa fille jusqu'à la fin de ce monde et du prochain. À ce moment, j'eus pitié de Sinumpa. C'était une enfant maudite qui était devenue une femme emprisonnée.

— Sinumpa ? dit-elle tentant, sans y parvenir, de dissimuler sa surprise.

Je lui décochai mon plus beau sourire, ce qui n'avait pour but que de l'énerver encore plus.

— Oh, oui, acquiesçai-je d'un hochement de tête. Tu vois, pendant que tu planifiais ma destruction, elle organisait la tienne. C'est grâce à elle que nous avons tous décidé d'agir, après tout.

Je fis un mouvement du bras vers le palais.

— Elle m'a trouvée quand j'étais bébé, a passé un marché avec ma mère puis t'a convaincue qu'elle était devenue Péché Luxure pour que tu accèdes au trône, et tu n'as jamais remarqué qu'elle jouait les agents doubles, ajoutai-je. Je suis télépathe et je n'ai compris qui elle était seulement lorsque nous étions dans le Jardin. Elle m'a envoyée à ma perte sachant qu'elle me ramènerait grâce à un pacte de sang.

La colère. C'était une chose dangereuse. Lilith adorait jouer, mais s'il y avait une chose que j'avais comprise dans tous les souvenirs Seelie que j'avais vécus, c'était qu'elle était esclave de ses propres émotions, et trop orgueilleuse pour le reconnaître. Ce qui promettait la plus douce des fins.

— Ainsi, tu as survécu, dit-elle en tournant les yeux vers Laran. Et je ne sais comment, tu as réussi à limiter la casse. Tu es insistant, je dois l'admettre.

Entre nous, les trois Cavaliers de l'Apocalypse se levèrent et resserrèrent les rangs autour d'elle.

— Ils ne peuvent te sauver, dis-je.

Ses traits se figèrent.

— Tu as peut-être survécu, mais tu n'as plus de pouvoir. La bête est en *eux*, grogna-t-elle.

— La bête ne détenait pas mon vrai pouvoir, répondis-je d'une voix posée.

Ses pupilles se contractèrent, faisant briller encore plus l'or de ses yeux.

— Tu mens !

— Non, dis-je avec un petit sourire narquois. Mais tu aimerais que je mente.

Mes moqueries la poussèrent à bout. Des flammes jaillirent dans ma direction, mais je les accueillis comme si elles étaient miennes. Elles léchèrent ma peau et brûlèrent mes vêtements, me laissant nue aux yeux de tous.

— Impossible, murmura-t-elle lorsque j'éteignis les flammes d'un claquement de doigts. Elle fixa la marque sur ma poitrine. Au-dessus de la cicatrice durcie, les tiges bleues s'enroulaient de manière protectrice en dessinant un pentagramme.

— De toute évidence, non, vu que je me tiens devant toi, dis-je me réjouissant de la teinte rose que prirent ses joues pâles. Tu vois, malgré tout le temps que tu as passé à comploter pour me tuer et pour ton éventuelle intronisation, tu n'as jamais pris le temps d'analyser ce que je suis vraiment.

Je jetai un œil vers les visages impassibles de Peste, Mort et Famine. De l'extérieur, ils paraissaient si vides, mais intérieurement une telle obscurité les noyait. Tant de douleur.

— Ce... que... tu... *es*...? répéta-t-elle en laissant échapper un gloussement qui aurait fait de l'ombre à Moira. Tu n'es *rien*. Personne. Tu penses que parce que tu as survécu une fois, tu survivras encore ?

Elle afficha un sourire arrogant, cependant je ressentais son malaise grandissant, tout comme elle pouvait ressentir mon calme.

Son âme ténébreuse dans sa poitrine tenta à nouveau de m'atteindre. Je trouvais cela tellement révélateur que sous une apparence de sainte, elle soit le pire des monstres à l'intérieur. Un animal n'écoutant que son instinct. Une folle incontrôlable.

Lilith fit un geste pour frapper, et cette fois je ne la bloquai pas. Je fonçai de plein fouet.

Nos silhouettes fantomatiques se heurtèrent de toutes leurs forces, mais nous eûmes beau tout tenter, nous ne nous blessâmes pas. Elle ne parvenait pas à me blesser, et moi non plus. Nous étions dans une impasse.

— Tu vois Lilith, le fait est que tu m'as volé ma magie sans comprendre ce qu'elle pouvait réellement faire. Je ne t'en veux pas. Moi-même je ne l'ai vraiment compris que maintenant.

Je haussai les épaules, feignant une certaine nonchalance. Nos âmes continuèrent à tourner et tournoyer, mais elle ne pouvait rien faire.

— En revanche, en la dérobant tu nous as mises sur un pied d'égalité. Tu ne peux pas m'atteindre parce que tout ce que tu as à me jeter, c'est moi. Tu comprends ?

Elle grinçait des dents tandis que son âme attaquait sans relâche, sans gagner de terrain.

— Nous sommes tellement à égalité que je savais que je ne parviendrais pas à te vaincre de cette manière. Ça ne fonctionnerait jamais, mais avec le temps tu finirais sûrement par te montrer plus rusée, car tu es beaucoup plus vieille et que tu as plus d'expérience. Je n'avais aucun espoir si j'avais prévu de te battre ainsi.

Elle changea de tactique et se taillada les poignets

avec ses ongles. Du sang frais imprégna ses doigts et elle se mit à chanter.

Je continuais de sourire. Le désespoir la rongeait.

— Ça a fonctionné sur moi, une fois, commentai-je en hochant la tête et en désignant d'un geste la magie qui s'accumulait autour de nous.

Mais sans cible, elle allait inévitablement se disperser.

— Le seul problème, c'est que tu as déjà utilisé ce tour. Tu as volé la bête et m'a déchiré l'âme en deux. C'était l'expérience la plus douloureuse de ma vie, et ça restera sûrement la pire chose que j'ai endurée, jusqu'à la fin des temps.

Comme je l'avais prévu, la magie s'embrasa et comme un feu d'artifice, elle s'éteignit.

— Comment fais-tu cela ? coupa-t-elle sèchement.

L'expression angélique qu'elle adorait afficher s'effaça, et la meurtrière impitoyable tapie en elle sortit de ses profondeurs et comprit que quelque chose n'allait pas du tout.

Ou allait très bien, selon de quel côté on se plaçait.

— Je te l'ai déjà dit.

Je m'interrompis et agitai mon doigt.

— Je ne suis pas un démon, tout comme toi tu n'es qu'une Fae de sang.

— C'est grotesque…

— Vraiment ? ronronnai-je.

Elle fulminait, mais son sac à malice était vide.

— Je crois que tu viens juste de comprendre que je

dis la vérité. Je suis celle que j'ai toujours été. Un Être Essentiel de magie.

Je patientai, le temps que l'information fasse son chemin, et ne repris que lorsqu'elle ouvrit la bouche pour parler.

— Et comme tu as utilisé ta magie de sang sur moi, à présent je la détiens également. Ce qui nous rend parfaitement identiques, si ce n'est une *petite* chose.

Son teint était devenu livide. Son pouls crevait le plafond et l'angoisse commençait à lui nouer la gorge. Elle était complètement terrifiée.

À juste titre.

— Tu as tué mon partenaire, et pour le ramener à la vie, j'ai accidentellement appelé un service que me devait une Seelie. Sais-tu ce qu'il s'est produit alors ? Sais-tu ce qu'elle a fait ?

Ses lèvres bougeaient, mais aucun son n'en sortait. Son cerveau allait à un million de kilomètres-heure pour essayer de suivre.

— Elle a lié mon corps au sien à l'aide de la magie des runes. Directement sur ma peau.

Je me tournai légèrement afin qu'elle aperçoive les runes et elle se mit à trembler.

— Oui, tu es une femme intelligente, n'est-ce pas ? me moquai-je d'une voix glaciale. Tu as compris que je détenais la seule et unique chose qui pourrait te vaincre ?

— Tu ne le feras pas, dit-elle tentant fébrilement de me narguer, mais n'y parvenant pas.

— Oh ? demandai-je. Et pourquoi donc ?

— Parce ce que j'ai lié les vies des Cavaliers de l'Apocalypse à ma vie. Si quoi que ce soit me tue, ils mourront également.

Elle était si contente d'elle que cela me rendit furieuse.

— Tu crois que je viens juste de m'en rendre compte ? lui demandai-je.

Elle cligna les yeux, mais ne dit rien.

— Je ne suis pas aussi idiote que tu le crois. Tu es égoïste. Pourrie. Tu crois tellement être au-dessus de tout le monde, mais tu prévois des mesures de sécurité, juste au cas où, dis-je. Pourtant, cette fois-ci, elles ne te sauveront pas.

Les Péchés hoquetèrent de concert. Personne ne l'avait vu venir. C'était là, toute la beauté du geste. L'imprévisibilité.

— Tu ne ferais rien qui risquerait de tuer tes partenaires.

— Qui a parlé de les tuer ?

Je haussai mes sourcils tandis qu'elle tentait de maîtriser l'expression de son visage et de gérer les émotions qui la submergeaient. Elle était tout autant sa propre esclave que l'avait été Josh, et au bout du compte, on récolte ce que l'on a semé.

— Tu as l'air perplexe, alors je vais tout t'expliquer en détail, lui dis-je. La magie des runes est tout à fait à part. C'est à la fois une magie qui peut t'arrêter et une magie que tu ne possèdes pas. Je peux te contrer. Je peux t'emprisonner. Je peux faire un grand nombre de choses autour de toi, et même à toi, mais tu ne pourras pas intégrer la magie comme cela.

Je levai la main et me mis à dessiner. Une lumière bleue suivit mon doigt. C'était l'essence de mon âme, et je peignis le symbole d'un lotus à l'envers.

— Lorsqu'on t'offre une rune de protection pour un service rendu, c'est la magie du receveur qui est utilisée lorsqu'il est temps de payer sa dette. Je l'ai appris à La Nouvelle-Orléans, après l'embrouille que j'ai eue avec La Dan Bia. J'ai sauvé la vie d'une Seelie et elle m'a promis un service. Quand je l'ai appelée, c'est ma magie qui l'a amenée en Enfer. La sienne n'était pas assez puissante pour entrer ou sortir.

Ensuite, je dessinai un crâne voilé d'ombres. Elle n'avait toujours pas compris.

— J'ai passé un marché avec cette même femme. Elle m'a offert la Sagesse de Seth. Sais-tu de quoi il s'agit ?

Le symbole suivant était le sigle Danger biologique modifié. Elle l'avait reconnu, mais ne comprenait toujours pas où je voulais en venir. Personne ne comprenait.

— Cela me permet de ressusciter tous les ancêtres Seelie qui n'ont jamais jeté ce sort. En l'espace de quatre jours, j'ai vécu des milliers d'années, et pour tout ce que tu as infligé seulement au Seelie, tu mérites de payer, mais je n'ai pas la patience de le repousser plus long-temps, dis-je.

Puis je dessinai le dernier symbole. Et celui-là était important, car ce n'était pas la Sagesse de Seth qui m'en avait donné l'idée.

C'était Sinumpa.

À un certain moment, je dus me demander si elle

savait où cela allait nous mener, si elle savait que c'était cette rune qui changeait tout.

Je m'appliquai totalement dans cette rune. J'y mis tous les espoirs. Toutes les peurs. Toutes les parties de moi que je pouvais. J'y mis tout ce que j'avais, et lorsque je levai mon doigt, les trois Cavaliers de l'Apocalypse tombèrent au sol.

Tout arriva très vite après ça.

— Qu'as-tu fait ? hurla Lilith.

J'avais mal au cœur de leur faire subir ça, mais la douleur ne serait que temporaire. Je m'apaisai à nouveau en y pensant, tandis qu'elle comprenait doucement.

— La toute première vie que j'ai vécue, c'était celle d'Ève, ta sœur.

Je m'interrompis. L'énergie nécessaire pour réduire au silence trois des Cavaliers de l'Apocalypse était énorme, et faire durer cet état n'était pas simple, mais il fallait que je dise ce que j'avais à dire. Pas seulement pour moi. Pour Ève, également.

— J'ai vu ce que tu lui as dit. J'ai vécu l'horreur dans son regard quand tu lui as confié que tu allais voler la bête à Lucifer, et j'ai vécu tous les détails glauques de ce qui suivit. Je sais exactement comment tu prévoyais d'utiliser les Péchés, mais elles étaient trop puissantes, et toi trop faible. Tu as carprovisé avec Lucifer, pour commencer, et comme ça tu as appris que tu ne pouvais pas recevoir le pouvoir d'un Être Essentiel. Alors il te fallait quelqu'un qui le détienne pour toi. Pour porter le poids des ténèbres.

La rune de silence devenait de plus en plus éprou-vante, mais j'arrivais à la fin de l'histoire.

— Ève était une gentille fille, alors c'était un jeu d'en-fant pour toi, pourtant même elle ne voulait pas que Lucifer meure à cause de tes déceptions. Elle a menacé de tout lui raconter, alors tu l'as piégée, faisant croire qu'elle avait ouvert le Portail que *toi* tu utilisais pour parler à Dieu. Elle fut excommuniée de l'Enfer et devint folle, mais pas avant d'avoir confié ses souvenirs à Seth, et ses enfants me les ont confiés.

Et voilà. La fin. Le moment où je ne choisis pas de simplement la tuer.

Oh non. J'avais fait pire.

— J'ai réduit au silence les Cavaliers de l'Apocalypse, ce qui, j'imagine que tu l'as remarqué, a également coupé toutes tes connexions avec la bête. Ce qui signifie que tu ne peux plus utiliser ma magie pour te protéger. Je pour-rais te demander si tu as une dernière déclaration à faire, mais je n'en ai rien à faire.

Je lâchai l'énergie. Elle hurla. Oh comme elle hurla.

J'écoutai la moindre note en arrachant son âme de sa poitrine et la réduisis intégralement en cendres.

Et après des milliers d'années, enfin le règne de Lilith en Enfer prit fin.

33

Elle avait passé tant de temps à terroriser le monde que lorsque cela cessa, il n'y eut que du silence. Il coulait du plafond et s'étendait entre son corps et moi.

Lilith n'était pas morte, elle avait disparu.

Son âme ne passa pas le Voile, car il n'y avait pas d'âme. Elle était détruite indéfiniment, mais son corps demeurait, car son corps était ce qui la gardait en vie.

Sans une âme, le corps lui-même se flétrirait et mourrait rapidement.

Cela arriverait, sans compter une chose.

La bête.

Lilith n'avait jamais absorbé son âme. Elle n'aurait jamais pu emprisonner la bête. À présent, elle n'était plus qu'une coquille vide toujours liée aux Cavaliers de l'Apocalypse. Je n'avais pas besoin de lever le petit doigt pour le provoquer, il me suffisait de lever le sortilège du silence.

Tandis que les runes que j'avais dessinées commençaient à s'effacer, leur puissance étouffante commença également à diminuer. Je relâchai mon emprise sur leurs dernières traces et pris une profonde inspiration tandis que mes genoux se mirent à trembler avant de céder. Le craquement frémissant qui me traversa résonna dans l'entrée vide.

Puis il parla.

— Ruby ? appela une voix neutre.

Elle ne ressemblait plus à la voix du monstre à qui elle appartenait avant.

— Salut, bête, répondis-je doucement en souriant sincèrement.

Je n'avais plus ni colère, ni douleur, ni destruction en moi.

— Ça doit te faire tout drôle.

— Elle m'a kidnappée, dit la bête d'une voix où perçait de la confusion. J'ai perdu ma lumière. Je t'ai perdue, *toi*.

Ma gorge se noua et je me mis à ramper. Personne ne fit un geste tandis que je luttais contre l'épuisement qui m'avait envahi, et me traînai jusqu'à elle.

Recroquevillée, elle leva le menton pour me regarder. C'était indéniablement le visage de Lilith, mais ce n'étaient plus ses yeux qui fixaient. Ce n'était pas son âme qui demeurait là, à présent.

Ce n'était plus son corps.

C'était celui de la bête.

— Je suis désolée de ne pas avoir été assez forte la première fois, lui dis-je.

Ses lèvres pâles se serrèrent. Mécontentement. Je connaissais ses émotions aussi bien que les miennes.

— Ne t'excuse pas pour des fautes que tu n'as pas commises, me dit-elle, ce qui me fit sourire timidement. Tu nous as libérés de sa magie noire. Tu as fait ce que personne d'autre avant toi n'a réussi à faire. Ne t'excuse pas, car tu es une vraie Reine, digne de moi.

Je hochai lentement la tête, un bout de moi s'apaisant à ses mots. J'enroulai fermement mes bras autour des épaules de ma deuxième moitié, et les larmes se mirent à couler. Elle ne pleura pas. Elle n'était pas capable d'une telle émotion, et je le comprenais. En retour, elle me prit dans ses bras frêles et pâles, s'accrochant à moi tout autant que moi à elle.

Puis il y eut d'autres bras. D'autres mains. D'autres corps.

Je sentis la séduction et le péché lorsque des lèvres couvertes de poils déposèrent un baiser rapide sur les miennes, comme pour me promettre beaucoup plus. Allistair avait le goût du scotch et du miel, et celui, salé, de mes propres larmes. Je pleurai encore plus lorsqu'une tête blonde se posa sur mon épaule, et que les cheveux couleur soleil de Rysten me chatouillèrent le visage en se collant sur ma peau humide. Les mains de Laran me saisirent par la taille, me tenant aussi près que possible, recroquevillé par terre avec moi, à un angle improbable, et puis ce fut le tour de Julian. Mon chevalier blanc. Il était à genoux derrière la bête et tendit la main au-dessus d'elle pour me prendre le menton et incliner ma tête. Nous évoluâmes en totale synchronisation, j'entrouvris les lèvres et l'embrassai librement. Bandit arriva en courant à toute vitesse, poussant un cri de guerre sauvage avant de sauter comme une boule de poils et de griffes, et d'atterrir au cœur de l'action. La bête siffla, mais ne fit pas un geste pour l'empêcher de se frayer un chemin entre nous à coups de griffes et de s'installer sur nos poitrines en ronronnant de plaisir.

Un énorme grognement venant d'au-dessus de nous m'interrompit. Je regardai à tour de rôle les cavaliers de l'Apocalypse, la bête, le plafond d'où parvenait une série de coups résonnant dans les poutres comme le tonnerre.

— Que se passe-t-il ? demandai-je.

Mes faibles jambes protestèrent quand je tentai de me lever. Julian se baissa et me souleva du sol, coinçant une main dans mon dos et une autre sous mes genoux.

— C'est la ville de Brimstone, dit Moira.

Le plafond craqua et des morceaux se mirent à tomber.

— Elle est en train de s'écrouler.

— Connasse maléfique, jurai-je.

Ce serait trop demander un instant de tranquillité ?

— Elle avait prévu un piège en cas d'échec, pas vrai ?

La bête hocha la tête et répondit :

— Si tu avais tué son corps, tu aurais tué les Cavaliers de l'Apocalypse. Elle ne pensait pas mourir, mais elle l'avait prévu. La ville de Brimstone s'effondre en effet.

— Peux-tu l'arrêter ? lui demandai-je.

— Et toi ? répliqua-t-elle.

Merde. Non. Non, je ne le pouvais pas. J'avais complètement épuisé toute mon énergie. Je n'arrivais même pas à tenir sur mes jambes. Impossible que je réussisse à retenir une ville qui s'effondrait.

— Quelles options avons-nous ? demandai-je, en regardant les Péchés.

Leurs visages étaient graves.

— Nous n'avons pas le temps d'évacuer Inferna, dit Lamia. C'est beaucoup trop grand.

Abandonner des centaines de milliers de gens qui vivaient ici n'était pas une option pour moi. Il devait exister un autre moyen.

— Pourrais-tu faire exploser la ville ? demanda Moira.

Ses yeux s'écarquillèrent.

— Tu es folle ? demanda-t-elle.

— Parfois, répondis-je. Tu peux le faire ?

— Non ! répondit-elle en regardant le plafond comme si elle évaluait les possibilités. Même si je réussissais à la faire exploser, nous finirions tous écrasés par les débris, et Inferna aussi.

Je posai la tête contre le torse de Julian et me torturai le cerveau pour trouver quelque chose, n'importe quoi, dans la Sagesse de Seth. Mais le problème résidait dans le fait qu'il s'agissait de magie de sang, un sortilège de sang. Quelque chose que je ne savais pas encore utiliser.

— Il doit y avoir quelque chose que nous pouvons...

Un crépitement de lumière, une touche de couleur, une braise guidée par une main fantôme.

Une rune ancienne pour ouvrir un Portail entre les mondes apparut nimbée de violet.

Sinumpa.

Finalement, elle ne nous avait pas abandonnés. Mon cœur se mit à battre plus fort et mes paumes devinrent moites. La rune incandescente explosa dans un bruit sec, perçant un trou entre les deux royaumes. Je me couvris les yeux d'une main pour lutter contre la lumière aveuglante.

Le bruit d'une paire de chaussures me poussa à écarter les doigts pour jeter un œil.

En ombre chinoise devant un éclat scintillant, Sinumpa apparut. Elle lança un regard et décocha un grand sourire.

— On dirait que j'arrive juste à temps.

— Tu es revenue…, murmura Moira, abasourdie. Peux-tu empêcher la chute de la ville de Brimstone ?

— Non, répondit Sinumpa.

Elle fit un signe du pouce par-dessus son épaule pour désigner le Portail derrière elle.

— Mais eux, ils peuvent.

Derrière elle, un flot de gens se mit à sortir du Portail, l'un après l'autre.

Morvaen fut la première, puis ce fut Donnach et beaucoup d'autres. Je ne savais que dire sur le fait que les Seelies revenaient en Enfer, quittant la sécurité de la Terre pour un monde qui allait s'écrouler d'un instant à l'autre. Ils étaient des douzaines. Des centaines. Et quand les portes se fermèrent enfin, ils s'agenouillèrent tous. Chaque homme, chaque femme, chaque enfant qui venait de traverser s'inclinaient devant moi.

Je serrai le biceps de Julian, message silencieux pour qu'il me pose à terre. Je m'approchai de Morvaen les jambes flageolantes. Je me mis à genoux et lui touchai l'épaule, ma voix trahissant mon inquiétude.

— Qu'as-tu fait ?

— Toi et moi avons passé un marché... Ruby, dit-elle. Je t'ai offert la Sagesse de Seth et tu as promis de nous accueillir.

— Ce n'est pas vrai, répondit Donnach à sa place.

Il se leva et les centaines de Seelie l'imitèrent.

— Ma sœur et toi n'êtes pas les seules à avoir un accord.

Il lança un regard à Sinumpa qui se tenait sur le côté et regardait le plafond s'émietter.

— Tu as passé un marché avec Morvaen pour obtenir le savoir ancestral des Seelies, dit la Fae aux cheveux blancs. J'ai passé un accord avec Donnach. Il va empêcher la ville de tomber et en échange je lui cède la province de Luxure. Nous allons y vivre, après tout.

— Tu... je... comment... c'est quoi ce bordel, Sin ? bredouillai-je. Tu n'avais aucune garantie que je battrais Lilith, mais tu as tout de même parié ?

Je n'étais pas sûre de devoir me sentir flattée. Elle avait déjà montré qu'elle était joueuse. Qui pouvait dire si elle ne prenait pas le même chemin de la folie que Lilith.

Je ne l'avais jamais vue paraître si jeune et insouciante, pour la première fois, une certaine légèreté dansait dans ses yeux. En la regardant, on n'aurait jamais cru qu'une ville s'effondrait au-dessus de nous.

— Je savais que tu avais ce qu'il fallait, mais je ne pouvais pas te le dire. Tant que Lilith était vivante, j'étais liée par tellement de pactes de sang que cela m'aurait suivi non seulement toute ma vie, mais aussi toutes les vies de mes frères et sœurs. Je ne pouvais pas plus leur imposer ça que tu pouvais tuer tes Cavaliers de l'Apocalypse. Nous faisons tous des sacrifices, ma fille, et une fois que nous aurons réglé ça, tu feras ce que tu promets de faire depuis le début.

J'entrouvris les lèvres et pris une inspiration.

— C'est-à-dire ?

Sinumpa me fixa. Évaluant. Soupesant ma valeur. Jugeant la jeune fille que j'étais avant et la femme que j'étais devenue.

— Rendre le monde meilleur, et s'il le faut, brûler toute la pourriture de tes propres mains.

Je lui rendis son regard puis hochai la tête. Après tout ce qu'elle avait fait, je ne savais pas si je pourrais lui pardonner, c'était encore frais et beaucoup trop tôt. Mais cela ne voulait pas dire que je ne la comprenais pas. Pourquoi elle l'avait fait. Pourquoi elle était prête à tant sacrifier pour que je devienne la femme qu'elle me savait capable de devenir. J'étais une enfant née non seulement des flammes, mais aussi de la magie. Modelée et moulée par les Six Péchés, améliorée pour devenir reine. En me créant, elles avaient perdu la fille que j'étais. Elle m'avait dissimulé beaucoup de choses, et je ressentais ses regrets... même furtifs.

Sinumpa était une femme fière qui ne s'excusait pas.

Tout ce à quoi j'avais survécu m'avait vieillie, et je refusais d'oublier... Pas *encore*.

Mais nous avions trouvé un terrain d'entente.

Et grâce à cela, l'Enfer survivrait.

Elle leva les mains et se mit à dessiner. Tous l'imitèrent. Tous les Seelies. Ils dessinaient en diverses teintes de violet, de pourpre, de bleu marine et de toutes les couleurs existantes. Ils exerçaient leur magie avec une unité dont les démons ne sauraient faire preuve.

Et lorsqu'ils replacèrent la ville flottante dans le ciel, je compris qu'ils possédaient des savoirs dont tous les démons pourraient bénéficier.

Une unité née non seulement de la loyauté, de l'objectif, mais aussi de la force.

La force de survivre.

34

JULIAN

Elle avait changé. Je le voyais dans ses yeux. Je remarquai une grâce dans ses mouvements que je n'avais jamais vue avant, quand elle faisait les cent pas devant le lit. Même si elle avait gagné la guerre, elle était inquiète. Une lassitude que seuls l'âge et le temps pouvaient provoquer.

Ma femme n'était plus ce corps de vingt-trois ans.

Elle était devenue beaucoup plus âgée en quelques jours, à faire l'impensable pour nous sauver.

Je n'avais pas les mots pour décrire le goût de la liberté après avoir été emprisonné dans mon propre esprit. J'étais juste content de la regarder et de savoir que quoi qu'il arrive à partir de maintenant, quels que soient les dégâts subis... nous trouverions un moyen de nous en sortir.

Ensemble.

— La tuer était beaucoup trop doux après ce qu'elle t'avait fait, cracha-t-elle.

À présent, ce n'était plus simplement du feu qu'elle avait en elle. Si l'on regardait de plus près, on y distinguait également des ombres. Une obscurité qui s'était installée près des flammes. Ça ne disparaîtrait pas de sitôt.

— Tu l'as fait payer…, murmura Allistair.

— Ce n'était pas suffisant, chuchota-t-elle. Ce n'était pas…

— Arrêtez, ordonna la bête.

Ruby tourna le regard vers l'endroit où elle s'était assise sur une chaise dans la suite de la Reine. Les robes que Lilith adorait avaient été remplacées par des pantalons en cuir et de longues chemises. Elle portait des bottes avec de la fourrure qui allaient avec la veste jetée au sol. Elle avait rasé les cheveux blancs de la femme que j'avais détestée, et était chauve à présent.

La bête préférait.

Elle n'aimait pas être sans Ruby, mais elle devait vivre dans ce corps pour le moment, alors elle prévoyait de se l'approprier.

Ruby la fixa et quelque chose de tacite passa entre elles. L'expression neutre de la bête s'adoucit l'espace d'un instant.

— Tu nous as sauvés, dit-elle à Ruby. Tu as mis un terme à ce que beaucoup d'autres avant toi n'ont pas réussi à arrêter. Ne t'attarde pas sur ce que tu aurais pu faire. Focalise-toi sur ce que tu vas faire maintenant.

— Je ne me pardonnerais jamais pour ce qu'elle leur a fait, dit doucement Ruby.

Elle pleurait en silence et des larmes roulaient sur ses

joues. Ce n'étaient pas des sanglots de tristesse, mais plutôt le fruit de la honte et du regret.

— Ce n'est pas toi qui leur as fait ça, grogna la bête.

— Mais c'est arrivé, coupa Ruby. C'est arrivé et j'aurais voulu que ce ne soit pas le cas. Si seulement j'avais pu faire quelque chose plus tôt. Si seulement...

Je me levai du coin du lit et l'attirai contre moi.

— Écoute-moi.

Je me penchai en avant et écartai une mèche de cheveux de son visage tandis qu'elle se serrait contre moi et posait sa joue contre mon torse.

— La bête a raison. Ce qui est fait est fait. On ne peut rien changer. Tu ne pouvais pas l'empêcher. Tu as donné tout ce que tu pouvais, Ruby...

Je déglutis, cherchant les mots qui pourraient l'aider. Nous aider.

— Et au bout du compte, tu nous as tous sauvés. Tu t'es assurée qu'elle ne pourrait plus jamais faire de mal à quiconque. Nous pouvons tourner la page.

Chacune de mes paroles était vraie.

— Tu as fait tout ça.

Elle leva les yeux vers moi, les joues légèrement bleues à cause des larmes.

— Est-ce que ça s'arrêtera un jour ? me demanda-t-elle. La colère. Le désespoir. Cette impression d'inutilité. Disparaîtront-ils un jour ?

J'ouvris la bouche, mais je ne savais que répondre. Je ne savais que lui dire. Elle ne pouvait pas s'en remettre comme ça, tout simplement. Ce n'était pas une option.

Elle avait vécu trop de choses. Elle avait vu tellement de choses, que ce n'était pas possible.

Alors je lui donnai la seule chose que je pouvais, même si cela pouvait la blesser.

— Non, ma chérie. Je ne pense pas qu'ils disparaîtront.

Le regard qu'elle me lança… était terrible. Totalement accablant.

— Pourtant, avec le temps, ça s'atténuera. On dit que le temps guérit tous les maux, mais ce n'est pas tout à fait vrai. Ça en diminue l'intensité, jusqu'à ce que ce ne soit plus que le souvenir d'une douleur, mais comme tu l'as appris, les souvenirs peuvent parfois être très douloureux.

Elle hocha la tête et je sus qu'elle pensait aux Seelies. Aux milliers de vies qu'elle avait vécues.

— Mais ça ira mieux. Nous irons tous mieux.

Rysten et Allistair hochèrent la tête. Laran se battait avec une autre sorte de tourment. À l'instar de Ruby, il s'en voulait parce qu'il n'était pas tombé entre les mains de Lilith. Ce n'était pas le même genre de douleur que celle de Ruby, mais elle n'en était pas moins présente.

— Tu me le promets ? demanda-t-elle, d'une voix épuisée.

— Je te le promets.

Et j'étais sincère. Tout irait mieux. Pour nous tous.

Elle se mit à battre des paupières, le poids de la journée se faisant sentir. Allistair se posta devant nous et tendit les bras.

— *Puis-je ?* demanda-t-il silencieusement.

Je la portai et la lui passai.

Il la prit dans ses bras avec respect, murmurant des mots juste pour elle en la portant jusque dans son lit. Il la plaça au centre et remonta les couvertures sur elle. Sa main sortit d'un coup et lui attrapa le poignet plus rapidement qu'un battement de cil.

— Reste, le pria-t-elle. Je ne veux pas rester seule en ce moment.

Nous nous regardâmes tous et je sus alors. Après cela, il n'y aurait plus de séparation. Ni pour la sécurité, ou la protection, ou l'inquiétude pour sa vie.

Tout simplement parce que nous avions besoin d'elle, et qu'elle avait besoin de nous.

Guérir et vivre, vivre vraiment.

Alors, je leur murmurai mentalement à tous, même à la bête.

— *Tu ne seras plus jamais toute seule.*

35

MOIRA

— Tu t'en vas encore, n'est-ce pas? demandai-je dans l'obscurité. Plus bas, Inferna organisait une fête dans les rues jusqu'au petit matin. Mais là-haut, sur la terrasse où je me trouvais, il n'y avait que moi, mes pensées, et *elle*.

— J'ai fait ce que j'avais prévu de faire, répondit Sinumpa. La ville de Brimstone ne tombera plus. L'Enfer est libre. Il n'y a plus rien ici pour moi.

— Tu sais, dis-je en me tournant de la rambarde. Tu n'as rien dit à propos de la chute de la ville quand tu es partie la première fois.

Ses yeux étaient légèrement voilés, mais un sourire las se dessinait sur ses lèvres.

— Un autre pacte, répondit-elle, évasive.

Je hochai la tête.

— Et raconter à Ruby que tu étais partie pour tes frères et sœurs? demandai-je plus par curiosité qu'autre chose.

Un seul soupir, qui en disait long.

— C'était une partie de la raison, expliqua-t-elle. Pas tout, mais une partie. Ruby n'avait pas besoin de savoir que si j'étais restée là, ça aurait pu lui coûter cher. Elle est en colère, et à juste titre, mais je n'ai pas besoin de son approbation pour aller de l'avant.

— Un autre don ?

Je me tournai légèrement vers elle pour lui sourire. Une brise fraîche souffla autour de nous. À cette hauteur, nous étions dans un monde différent de celui de la fête qui battait son plein en bas.

— Possible, admit Sin. Elle ne me tient pas pour responsable. Pas vraiment. Mais avoir un endroit où aller, à présent que Lilith a disparu... ça va m'aider.

Je hochai la tête, car elle avait raison.

— Merci.

Son sourcil tressauta, alors je développai.

— Merci pour tout ce que tu as fait. Pour elle... et pour moi.

Sinumpa resta là, et c'était comme si je voyais le soleil pour la première fois depuis très très longtemps.

— Je t'en prie... Moira, dit-elle doucement.

Presque de manière intime. J'aimais entendre mon prénom sur ses lèvres.

— Profite de ta liberté, Sinumpa, lui dis-je. Jusqu'à ce que nous nous croisions à nouveau.

Non, pas pour toujours. Juste pour le moment.

Je restai sur cette terrasse jusqu'à l'aube. Un tonnerre d'applaudissements résonna au-dessus d'Inferna au lever d'un nouveau jour, alors je sus qu'il était l'heure.

L'heure de répondre enfin à cette voix qui me parlait.
L'heure de répondre à l'appel du Cerbère.

36

Ces premiers jours d'installation ne furent pas faciles. De nombreuses réunions pénibles durent être organisées afin de discuter du sort de l'Enfer, de la ville de Brimstone, et où je me situais dans tout cela. Beaucoup d'irascibilité et très peu de sommeil. J'appréciais chacun de ces instants, car on ne savait pas quand cela se terminerait. Nous étions immortels, mais pas infaillibles. Lilith l'avait prouvé à tous.

Les Péchés elles-mêmes étaient aussi divisées en opinions que les frontières dressées entre leurs provinces. Sinumpa s'était désistée et avait disparu dans la nuit, laissant Luxure sans représentant. Sur ma suggestion, Donnach remplit donc cette fonction, ce qui apaisa les tensions. Il apprécia mon empressement à leur offrir leur propre siège décisionnaire, et cela facilita grandement à calmer les inquiétudes des Faes. On avait donné aux Seelies une des zones les plus sinistrées de ce monde, et pour cette raison, j'allai avec eux lorsqu'ils s'y rendirent, afin de les aider dans la remise en état.

Mes Cavaliers de l'Apocalypse venaient avec moi, mais pas Moira. Même si cela nous brisait le cœur de nous séparer, elle ressentit le besoin d'aller à Brimstone superviser sa réhabilitation en qualité de mon ambassadrice. La province n'ayant aucun vrai successeur, les Péchés et moi avions préféré confier cette tâche à la seule personne qualifiée pour ce travail. Lilith avait gardé ses enfants et son peuple sous son joug. Les dégâts matériels causés pendant la chute de la ville étaient minimes comparés aux dégâts psychologiques. Qui se ressemble s'assemble. Ce qui ne gâchait rien, la Bibliothèque d'Orgueil possédait les ressources les plus complètes sur les Légions.

Cela m'attristait, mais aujourd'hui elle avait son propre proche, qui la protégerait parfaitement. Je souris en regardant le Cerbère qui se tenait, élégant, près de ma meilleure amie. On lui avait noué un ruban bleu autour du cou pour la cérémonie, afin qu'il ait l'air moins effrayant. Même s'il ne fit pas long feu. Bandit, s'était entiché de cette femelle à trois têtes que Moira avait appelée Destin.

Le chien avait peur de sa propre ombre, mais s'il pensait qu'on voulait faire du mal à Moira… les proches ne déconnent pas avec ça.

Oui, Moira était en de bonnes mains.

Je lissai nerveusement ma robe, passant mes mains sur le tissu léger comme de la plume. Après tout ce que j'avais vécu, j'avais refusé de porter du blanc. Dans mon esprit, ce n'était plus la couleur de la pureté, et de toute façon il n'y avait rien de pur en moi. Au lieu de cela, j'avais choisi une robe longue bleu foncé, de la même couleur précieuse que le ciel et la mer.

J'étais pieds nus en avançant dans l'allée. Autour de moi, les démons et Faes d'Inferna me regardaient avec respect et bonheur. Je ressentais leur joie, et même si cette dernière étape était extrêmement éprouvante, ils me donnaient de la force. Je fixai droit devant moi. À gauche de l'allée se trouvaient Laran, Allistair, Julian et Rysten. Aucun d'entre eux ne s'était encore totalement remis de ces derniers mois de chasse. Nous voyions encore parfois des ombres qui n'existaient pas, mais après les événements que nous avions vécus, il faudrait du temps pour aller mieux. La pression de la bête les avait tous changés ces derniers jours.

Julian était plus doux. Rysten était résistant. Allistair... luttait. Nous luttions tous, mais lui plus que les autres, il luttait avec ce qui lui était arrivé pendant que Lilith les avait retenus captifs. Il luttait contre le fait qu'on lui ait enlevé sa capacité de choix. Il luttait entre le démon qu'il était et l'homme qu'il pensait que je voulais qu'il soit. Il se perdait en moi, toutes les nuits, essayant d'oublier ce qui avait été fait, cependant, l'oubli était impossible.

L'immortalité était une bénédiction et une malédiction. Nous n'oublierions jamais ce qui nous avait amenés ici, mais nous chéririons le moindre moment que nous y avions passé. Chaque image. Chaque contact. Chaque bruit. Chaque sentiment. Nous les chérissions encore plus.

— Ruby ? m'appela Moira pour attirer mon attention.

Je m'étais arrêtée au milieu de l'allée. Prenant une profonde inspiration, j'avançai le reste du chemin, dirigeant ma tête et mes pensées vers les Péchés.

Même s'il restait beaucoup à accomplir, et ce ne sera pas facile, la chose sur laquelle elles s'étaient toutes entendues était mon droit de devenir Reine. Je l'avais gagné, disaient-elles. C'était un jour en demi-teinte pour moi, j'allais monter sur le trône, mais la bête ne serait pas avec moi. Nous avions beau tenter de trouver un moyen de la débarrasser du corps de Lilith, nous n'avions toujours pas découvert comment libérer les Cavaliers de l'Apocalypse. Ni la bête ni moi n'étions disposées à risquer leurs vies sans réelles garanties de réussite, même si cela nous coûtait beaucoup d'être séparés.

Elle se tenait en haut des marches, à m'observer. Sur ses lèvres se dessinait un sourire secret que le reste du monde prendrait à tort pour une grimace. Mais pas moi. Bien que jalouse par nature, cet arrangement ne la dérangeait pas du tout. Dans son esprit, nous trouverions un moyen de nous réunir tous, un jour. C'était une idée plutôt optimiste, en toute sincérité. Mais je ne lui en parlai pas.

— *Concentre-toi, Ruby. Cette journée est importante*, me réprimanda-t-elle mentalement.

Je serrai les lèvres pour dissimuler mon propre sourire en gravissant l'escalier. Les Péchés se tenaient en haut de l'estrade. Les femmes qui m'avaient élevée.

Hela fut la première à s'avancer. Sa robe rouge flamboyant était assortie à sa chevelure. Un éclair jaillit au-dessus de nous. La salle du trône n'avait toujours pas été restaurée et il manquait une bonne partie du plafond. L'air frais ne me dérangeait pas le moins du monde.

— Il y a une semaine, j'ai vu cette jeune femme triompher de notre plus grande peur. Aujourd'hui, elle se tient devant nous pour recevoir la bénédiction des Péchés pour devenir la prochaine Reine. Ahnika, qu'as-tu à dire ?

La Péché Paresse avança d'un pas, sa peau d'un vert clair tranchait magnifiquement avec la robe longue noire qu'elle portait. Elle vint se poster devant moi pour énoncer son jugement.

— J'ai été la dernière des Péchés à te rencontrer, Ruby. La dernière à apposer ma marque. Je t'ai observée quand d'une jeune fille pétillante tu es devenue une vraie dirigeante. Tu es beaucoup de choses, jeune fille, mais certainement pas nonchalante.

Je hochai la tête pour la remercier puis nous nous serrâmes dans nos bras, ce qui était une légère entorse au protocole de la cérémonie. La tradition voulait qu'elles me marquent, mais étant qui j'étais, je ne l'avais pas souhaité. J'avais déjà suffisamment de pouvoir que je devais encore apprendre à maîtriser, et contrairement à ma magie Seelie, rien dans l'ancienne magie des runes n'était prévu pour tout m'apprendre en quelques jours.

Ahnika recula et dit :

— Saraphine, qu'as-tu à dire ?

J'avais connu cette démone sous la forme d'une

vieille femme qui s'appelait Martha lorsque je vivais sur Terre, pourtant ici en Enfer, elle était connue comme la plus impitoyable des Péchés. Ses longs cheveux blonds flottaient dans la brise tandis qu'elle avançait.

— Tu es la fille que j'ai toujours voulue. Ces dernières années où j'ai pu t'observer grandir, sur la chaise en plastique d'un resto miteux, ont été les meilleures années de ma très longue vie, mon enfant. Tu es bienveillante, mais tu ne te laisses pas marcher dessus. Tu te bats pour ce qui est juste, même quand ce n'est pas facile. Tu as tout donné pour devenir celle que nous avions besoin que tu deviennes. Ma fille, tu es beaucoup de merveilleuses choses, et il n'y a pas la moindre avarice dans ton cœur.

Lorsque je la pris dans mes bras, j'eus la sensation de me sentir chez moi. Café noir et bacon, l'odeur de l'asphalte et de la tarte aux pommes. Je serrai fort ses maigres épaules, et des larmes picotaient le coin de mes yeux. Saraphine pleurait en s'écartant, puis elle dit d'une voix grave.

— Merula, qu'as-tu à dire ?

Merula avait été comme ma mère à une autre époque. Elle était extrêmement stricte, mais dans son cœur elle aimait réellement les enfants. J'avais toujours cru qu'elle m'aimait vraiment, à sa manière.

— J'ai été la première Péché à avoir le privilège de t'élever, et je ne fis que cela pendant dix ans. Je t'ai observée grandir d'une enfant au visage de garçon manqué, à la magnifique jeune femme que tu es aujourd'hui.

Elle afficha un sourire empreint de tristesse.

— Ça n'a pas été facile de tester l'envie sur toi, mais je t'ai vue avec Iona quand tu es arrivée en Enfer. J'ai vu combien elle t'enviait, comment elle t'a poussé à bout et ce qu'elle t'a pris. Mais tu n'as jamais cédé à la même jalousie que, moi-même, je ne peux pas toujours contrôler, tout comme sur Terre, tu n'as jamais convoité le bien d'autrui. Tu es plein de choses, mon enfant, mais envieuse n'en fait pas partie.

Je la serrai dans mes bras avec sincérité, même si elle avait envoyé Iona jusqu'à moi. Même si mon cœur s'était endurci et que les ténèbres en moi n'avaient pas diminué, j'avais trouvé un moyen pour ne pas les laisser me contrôler. Pour ne pas laisser les changements dicter mon bonheur. Certains jours étaient plus faciles que d'autres, mais j'essayais, et c'était ce qui importait.

Elle recula et dit :

— Lamia, qu'as-tu à dire ?

Je l'avais connue sous l'identité de Sadie, dans mon ancienne vie. Elle était la responsable de l'orphelinat où j'avais passé la majeure partie de mon adolescence, et même si elle n'avait pas été aussi directement impliquée que Merula ou Hela, elle m'avait permis de grandir de loin. Je la rencontrai en face à face.

— Je t'ai vue traverser bien des épreuves quand tu étais avec moi. Toutes les deux, dit-elle en regardant Moira. Aucune d'entre vous ne pensait avoir de pouvoirs, mais vous étiez satisfaites. Vous n'avez jamais envié votre voisin. Vous ne preniez jamais plus que vous n'aviez besoin pour vivre. Encore aujourd'hui, tu refuses la cérémonie de passation de nos marques, car tu ne veux pas des pouvoirs qu'elles te conféreraient. Ruby Morningstar, tu es beaucoup de choses, mais certainement pas gourmande.

Je pris Lamia dans mes bras sachant sans aucun doute qu'elle avait vu beaucoup plus qu'elle ne l'avait dit. Notre contact fut bref avant qu'elle ne recule et dise d'une voix posée :

— Hela, qu'as-tu à dire ?

Je sentis une certaine nervosité dans mes veines lorsqu'elle avança devant moi.

— Blue, j'aimerais dire que la colère est un péché que tu ne connais pas, mais ce serait un mensonge.

Je pris une profonde inspiration et tout le monde dans la salle retint son souffle, jusqu'à ce qu'elle sourie.

— Tu as en toi un feu qui brûle. Je l'ai remarqué quand tu étais plus jeune, et ces derniers mois il n'a fait que grandir. Si tu le laissais faire, ce feu te consumerait, et nous avec.

Elle fit une pause et releva mon menton d'un doigt pour me regarder droit dans les yeux.

— Pourtant, comme tu le sais très bien, ce n'est pas l'énorme pouvoir qui importe, mais ce que tu en *fais*. Tu as utilisé cette force pour devenir une femme que j'aimerais devenir moi aussi. Ruby, mon amie, tu possèdes la colère, mais tu n'en es pas esclave.

Je ne pus retenir mes larmes. Mon cœur s'était brisé de souffrance et s'était ressoudé par le feu, mais je n'avais jamais pleuré de bonheur. Je la laissai partir et essuyai mes larmes avec la paume de ma main, puis me tournai vers la bête. Elle était la dernière juge.

Sans qu'on le lui demande, elle se leva et prit la place d'Hela. Elle tenait dans ses mains une couronne d'un métal noir et brillant sertie de saphirs. Elle la tint entre nous et je posai mes mains sur les siennes.

— J'ai créé cette couronne pour moi, espérant la porter un jour avec toi.

Il y avait une tristesse évidente dans sa voix, mais également de l'espoir. Elle devenait plus... humaine. Je me demandai si elle s'en rendait compte.

— Nous serons réunies à nouveau. Nos âmes guériront, mais en attendant, lève-toi et règne. Il n'y a personne d'autre qui en soit aussi capable.

Elle leva la couronne et je compris que je devais m'agenouiller devant elle. La couronne était lourde sur ma tête, mais rien d'insurmontable. Je ne me sentais plus ni étouffée ni confinée. J'avais fait mon choix.

— Lève-toi, Ruby Morningstar, Reine de l'Enfer, déclara-t-elle.

Je me relevais et me tournais vers les gens... mon peuple.

Les paroles de Sinumpa me revinrent à l'esprit en les regardant, et je sus au fond de moi que j'avais enfin découvert qui et ce que j'avais toujours été censée être. Une reine dont la première tâche serait de servir, et la seconde de gouverner. Une dirigeante qui changerait ce monde.

— Longue vie à la Reine ! proclama la bête.

Tous dans la pièce, dans l'entrée et dans les rues plus bas, l'entendirent et se rallièrent à son cri, et leur clameur résonna si fort qu'on avait dû l'entendre jusqu'au Paradis.

— Longue vie à la Reine !

Au fond de mon cœur, je savais que ce n'était pas la fin d'une ère, mais le commencement. Mon commencement, et le leur.

La vie était un don que je n'avais pas l'intention de gâcher.

En regardant les Cavaliers de l'Apocalypse, je murmurai ces trois petits mots dans leur esprit. Quand je les disais à présent, c'était parce que je le voulais, parce que j'étais sincère, parce que le meilleur restait à venir.

Trois mois plus tard...

Je bâillai, faisant voleter les pages d'un livre ancien. J'avais déjà lu ce satané truc trois fois, pourtant contrairement à ce que les Péchés m'avaient assuré, les réponses qu'il était censé contenir ne semblaient pas s'y trouver.

Je fermai violemment le livre, reculai ma chaise et me levai pour me diriger vers la porte. Je parcourus l'allée d'un pas décidé et sortis de la bibliothèque dont les lourdes portes se refermèrent derrière moi. L'air nocturne était frais, presque froid. Si haut dans le ciel, c'était toujours le cas. Je fourrai mes mains dans les poches de ma veste en cuir et me mis à marcher.

Je me promenai sans but pendant un moment, saluant d'un mouvement de tête les Faes de sang et les démons qui habitaient aussi la ville. Depuis que je vivais ici, je m'étais fait une certaine réputation, et j'aimais plutôt ça, pour être honnête.

Pourtant, la solitude pouvait être pesante, parfois.

J'avais vu Ruby la semaine dernière pour l'équinoxe de printemps. Nous l'avions fêtée à Inferna, mais nous avions séjourné dans la demeure de Lamia pour changer. Des mois s'étaient écoulés, et les restaurations continuaient toujours au palais d'Hela. Ce qui nous convenait tout à fait, car Lamia organisait vraiment les meilleures fêtes. Ruby et les Cavaliers de l'Apocalypse étaient venus en force, elle avait largement meilleure mine que la dernière fois que je l'avais vue. Je savais qu'elle était heureuse. Je le sentais, même si de vagues murmures de destruction la hantaient encore au fond d'elle. La bête et ses partenaires apportaient à ma meilleure amie un parfait équilibre, tout comme son satané raton laveur.

Je me passai une main sur le visage et sifflai dans le vent.

Le peuple de la ville flottante entendit mon appel et tous arrivèrent dans les rues en même temps que le chien géant à trois têtes. Derrière elle suivaient de petits monstres qui jappaient joyeusement.

Ils avaient trois têtes, comme ma chère Destin, mais des têtes de satanés ratons laveurs. Comme si ça ne suffisait pas qu'il ait inséminé mon fichu chien, il lui avait en plus donné trois mutants pandas qui ne me laissaient jamais tranquille. Ruby les trouvait adorables avec leurs petites gueules et leur fourrure bleue.

Des terreurs. C'étaient de satanées terreurs.

Destin vint se rouler devant moi et me donna un baiser baveux sur le visage, ses trois rejetons jappant derrière elle. J'avais hâte d'arriver au jour où je pourrais les passer à Ruby. Pour le moment, Destin devait toujours les allaiter, et ici ils étaient géniaux avec les gamins. La plus jeune fille de Lilith, une demi-banshee de trois ans avait peur de presque tout, sauf des chiens à trois têtes apparemment. Avoir les bébés monstres autour d'eux l'aidait beaucoup, ainsi que les autres gamins. À tel point que Ruby m'avait convaincue de les garder un petit peu plus longtemps… mais, à douze semaines, ces chenapans iraient chez elle.

Je refermai le poing sur la fourrure de Destin et sautai sur son dos. Je pouvais très bien voler, mais c'était plus confortable pour moi et pour le Cerbère. Ici, dans la ville flottante, à des milliers de mètres au-dessus du vent, nous nous réconfortions tous du mieux possible.

Elle grogna et descendit les marches, ses progénitures nous suivirent dans la moitié de la ville avant que Destin ne s'arrête. Elle tourna une de ses têtes vers moi, et me fit les yeux doux. Je grognai puis me pinçai le bout du nez.

— Bien, dis-je en levant une main en l'air. Tu peux venir, mais les petits pandas moches restent dehors. Compris ?

La tête du milieu gémit, mais je grognai, en regardant le ciel nocturne au-dessus de moi. J'aurais bien prié, mais vu que ma meilleure amie était justement la divinité que ce peuple vénérait, ça ne risquait pas de beaucoup m'aider. Son autre proche était la raison pour laquelle j'avais ce problème.

— Pouah, comme tu veux, mais fais en sorte qu'ils restent tranquilles, d'accord ?

La troisième tête acquiesça et remua la queue. Je me baissai pour la caresser dans le dos, puis entrai dans le bar. Les portes battantes frappèrent les murs en un gros boum. Destin et les trois sacripants me suivirent puis se couchèrent dans un coin de la salle.

Les bars à démons sur Terre étaient tellement normaux comparés à ceux de l'Enfer. Ils acceptaient littéralement n'importe quoi, parce qu'on ne savait jamais qui ou quoi était un proche. J'étais une habituée et tout le monde connaissait l'immense chien dans le coin. Une contribution généreuse d'un donneur anonyme aimait à dire Ruby. Elle s'inquiétait que je passe trop de temps toute seule, et pensait qu'instaurer des couches pour chiens dans les endroits que je fréquentais le plus serait le meilleur moyen de m'encourager à sortir.

Je n'avais pas le cœur de lui dire que je ne souhaitais pas m'engager dans une relation actuellement. Même si cette période était solitaire, je n'étais quand même pas prête. Je n'avais aucune envie de relation sérieuse. Mais ça m'allait. J'avais Burt, le barman pour ce soir, et ça me suffirait.

— Bonsoir Moira. Tu prends quoi ?

— Comme d'hab, dis-je en poussant mes ondes sonores pour que ma voix porte.

Il sourit tandis que je m'installai au comptoir, puis il fit glisser devant moi une chope démesurée d'un liquide ambre et glacé. Cette connerie était brassée à partir de lotus blanc fermenté et avait un goût parfait. Je pris une profonde inspiration suivie d'une longue gorgée, puis soufflait, plus heureuse.

Parfois, c'était bien d'être moi. Une nuit froide au pub, toutes les boissons sur ardoise, et de la bière Fae, que demander de plus.

Mon immortalité ne faisait que commencer, mais je prévoyais de profiter de chaque seconde.

ÉPILOGUE : BANDIT

— D'accord, tout le monde, dit la Verte. Ce soir, c'est la soirée où nous couronnons le Roi des Fous !

Les plus flemmards se mirent à grogner en tapant du pied.

— Pfff, et ils disent que c'est moi l'animal, souffla Bandit.

Il leva les yeux au ciel s'installant contre Destin pendant que la Banshee continuait. Pas très loin, Ruby était assise avec les chiots.

— *Moira se fout des bébés*, dit Destin.

Bandit savait, pour avoir passé du temps avec elle, que la Verte était irritable. Il faudrait la persuader. Même si Destin adorait sa proche, Ruby était largement meilleure comme partenaire. Elle appréciait lui donner des sardines et trouvait adorable quand les petits faisaient des rots enflammés. Oui, elle était meilleure comme proche.

— *Tu as essayé de les laisser lui faire sa toilette ?*

Même la Verte ne devrait pas pouvoir résister à cette marque d'affection.

— *Elle se plaint de la « salive ».*

— *C'est quoi salive ?* demanda-t-il.

Elle le lécha derrière l'oreille et il ronronna.

— *Je ne suis pas sûre. Ça vient du léchage.*

Bandit fronça les yeux vers la Verte. Les quatre partenaires de Ruby étaient debout sur des chaises, comme les autres démons. Ils étaient tous couverts d'aliments.

— *Ma personne aime être léchée*, dit Bandit, se souvenant des fois où ses partenaires semblaient lui faire la toilette. Mais c'était un peu exagéré, même pour lui.

— *Peut-être qu'elle préfère quand ils la nettoient complètement*, dit Destin.

Bandit haussa un sourcil et écouta Destin lui exposer son idée. Bandit l'aima. Il l'aima beaucoup.

Se levant sur ses quatre pattes, il s'étira lascivement avant de diminuer sa taille. Il fallait qui se fonde au décor pour ça. Se frayant un chemin dans la foule de personnes ivres ne fut pas compliqué. Pas plus que de trouver un seau de légumes délicieux. Il fut tenté d'en manger quelques-uns... peut-être juste un petit.

Bandit piqua une orange et l'enfourna avant que quiconque ne le remarque. Un petit regard de côté vers Ruby lui apprit qu'elle était toujours occupée avec les triplés. Bien.

Il grandit un petit peu, suffisamment pour prendre l'anse du seau entre ses dents et disparaître avant qu'on ne le remarque. Bandit dévala en douce l'escalier menant au deuxième étage. Son seau claquait contre les marches en bois, mais personne n'y fit attention dans ce brouhaha.

Il ne lui fallut qu'un instant pour grimper la rambarde et hisser le seau sur la poutre au-dessus de la Verte. Parfait. Il applaudit de ses pattes et laissa échapper un petit cri. En faisant très attention, il attrapa une tomate géante qui s'écrabouillait dans ses pattes. La positionnant juste au-dessus d'elle, il tint la tomate avant de la lâcher.

— C'est quoi ce..., s'écria-t-elle.

Il saisit un œuf et le jeta.

— RUBY ! rugit-elle.

Les poutres frémirent sous la force de son agacement, mais Bandit n'était pas inquiet. Il fouilla dans les fruits et légumes pour trouver son préféré.

Les kiwis.

Il lança les petits fruits verts de la poutre, gloussant en bombardant les démons qui fulminaient. Les chiots sentirent l'odeur de nourriture et quittèrent Ruby pour suivre la Verte. Ils la rattrapèrent rapidement malgré sa course, bondirent, et léchèrent tous ces fruits délicieux étalés sur elle.

— Bon sang... s'exclama Ruby.

Elle fronça les sourcils en levant les yeux dans la direction d'où étaient tombés les aliments. Elle l'aperçut, mais Bandit s'écarta lentement, espérant qu'elle ne l'aurait pas remarqué...

— Bandit ! descends, ici ! cria-t-elle.

Ouarf. Il entendit le rire grave de Destin en descendant rapidement des poutres avant de déguerpir parmi la foule, puis dehors, dans la rue. Destin le suivit, les triplés sur ses talons, et ils coururent dans les ruelles sous le pâle clair de lune dans un pays enfin en paix.

— *Moira est en colère après toi,* lui dit Destin alors qu'un des petits sautait sur son dos pour attraper les oreilles de la première tête.

Bandit explosa d'un rire grave qui illumina le ciel d'une flamme bleue, en entendant les cris de la Verte pestant contre *ce satané panda glauque* qui arrivaient jusqu'à lui.

On aurait dit que plus les choses changeaient et plus elles restaient les mêmes.

Du moins en ce qui concernait Bandit.

Après tout, il n'était rien de plus qu'un simple raton laveur. Un qui avait à présent une éternité de problèmes à souhaiter, et que Rysten et Moira terroriseraient pendant des années et des années...

Bandit sourit dans l'obscurité, prêt à aller n'importe où, du moment que Ruby soit avec lui.

Et les sardines. Il ne pouvait pas les oublier.

REMERCIEMENTS

J'ai de nombreuses pensées, mais si peu de mots, pour exprimer tout ce que je ressens à la perspective de terminer cette série et de quitter cet univers. Il y a un peu plus d'un an, une idée m'est venue alors que j'étais sous la douche. Une histoire sur une reine sombre et ses quatre cavaliers. Depuis, Ruby a pris un chemin radicalement différent de celui que j'avais prévu. J'ai adoré écrire sur ces personnages et cet univers. C'est un moment doux-amer de dire au revoir à quelque chose qui a occupé chaque instant de sa vie pendant plus d'un an, mais nous y voilà, et je dois remercier les personnes formidables qui m'ont aidée à en arriver là.

~À Analisa Denny, merci d'avoir été ma correctrice, pour toutes les longues conversations que tu n'étais pas obligée d'avoir avec moi, mais pour lesquelles tu as quand même pris du temps. Merci de t'être intéressée à mes personnages autant que moi. Merci, plus que tout, d'être mon amie. J'attends avec impatience ton stylo rouge, et tout ce qu'il entraîne.

~À Courtney Lummus, pour avoir lu chaque livre et les avoir améliorés. Merci de me soutenir et d'être toujours là.

~À ma tribu d'amis auteurs : Vous êtes si nombreux que je tiens à vous remercier de m'avoir toujours inspirée et d'avoir été présents quand j'avais besoin de parler bouquins. Je salue tout particulièrement Amanda Pillar, Carrie Whitethorne, Alex Lidell, Meg Anne et Rita Stradling. Je vous aime.

~Aux membres de Kel's Krew : vous n'avez pas idée de l'importance de votre soutien pour moi. Merci pour tous les GIFs délirants et les posts de ratons laveurs, ces derniers mois. Caitlin Thom, Sandra Portillo, Aaricka Swanson : vous avez inspiré des personnages très intéressants qui se sont retrouvés dans ce dernier tome. Merci.

~À mon fiancé, Matt… Je t'aime, bébé. Merci d'être à mes côtés et de m'aider à réaliser toutes les choses fastidieuses et ennuyeuses à la maison pour me laisser le plus de temps possible afin d'écrire. Je n'aurais pas pu faire tout ça sans toi.

~À mes amis, à ma famille et à mes lecteurs qui m'ont soutenue tout au long de mon parcours, je vous adresse mes plus sincères remerciements. On m'a dit que la vie d'auteur était une chimère. Que je ne serais jamais capable de m'en sortir en tant qu'écrivain. Pourtant, c'est ce que je suis devenue grâce à vous. Merci d'avoir participé à cette aventure avec Ruby, Moira, Julian, Rysten, Allistair, Laran et, bien sûr, le bandit préféré de tous.

Merci du fond du cœur.